バラカ 上

桐野夏生

集英社文庫

バラカ　上・目次

プロローグ　7

第一部　大震災前

第一章　失敗のサイクル　28

第二章　美しい子供　135

第二部　大震災

第一章　水獄　212

第二章　毒獄　327

バラカ　下・目次

第三部　大震災八年後
第一章　首飾りの少女
第二章　フクシマ
第三章　父と娘
第四章　薔薇香
エピローグ
解説　奥泉　光

バラカ　上

プロローグ

豊田吾朗《とよだごろう》は軽トラックの荷台で、七月の太陽に脳天を炙《あぶ》られていた。放射線量を測りに行ったリーダーとドライバーが戻るまで、ボランティアたちは車で待機するように言われたのだ。荷台には他に、男が三人乗っている。

気温はすでに摂氏三十度を超えていた。湿度も高い。ビニールのカッパが汗で皮膚にへばり付き、気持ちが悪かった。髪を覆ったカッパのフードも、フィルター付きマスクも鬱陶しい。東京を出る時、必需品だから、と防護服代わりのカッパとマスクが配られたのだが、こんなどこにでもあるような物にどれほどの効果があるのかは疑問だった。そもそも軽トラを使用することだって危険には違いない。が、車両が払底している現在、仕方がないのだった。

ここは、群馬県T市郊外。二階建ての新しい家が点在し、畑にはトマトや茄子《なす》が植えてある。茎はいずれも伸びきって、熟れたトマトがあちこちで地面に落ちている。道端の項垂《うなだ》れたヒマワリ。夏草。アスファルトの道の先は、かげろうがゆらゆらと揺れていた。宅地と農地が入り交じった、何の変哲もない片田舎の風景だ。

前の家の窓は、レースのカーテンが半分開き、庭には、シーツや作業服などの洗濯物が干されたままだった。ポーチに停《と》められたママチャリのバスケットには、破れたビニール傘が突っ込んである。

隣の家は、庭仕事でもしていたのか、竹製の熊手と長靴が片方、玄関先に置きっ放しになっていた。どの家も中を覗《のぞ》けば、食事の支度がしてあったり、風呂の湯がそのままになっていたりするのだろう。

目に見えるのは生活そのものなのに、人の姿だけが見事に消えている。そのアンバランスさが、荒廃にまっしぐらに向かう不穏さを漂わせているのだった。

豊田の左側の男と、その向かいに座っている男がぼそぼそ話を始めた。すると、豊田の正面におとなしく座っていた老人がフードを外し、マスクを取って煙草《タバコ》に火を点《つ》けた。

豊田は剝《む》き出しになった男の顔を見つめた。体格はいいが、七十半ばくらいだろうか。この四人の中では一番年長のようだ。その年長の男に、談笑していた二人が何か話しかけている。

だが、豊田に三人の声は聞こえない。アイフォンの音量をいっぱいに上げて、好きな音楽を聴いているからだ。スメタナの「わが祖国」。五年前、プラハからウィーンに向かう車中、このメロディがアナウンスの冒頭に流れていた。あれが妻との最後の旅行だった。

妻は旅行から帰った年の冬、体調を崩した。風邪がなかなか治らず、「目の焦点が合わないのよ。眼鏡を替えなきゃ駄目かしら」と始終言っていた。確かに、豊田を見る時も、ぼんやりと上方を窺《うかが》うような呆《ほう》けた表情をしている。おや、変な顔をするな、と思っているうちに、脳腫瘍を患っていることが判明した。宣告から一年も経《た》たないうちに、妻はあっけなくこの世を去った。せっかちで、何事にも要領のいい妻に相応《ふさわ》しい最期だった、と豊田は思う。

『だったら、あなたはそんなところで何してるのよ。柄にもないことして』

からかう妻の声が耳許《みみもと》で響いたような気がした。豊田が思わず虚空に目を遣《や》ると、老人の煙草の煙がひと筋たなびいていた。無風。老人と目が合ったので、豊田は失礼のないようにイヤフォンを外した。一瞬、空に音が響いたが、すぐにかき消えた。辺りは怖《おそ》ろしいほど無音だった。

「暑くないですか、あなた。熱中症にならないように気を付けにゃ」

老人のおっとりした物言いが懐かしくて、豊田は誰に似ているのかと記憶を手繰る。思い出せないままに、老人の陽灼《ひや》けした薄い皮膚を眺めた。なめし革のように光って、目許に皺《しわ》が畳まれていた。

豊田は六十二歳。還暦を過ぎてから、やたらと老人に目が行くようになった。だが、眼前の老人ほど、端正に歳《とし》を取った男は見たことがなかった。

「はあ、こんな格好をしていると暑さが応えますね」

談笑していた二人が、にこやかにこちらを見遣った。二人ともすでにフードとマスクを外していた。豊田は彼らの素顔を見て、自分とほぼ同年代だろうと見当を付けた。この軽トラの荷台で、若いリーダーの指示を待っているのは、いずれも老人ばかりなのだった。

豊田が男たちに会釈すると、一人が言った。

「マスクも外したらどうです。少しの間でも楽した方がいい。歩くときついですから」

言われた通りにすると、途端に風が顔に当たった。生き返るようだった。

「気持ちいいけど、大丈夫ですかね」

豊田は鼻の下の汗を手で拭った。

「この辺の線量はたいしたことないでしょう」

色白で髪の薄い方が手を振る。小柄で細い。白衣姿で研究室にでもいるのが似合いそうな男だった。あるいは薬局か。

「放射能よっか、私の煙草の方が有害なんじゃないですかね」

皆、破顔したが、老人は笑っていなかった。

「てか、このままじゃ、放射能より熱中症でくたばっちまいますよ」

もう一人の男が白いタオルで汗を押さえた。肥満気味で、汗が止まらない。

「仰《おつしや》る通りですね。実は僕はあまり放射能は怖くないのです」

豊田はそう言ってカッパも脱いだ。バンの車中でも身に着けていたのは、ボランティアの健康状態を気にするリーダーに配慮してのことだった。

「いや、私もそうですよ」

「それは私が一番怖くないよ。何せ七十七歳ですから」

老人が言ったので、皆笑った。それから全員が、もぞもぞとカッパを脱ぎ始めた。汗でへばり付いたビニールを皮膚から剝ぎ取るのに苦労して、二人がぶつくさ文句を言う。

「こんなの着てちゃ活動できないよ」

「まったくですね。もっといい服ないんですかね」

「ＮＡＳＡの宇宙服は一億円だってね。生命維持装置は九億円だそうです」

「そんなのと比べられるんじゃ、日本が宇宙みたいになっちゃったってことかな」

二人の会話に耳を澄ましていた豊田に、七十七歳だと言った老人が訊《たず》ねた。

「あなたはどちらから」

「私は東京からです」

「それはご苦労様ですな。私は岩手から来ました、村木と申します。よろしくお願いします」

村木は丁寧に挨拶した後、吸い終わった煙草を、持参した携帯灰皿の中にゆっくりした動作で収めた。

「私は豊田といいます。こちらこそよろしくお願いします」

互いに名乗っていると、会話を横で聞いていたらしい二人も自己紹介を始めた。

「私は岩崎です。矢も楯《たて》も堪《たま》らなくなりましてね。仕事、ほっぽり出して北海道から来ました」

岩崎は、研究職に見えた色白の男だ。

「ほう、まだお仕事されているんですか。何をなさっているんです」

村木が興味深げに訊ねた。

「私は床屋です。だから定年がないんですよ。ボランティアに行くって言ったら、女房が賛成してくれたものですから。店を任せて来ました」

研究者と思ったのに、人は意外なものだ。豊田は内心驚いたが、勿論《もちろん》黙っていた。

「私は小山内《おさない》といいます。去年、会社を『卒業』しました。と言っても、二年ほど居座ってましたので、もう六十三歳です。孫がいますので、孫のために少しでも役に立ちたいと思いまして一念発起しました」

「孫のために」という言葉を、皆は黙って聞いている。豊田はさりげなく言った。

「私も、一昨年《おととし》、無事に卒業しました。家族がいないので命は惜しくない。気楽に参加しました」

「そうそう、俺たちみたいなのを『爺《じい》さん決死隊』というそうですね」

岩崎の言葉に一同が笑った。

「それにしても、こんな酷《ひど》い事態になるなんて、思ってもいませんでしたね。私が死ぬまで、もう何も起きないだろうと思っていたのに」

村木が鋭い目を周囲に向けた。三人も釣られてあちこちに目を遣った。今頃は、夏休みの子供たちが自転車で走り回っていたに違いない。だが、住民は身の回りの物だけを持ってバスで強制避難させられ、町に残っているのはペットと家畜しかいないはずだ。

小山内がまたタオルで汗を拭いながら、不安そうに東側を見遣った。

「まさか、本当に爆発してしまうとは思わなかったな」

「今にするするって言われてたけど、本当にしたものね」

岩崎が同意する。この場所から百五十キロ東、地震と津波で壊れた原発四基が次々に爆発し、すべての建屋が吹き飛ばされてしまった原子炉から、放射性物質が止《や》むことなく飛散し続けているのだった。海にも地下水にも汚染水が流れ込み、危機的状況が続いていた。

「もっと早くから逃げる準備させておけばよかったんだよ。政府も甘いんだよ」

小山内が怒りだした時、白いバンが走って来るのが見えた。

「すみません、暑いとこ、荷台でなんかお待たせしてしまって」

様子を見に行ったリーダーと、ドライバーの二人がバンから降りた。リーダーのカッパの下のTシャツが、汗でびしょ濡《ぬ》れなのが見て取れた。胸に黄色い線量計をぶら下げている。リーダーはまだ三十歳になるかならぬかの若者だ。ドライバーはさらに若かった。

「どうでしたか」

岩崎が荷台の縁《へり》に手を掛けて訊ねた。リーダーがマスクを取って、ペットボトルの水を飲み終えた後、急いでまたマスクを着けた。

「平均すれば、毎時十マイクロってところですね。長逗留《ながとうりゅう》しなければ大丈夫そうですけど、皆さん、マスクだけはした方がいいと思います」

「俺たちはもういいよ」

小山内が言ったが、リーダーが首を振った。

「強いところもあるかもしれませんから、自分のことは自分で守って頂きます。当団体は被曝《ひばく》に関しては責任を取れませんん」

リーダーが黄色い線量計を示したので、皆、また汗で濡れたマスクを着けた。

「特に軒下や側溝なんかが高いって言うじゃない」と、小山内。

リーダーが頷《うなず》いた。

「そうです。僕も正確に測れたかどうかわかりません。風向きもあるので、何とか一時間以内に作業を終えたいと思います。発見したら、すぐに僕の携帯に電話をお願いします。何もなければ、四十分後にはここに集まってください。撤収するか、次の地点に移るかは、その時点で決めましょう」

全国で圧倒的に線量計が不足しているため、このボランティアグループでも、線量計はリーダーしか備えていなかった。

トラックの荷台から先に降りた岩崎と小山内が、村木を両脇から支えて手伝っている。皆で暑いのを我慢して再びカッパに袖を通し、フードを被《かぶ》った。

リーダーが一人ずつにコピーを二枚と、水、ペットフードなどが入った袋を配って歩く。細かな周辺地図と、捜索依頼が出ているペットの写真と特徴がプリントアウトされていた。捜索依頼が出ているペットは五匹。ミニチュアダックス、ビーグル、茶の雑種、それに飼い猫が二匹。

「他にも見かけたら、電話していいんですね？」

村木の確認に、リーダーは流れ出る汗を手の甲で拭いながら答えた。

「勿論です。保護できる動物は皆助けます」

「そうだ」と、岩崎が拍手した。

「『爺さん決死隊』なんだから、最後まで頑張りましょう」と村木。

「じゃ、東西南北を四人で分けてお願いします。僕らはここらを見回りながら待機してますので、何かあったら電話をください。すぐに軽トラにケージ積んで駆け付けますから。皆さん、くれぐれも注意してください。犬も突然捨てられてショックを受けていますので、どんな反応をするかわかりません」

豊田吾朗は、了解という印に右手を挙げた。亡妻が笑いそうな、「柄にもないこと」というのは、警戒区域となった地域の犬猫保護ボランティアを志願したことだった。

戻る時間を決めて、四人は受け持ちの方角に分かれて歩きだした。豊田は、リーダーたちのいる地点から西側一キロ四方だ。

暑い日にカッパなんか着ていなければ、散歩にはもってこいの田舎道だった。アスファルト道路の両脇には畑が続き、その先に民家が数軒固まっているのが見える。空は晴れ上がって、路傍の露草の青が美しかった。側溝には清らかな水が流れ、水草がたゆとうている。大気中を大量の放射性物質が舞い、清流が汚染されているなんて、到底信じられないような平和な風景だ。

道路脇に乗り捨てられた軽乗用車があった。豊田は中を覗き込んだ。女性が乗っていたのか、差し込まれたままになっているキーに、直径十センチはありそうな、ショッキングピンクの大きなファーが付いていた。

豊田は、素晴らしいものを見た気がして、内心うろたえた。妻が死んで四年。もともと子供を持とうと思わない夫婦だったから、家は常に整頓されて、甘い色合いや可愛《かわい》いものは、一切存在しなかった。亡くなった妻も、黒や灰色の服を好んで着るような女だったし、豊田も妻の好みが好きだった。ショッキングピンクのファーなど、豊田の家ではもっとも忌むべきものだったかもしれないのに、今、心に沁《し》みるのはなぜだろう。

ふと何かが眼前を過《よぎ》ったような気がして、豊田は顔を上げた。黒い犬が畑の中を走り去って行くところだった。捜索依頼は出ていない犬だが、肋《あばら》が浮いて、明らかに飢えてパニックに陥っている様子だった。

豊田は慌ててリーダーに電話した。

「今、黒い犬を見ました。私のいる場所は、農道を五百メートルほど西に進んだところです」

「了解、犬はどちらの方角に向かいましたか」

「今、私が来た方角です。つまり東側。リーダーのいる方です」

「了解です。すぐに動きます。豊田さんはそのまま農道の尽きるところまで行って、戻って来てください」

「わかりました」

電話を切った後、豊田は自分の迂闊《うかつ》さに地団駄を踏んだ。車なんかに見入っていたから、肝腎の犬を見逃してしまった。もし、保護できなかったら、あの犬は生き延びる千載一遇のチャンスを逃したことになる。

この先、線量がどう変化するかわからないからだった。警戒区域の範囲が広過ぎるために、比較的線量の低いところは警備の手が緩む傾向にある。しかし、ひとたび線量が上がったら、この区域は警察の管轄下に置かれ、入るのは困難になるだろう。

豊田は、犬の来た方向を目指して歩くことにした。時間はあと三十分。十分で行けるところまで行って戻らなければ間に合わない。

汗を拭き拭き、豊田は、数軒の民家やビニールハウスが固まっている地域までやって来た。そこは豊かな農家らしく、ビニールハウスの裏には大きな納屋があった。納屋には、新しい農機具がぎっしり入っていた。

犬の吠《ほ》え声がした。豊田が振り向くと、納屋の薄暗がりに数匹の犬が固まって人間の動向を窺っている。その中に、耳の垂れたビーグル犬を見付けて、豊田は後退《あとずさ》りしながら、リーダーに再び電話した。

「ビーグル、発見しました」

「それは、どの辺りですか」

「さっきの農道をさらに五百メートルほど西に向かった右手の農家です。名前がわかった方がいいなら、表札を見て来ますが、この辺は家が少ないのでわかると思います」

「了解です。ただ、さっきの犬の捕り物やってるんで、少し後になります。すみませんが、そこで待機願えますか？」

黒い犬はどうしただろうか。訊《き》いてみたかった豊田は安堵《あんど》した。無事に捕まって安全なところに移ってくれ、と願う。

「はい、わかりました」

「豊田さん、一人で大丈夫ですか」

「何とかなると思います」

「よかった。このボランティアの人は、みんな動物好きな方ばかりじゃないですか。だから、助かりますよ」

いや、そうじゃないんだよ。豊田は電話を切った後、そう独りごちてフードを脱いだ。豊田は決して動物好きではなかった。むしろ、嫌いな方かもしれない。だから、動物を飼ったことなど一度もないし、近所で捨て犬や捨て猫を見かけると、躊躇《ちゅうちょ》なく保健所に電話したこともある。

豊田は、自分よりも弱い者、庇護《ひご》を必要とする者との関係は嫌いだった。だから、仕事好きで自立した女を妻にしたのだ。妻とは常に対等で、互いに遠慮することなく、何でも話し合ってきた。二人の間に、子供という名の弱い者、いや、弱いけれど一番の強者が挟まって、大人の穏やかな生活をかき乱すことを好まなかったのだ。

いや、そうじゃない。豊田はカッパの前を開けて、空気を入れながら首を振った。妻の本当の気持ちなど、忖度《そんたく》したこともなかったではないか。自分と同じだと決め込んで、話し合おうともしなかった。

そんな風に思い始めたのは、妻が死んでからだった。子供のいない夫婦が伴侶と死に別れて一人になったらどうする、というシミュレーションをしたことは何度もあった。しかし、自分がずっと間違った思い込みをして生きてきたのではないか、という疑い、さらには、その思い込みは妻を密《ひそ》かに苦しめてこなかったか、という悔恨は実は辛《つら》かった。

そんな時、東日本を大震災が襲った。そして、海沿いにある原発で取り返しのつかない事故が起きたのだった。豊田はなぜ自分が、「警戒区域のペットを保護するボランティア募集」に応募してしまったのか、今でもわからない。

もしかすると、妻と二人で懸命に生活から剝ぎ取ってきた「無駄なもの」が、もう無駄だと思えなくなったのかもしれない。おそらく、弱ったのだ。しかし、弱って何が悪い、と豊田は思った。そんな時、軽トラの荷台で知り合った村木のような老人に話を聞いてみたいと思うのだった。

『またまた、柄にもないことばかり考えてる』

妻の声が聞こえた。豊田は苦笑いをして、カッパを脱いだ。中のポロシャツが汗でぐっしょりと濡れていた。

外の暑さが嘘《うそ》のように、天井の高い納屋の中は涼しかった。豊田は納屋の暗がりに一歩足を踏み入れた。どこかで牛の啼《な》き声がして、ここにいるよとばかりに、カツカツと蹄《ひづめ》で知らせてくる。動物たちは皆、人間なんかよりもずっと賢いのだ。自分が間違って生きてきたのではないかという思いは、弱いものへの畏敬にも繋《つな》がっている。

豊田は、納屋にあった桶に、持って来たペットフードをざらざらと流し入れた。たちまち食べ物の匂いを嗅ぎつけて、犬が集まって来た。全部で四匹。どの犬も痩せこけて、悲しげだ。捜索依頼の出ているビーグルが交じっているのを確認し、視線を移した豊田は驚愕《きょうがく》した。奥の暗がりに、小さな子供がぽつんと座っていたのだ。汚れているけれども、あどけない表情で豊田を見ている。

「あれ、どうしたの、ママは？」

こんな時、何と声をかければいいのかわからず、豊田は慌てた。この子供はいったい幾つだろうか。立って歩くこともできそうだが、それが何歳くらいからなのか。まったく知識のない豊田には見当も付かなかった。花柄のチュニックを着ているところを見ると、女の子らしい。スパッツを穿《は》いているが、お尻の辺りが膨れているのはおむつをしているのだろう。

ようやく暗闇に目が慣れた豊田は、子供に近付いて行った。

「ママはどうしたの。パパは？」

豊田は子供の横にしゃがみ込んだ。両脇の子犬は、よちよちと尻を振って、ペットフードの桶に近付いて行く。

「ねえ、何て名前なの。おじさんに教えてくれないかな」

子供は、小さな指先で納屋の床に落ちていた藁屑《わらくず》を拾った。それから顔を上げて豊田を見るが、泣きも笑いもしない。

「ママはどうしたの。なぜ一人でいるの？」

埒《らち》が明かないので、豊田はペットボトルの水を見せた。

「お水飲むかい？」

子供が何も言わずにいきなり手を出したので、豊田は手伝って水を飲ませた。

「喉が渇いていたんだね。可哀相《かわいそう》に」

汗でべとつく髪を撫《な》でると、子供がいきなり喋《しゃべ》った。

「ばらか」

豊田は仰天した。

「今、何て言ったの。ばらかって言わなかった？」

「ばらか」

女の子はもう一度はっきり言った。日本語ではないのか。この子供は外国人か、と豊田は顔を観察したが、平たいひと重瞼《えまぶた》は、明らかにアジア人の顔だった。いったいどこから来たのだろう。

「ね、お父さんとお母さんは？」

豊田はもう一度訊ねたが、女の子はペットボトルの水を飲み干して、もうないのかという風に何度も口で吸ってから、やっと泣きだした。さすがに衰弱しているらしく、弱々しい泣き声だった。

豊田は、厭《いと》っていた弱い者を間近に見て、自分の中の何かが急速に変わっていくのを感じていた。庇護は気持ちのいい感情でもある、と気が付いたのだった。

「うわっ、どうしたんですか。その子供」

背後で、リーダーとドライバーの驚く声がした。いつの間にか、バンと軽トラがやってきて、村木ら、他のボランティアも乗っていた。

「犬と一緒にいたんだよ」

「可哀相だな。被曝してないかな」

ドライバーの若者が痛ましそうに言った。そうだ、「爺さん決死隊」は六十歳以上だから、警戒区域に入って来られた。でも、この子はまだほんの赤ん坊なのに、線量の高い地域に放置されていたのだ。

「この納屋にいたのなら、まだいいよ。よかった」

きっぱりと言ったのは、小山内だった。

「早く連れて行きましょう」

豊田は泣いている女の子を、カッパでくるんで抱き上げた。抱いたままバンに乗り込むと、女の子は泣き疲れたのか、豊田の腕の中ですぐに寝てしまった。

隣に座った村木がマスクをずらして囁《ささや》いた。

「豊田さん、この子は犬と同じ運命を生きているのですね。天からの授かりものと思って、あなたが育てたらいいですよ」

「無理ですよ。拾ったからと言って、ペットじゃないんだから」

豊田が苦笑いすると、そうかな、と村木は首を捻《ひね》った。

「私は七十七歳ですが、百まで生きるつもりです。あと二十三年あるから、この子は成人できるでしょう。では、私が連れて行きましょうか」

「どうせ両親が現れますよ」

「いや、警戒区域だから、誰も来ないと思って捨てられたんじゃないですか。犬と同じ運命というのはそういう意味ですよ」

村木が諫《いさ》めるように言ったので、豊田は黙った。

「しかし、まだおむつも取れていない子供をあんなところに放置するかな。鬼だね」

岩崎が憤懣《ふんまん》やるかたない様子で振り向いた。

結局、警察は手一杯、避難所は幼児一人では預からない、児童養護施設はどこも満杯、という理由で、女児は仕方なく豊田が連れ帰った。老人一人の住処《すみか》には、女児が必要とする物が何もあるわけがない。

豊田は子供が和室で寝ているうちに、必要な物を買いに行った。東京は緊急時避難準備区域に入ったというので、子供の姿はほとんど見ない。従って、子供服売り場も閉鎖されていたり、半分が休業状態だった。豊田はようやく衣料の量販店を見付けて、女児の服を数点買った。サイズがわからないので、適当に選んだ。それから女児が子犬と一緒だったことを思い出して玩具《おもちゃ》屋に寄り、犬の縫いぐるみを買った。

家に戻ると、女児は不安なのかべそをかいていた。

「どうしたの、おじいちゃんだよ」

豊田が縫いぐるみを与えて言うと、女児は驚いた顔で見上げた。同時に、豊田も驚愕していた。

『おじいちゃんだって。初めて聞いたわ』

妻の呆《あき》れる声。豊田は気を取り直して、女児にパンツ型のおむつを穿かせ、汚れたチュニックを取り替えた。脱がせた服を見ると、洒落《しゃれ》たブランド品のようだ。金持ちの子供がどうして捨てられたのか。汚れた衣服は、いずれ身許がわかる時のために取っておいた方がいいだろう。

　まず風呂に入れて、食事をさせねばならない。何を食べるのだろう。飯を炊いていいのか。どこか浮き浮きと段取りを決めている自分に気付いて、豊田は愕然とした。柄にもないことをしていけば、違う自分が現れるだろうか。もう、妻はいないのだから、違う自分を築いてもいいのだ。

「ばらっか」

　また、女児が喋った。どういう意味なのだろう。豊田は電子辞書を引いたがわからなかった。ついでに漢字を調べた。

「薔薇香《ばらか》という名前にしよう」

　豊田は、「命名　薔薇香」とA４の紙に大きく書いて、テーブルの上に置いた。そして、軽トラの荷台に、黒い犬の入ったケージがなかったことを思い出した。あの犬が妻のような気がして涙が出そうになった。

第一部　大震災前

第一章　失敗のサイクル

1

木下沙羅《きのしたさら》には、誰にも言えない秘密があった。大学三年の時に妊娠し、中絶したことがあるのだ。しかも相手は、親友の田島優子《たじまゆうこ》の彼氏、法学部の川島《かわしま》だった。だから、妊娠したことは、優子にも川島にも相談できなかったし、勿論《もちろん》、親にも言えなかった。

優子からは始終、川島の噂《うわさ》を聞かされていたから、川島に親しい気持ちがあったのは確かだ。でも、好きだったわけではないし、優子に対する競争心があったのでもない。単に、コンパで酔い潰れた末の、軽率な過ちだった。

病院に行き、すべてが終わった後、沙羅は、これからは一人で秘密を抱えて生きていくのだ、と決意した。だが、そう思ったのは束《つか》の間《ま》で、すぐに秘密の大きさに押し潰されそうになった。

何より苦しいのは、親友の優子を裏切り、騙《だま》しているという疚《やま》しさだった。なのに、川島は何事もなかったかのように、優子と変わらず付き合っている。自分だけが過ちの対価を払ったのかと思うと、どうにも気持ちが収まらないのだった。

そのせいか、以来、沙羅は恋愛を面倒に思う気持ちが強くなった。相手が現れても、決して深くは付き合いたくない。傷付けたくないし、傷付けられたくもない。だから、男友達は大勢いたが、それだけのことだった。近頃は、男友達でさえも疎ましいのだった。

しかし、四十二歳の今になって、あの時の決断を惜しむ気持ちが生まれてきたのは、意外だった。あそこで子供を産むことを選択したら、どうなっていただろう、と。

学生の分際で未婚の母になれば、風当たりは強いに決まっていた。両親は呆《あき》れ、優子も怒って、自分から離れて行っただろう。川島も、なぜ勝手に産んだ、と沙羅を恨んだかもしれない。それでも思い切って産み育てていたら、人生は変わったのではなかろうか。

その子が生まれていれば、二十歳《はたち》になっているはずだ。男の子だったのか、女の子だったのか。こんなことを思うのは、そろそろ子供を産めなくなる生物的限界が近付いた証拠なのだろうか。

「沙羅、何ぼうっとしてんの」

いきなり、隣に座っている優子に肘で突《つつ》かれて、沙羅は我に返った。まさか、川島との間に出来た子供のことを考えていた、とは口が裂けても言えなかった。

「今日、久しぶりに話せてよかったね」

優子は屈託なく笑って、すでに四杯目のモヒートを呷《あお》った。沙羅も赤ワインをひと口飲んで喉を潤し、思い切って訊《たず》ねた。

「ねえ、川島君て、今どうしてんの」

優子と川島は、卒業してからもしばらく付き合っていたが、それぞれの仕事が忙しくなると疎遠になって別れ、川島は職場結婚した、と風の噂に聞いた。

二人の別れは、沙羅にとって疚しさからの解放だった。が、今度は、親友の優子が、沙羅の一大事に何も気付かなかったことが気になり始めた。優子はいつだって自分が中心でなければ気が済まないのだ。

沙羅は、いっそ優子にすべてを打ち明けようかとも思ったが、秘密にしていた長い時間が優子を怒らせるだろうと思うと、それもできなかった。結局、沙羅は秘密を抱いて墓に入るしかないのだろうか。

沙羅は、仕事を理由に、優子ともあまり会わなくなった。つまり、あの出来事は、忘れていても、時折むっくりと起き上がっては沙羅を苦しめていたのだ。

「最近、川島君とは会ってないの?」

「川島君か、どうしてんだろう。何年か前に離婚して仕事も辞めて、郷里に戻ったって小耳に挟んだけどね。今は連絡してないからわからない」

沙羅は、川島が順風満帆で生きていると信じていたから、仕事や結婚に挫折していたことが意外だった。

「何で離婚したの」

さあね、と優子は首を傾《かし》げた。

「川島君てさ、結構、弱いところがあったじゃない。他人に気を遣い過ぎるっていうか、人の顔色見る負け犬っぽいところが。鬱っぽくなって会社辞めたって噂あるし、奥さんと別れたのもそんなことが原因なんじゃないの」

おやおや、と沙羅は思った。優子と川島が付き合い始めた頃、沙羅に喋《しやべ》る隙を与えない程、優子の口からはのろけが洩《も》れ出て止まらなかったものだ。

『川島君ってすごい優しいんだよ。こないだ夜中にドラクエやってたらさ、夢中になっちゃって。どうしても扉が開かない場所があるから困って電話したの。そしたら、とっくに寝てたんだけど、起きて丁寧に教えてくれたんだ。おまえは小学生かって言われた』

そんな優子からは想像もできないような冷たい口調だった。

「子供は奥さんが引き取ったんだって。奥さんの実家って千葉のすごい金持ちらしいよ。

離婚なんかしないで頑張ってればよかったのにね」

「へえ、子供もいるんだ」

沙羅の内部で、不快な出来事に対する化学反応が起きていた。動悸《どうき》が激しくなって、心のどこかがずしんと重くなって底に引きずり込まれそうな感覚。

自分はまだ川島のことを許していない、と思う。いや、そうじゃない。川島に怒っているのではなかった。ただ、整理できない、もやもやした思いが常にあるのだった。優子が不快そうに口を歪《ゆが》めた。

「うん、ちゃっかりいる。それもデキ婚だって噂よ。ねえ、デキ婚って許せる？　あたし、何か卑怯《ひきよう》な感じしちゃうんだよね」

あたしの子供は堕《お》ろさせてそっちは結婚か。沙羅は憮然《ぶぜん》としたが、川島は自分が妊娠したことも知らないのだと気が付いて苦笑いする。

「ところで、川島君は何で鬱なんかになっちゃったの」

沙羅は白い皿に載っているドライフルーツを取って口に入れた。イチジクの種が歯間に挟まった。

「奥さんといろいろあったんだって」

沙羅は口先だけにとられないように、注意深く言ったつもりだった。

「ふうん、可哀相《かわいそう》だね」

あの夜、川島とは文化会の飲み会で顔を合わせた。顔見知りがいなかったから嬉《うれ》しかった。そして、酔っ払って夜道を歩いて帰った。優子の彼氏だから、手を繋《つな》いだり、腕を組んだりもしなかった。

だけど、なぜか突然、川島と唇を合わせたくなった。川島の目を見ると、同じ思いだったのか、川島が沙羅の腰を抱き寄せた。優しい川島君。そして夢中で抱き合ってキスをし、気が付いたらラブホで寝ていたのだ。

翌朝の川島は困惑した表情を隠さず、沙羅に謝った。

『ごめん、なかったことにして』

『こっちも。優子には内緒にしてね』

当たり前だ、という風に川島は小刻みに頷《うなず》いた。

『うん。俺、優子が一番大事だから』

まるで、沙羅が自分を好きにならないように念押ししたみたいだった。

『あたしもそうだよ』

そう返すのがやっとだった。

『あの、これって酒の上のことだから。俺、しばらく禁酒するよ』

川島は沙羅の目をちっとも見ないで、大きく嘆息したのではなかったか。確かに自分はちっとも大事にされなかった。

ああ、何もかもが自分を損なう。傷付ける。二十年も昔の出来事だというのに、沙羅は頭を掻《か》きむしりたくなった。


「川島なんか、ちっとも可哀相じゃないよ。そのくらい、誰でも経験するよ。川島が弱過ぎるんだよ。草食系男子の走りかって。オヤジが草食なんて、こっぱずかしいじゃん」

優子が通りのいい声できっぱり言う。いかにも遣《や》り手ディレクターと言われている優子らしく、他人を痛罵することに慣れていた。もっとも、付き合いの長い沙羅には、優子の強さは見かけ倒しで、本当は孤独を死ぬほど怖《おそ》れる弱い女であることもわかっているのだが。

「だいたいさ、今時、就職先なんかないんだからさ。ここで頑張らなきゃ、入りたくても入れなかった若い子に申し訳ないじゃない」

優子は奇天烈《きてれつ》な論理を展開した。要は、簡単に挫折して郷里に帰った川島を気に入らないのだろう。あるいは、沙羅の思いと同じく、デキ婚で結婚した川島を。

沙羅も優子も川島も、バブル世代の最後に属していた。だから、全員がほぼ第一志望の企業に受かり、意気揚々と卒業したはずだった。沙羅は大手出版社に入って念願の編集者となり、優子はテレビ局、川島は大手広告代理店に就職を果たしたのだ。

「ねえ、川島君とメールの遣り取りとかしてないの」

「してないよ。メアドは知ってるけど」優子はきっぱり言ってから、沙羅の顔を見遣った。「何でそんなこと訊《き》くの。気になるの？」

「いや、元彼ってさ、どんな距離感になるのかなと思って」

優子はモヒートを飲み干してから、赤いストローで、まるでグラスの中で繁茂しているかのようなミントの葉を押し潰している。

「そう言や、沙羅って元彼みたいな話ないね。今、付き合っている人、いないの？」

「いない。あたし、あまり男と付き合うの好きじゃないの」

「まさか、処女だったりして」

優子の悪い冗談に、沙羅はやや鼻白んだ。

「そんなことないよ。適当にやってるもん」

優子が沙羅を、勝手におくてだと見くびって、やきもきしていたのは知っていた。

「ごめんごめん。だけどさ。元彼って言ったって学生時代のじゃない。かなり遠いよね。まったく興味ないな」

「優子、冷たいね」

「それ普通だよ」

優子は鼻で笑った。取材先と会ってきた後とかで、黒いパンツスーツに白いシャツブラウスを着ていた。それは、ショートカットで痩せている優子に、よく似合っていた。開いた胸元に、ショーメのガーネットが入った金のネックレスが光っている。

「ねえ、優子は何で川島君と結婚しなかったの？」

優子はつまらなそうに、揃《そろ》いのピアスに触りながら答えた。

「え、別れた原因って、沙羅に言ってなかった？」

「聞いてない。あの時、仕事忙しかったから、あまり会ったり電話で話したりしてなかったもの」

優子が沙羅の視線からそっと目を背けた。

「そうだっけか。あいつさ、『お前さ、そんなに俺と結婚したいの』って言ったんだよ。このあたしに言ったんだよ。偉そうじゃない？　川島ごときに言われたくないよ」

美しくて頭がよく、要領のいい優子のプライドは、雲の上に聳《そび》え立っているのだ。どころか、年々高くなるような気がしてならない。

「ねえ、沙羅。どっかにいい男いない？　出版業界はどう」

優子が甘えた声を出す。

「いないよ。いたって、みんな結婚してるよ」

優子は、二十年経《た》った今も、沙羅と川島のことを知らない。告げたら、どんなに驚くだろうと沙羅は真相をぶちまけたい誘惑と闘った。時折、優子の自信をへし折って、鎧《よろい》の中で蹲《うずくま》っている、弱く可愛《かわい》い優子を見たい瞬間もある。

　モヒートを飲み過ぎたのか、優子は気怠《けだる》い表情で、バーカウンターに肘を突いた。体を捻《ひね》って、後ろの壁のモニターを見つめている。ビヨンセが「シングル・レディース」を歌っていた。優子は軽く口ずさんでいる。

「あーあ。あたしたち、いつの間にか四十過ぎちゃったね」

　振り返った優子が溜息《ためいき》を吐《つ》いた。沙羅は黙って頷いた。大手出版社勤めは、高給で自由時間も多い。華やかで仕事が面白いせいか、気が付くと浦島太郎のように時間が経っているのだった。

「ねえ、沙羅」優子が真剣な顔をした。「もう子供産めなくなる年齢だよね。あたしたち。これってどうよ」

「うん。あたし、最近そのことばかり考えている」

　優子は、「沙羅もそうなんだ」と驚いた顔をした。グラスに口を付けかけ、すでに空になったことに気付いて元に戻した。

「あたしね、最近ちょっと悔しい気がすることがあるんだよ。同じ女性ディレクターで、結婚して子供がいる人がいるの。そういう人が、子供いない人にはどうせわからないのよねって感じで、勝ち誇ってるのを見た時に、こいつには負けたくないけど、負けたかもしれないなって思うの。だって、本当に子供のことなんて、実感がないからわかんないもん。結婚もしたことないから、家で男がどんな姿になって、何をしているのか、とかわからないしさ。社会問題なら、あたしに任せて、と思うことあるけど、家族とか子供のことになると駄目だな。よくわからないから、弱気になる自分がいるのよ。そして、負けてるのかなと思うんだよね」

勝ち負けから入るのも、いかにも気の強い優子らしい話だった。

「てか、時々、他人の憐《あわ》れみを感じることがない？」

沙羅の言葉に、「あるある」と、優子が昂奮《こうふん》して大声を上げた。

「ほんと、あれ頭に来る。あなたは、おひとり様なんでしょ、寂しいでしょうね、お気の毒って感じ。あれは憐れみというより、ほとんど蔑みだよ」

うん、と沙羅は頷いた。結婚もせず、子供もいないことで、一人前ではないように扱われて腹立たしい思いをしたのも、一度や二度ではない。その上、四十を過ぎると、急に世間の扱いが変わる気がするのだ。もう子供を産めない女、と。能力をひとつ否定された感じがある。

「でもさ、優子にだけは言うけど、あたし子供だけは欲しい気がするの。男は要らない。邪魔なだけ。でも、子供はいてもいいような気がしてならなくて、何か切ないんだ」

「わかるよ。すごくわかる。あたしもそう」

優子が急に声を落とした。

「男みたいに自分の遺伝子を残したいとか、そういうだいそれたことではないのよね。つまりさ」

優子が遮った。

「寂しいんでしょ?」

少し酔ったらしい優子の言葉はパズルのように嵌《はま》る。そう、簡単に言えば寂しい。でも、それだけじゃない。

「うん、あと何かをすごく可愛がりたいの。無私に愛したいの。ペットじゃ嫌」

「すっごくわかる」と、優子が眉を曇らせた。

どうせ、あたしはおひとり様ですよ、と開き直ったところで、冷たいコンクリートの上に裸足《はだし》で立っているような感覚がある。気が付くと凍え切っているような。母が死んだら、自分はたった一人で生きていかなければならない。

「ねえ、お母さん元気にしてる?」

突然、優子が母のことを訊いたので驚いた。父親は、五年前に喉頭ガンで亡くなっていた。沙羅は、母と二人きりで世田谷《せたがや》の古家で暮らしている。

「うん、元気だよ」

「沙羅のお母さんて、あたしたちが遊びに行くと歓待してくれたよね。お鮨《すし》取ってくれたりして。大学生だってのに、他人のうちに行くのがあんなに楽しかったことはないよ。一人っ子っていいなと思った」

一人っ子ということも、子供欲しさに関係しているのだろうか。沙羅は考え込んでいる。すると、優子が沙羅の肩を叩《たた》いた。

「ね、二時だからそろそろ帰らない？　あたし、明日会議があるのよ」

「うん、帰ろう。久しぶりに会えてよかったよ」

「あたしも」

ボッテガ・ヴェネタの財布を出した優子に、沙羅は何気なさを装って言った。

「川島君のメアド教えてくれない？」

「いいけど、何で」

優子の手が止まり、訝《いぶか》る目で見た。沙羅は口から出任せを言った。

「デキ婚の顛末《てんまつ》について新書の企画があるんだ」

「あいつ、言うかな」

「わかんない。当たって砕けろじゃん」

沙羅はそう言って、バーカウンターの高い椅子から滑り下りた。

翌朝、九時頃に起きてシャワーを使っていると、浴室の外から母の聖子が声をかけた。

「昨日、遅かったのね」

「ごめん、起こした？」

「いや、今、カメラ見たから」

　インターホンに付いているカメラには、出入りする人間の映像と時間が記録される。母は再生して、沙羅の遅い帰宅時間を知ったのだろう。親の干渉がうざいと思ったのは若い頃で、今は心配する母の気持ちが有難かった。

　木下家はそもそも親戚との縁が薄い。父親は一人っ子だったから、父方の係累は大叔父がいるくらいだ。母には弟が一人いるが、弟夫婦には子がない。母が死んだら、沙羅はこの古い家に一人住んで、老いていくのだろう。

　母は今、六十八歳。近頃、母が沙羅の行く末をしきりに気にするのは、七十歳を前にして、一人残していく沙羅が不憫《ふびん》になったのかもしれない。

「お母さん、おはよう」

　沙羅は濡《ぬ》れた髪をタオルで包んだまま、リビングに行った。キッチンカウンターの向こうから、母が微笑《ほほえ》んだ。ワカメの味噌汁《みそしる》と葱《ねぎ》の匂いが食欲をそそった。

「遅かったのに眠くないの？」

「慣れてるから大丈夫。それよりお母さん、昨日優子に会って飲んだんだよ」

　母は、沙羅の朝食を用意しながら首を傾げた。動作は若々しく、この十年くらい変わらない。

「ああ、あの優子さんね。大活躍なんでしょ？　どうだった」

「変わらないよ」

最後のしんみりした内容の話については触れない。

「まだ独身なの？」

母の関心は常にそこにある。

「そう。付き合っている人もいないみたい。あの子、仕事に夢中だから。今、ドキュメンタリーかなんか作っているらしいよ」

「面白くて仕方がないんでしょうね」

母が次々にカウンターに載せてくれる、味噌汁、ご飯、目玉焼き、サラダなどをテーブルに運んで、沙羅は箸を付けた。

仕事は確かに面白い。これまでは、一生懸命やればやるだけ結果が出た。また、著者との信頼関係など、得難いものもたくさんある。

しかし、限界が見えた気もするのだった。出版不況と言われて久しい。懸命に作った本が売れないことも多々あるし、なかなか話題にならない。どんなに良心的な仕事をする作家でも、売れないと本を出すことはできなかった。

また、同期の男たちの中にはちらほらと編集長に就任した者がいる。対して、女性編集長はゼロ。沙羅はノンフィクションの編集部に所属しているが、ヒット作を出せなかったら、編集部門を外されることだってあるのだった。

しかし、出世できたとしても、それがいったい何なのだろう。会社員である以上、いつか定年がくるのだから。沙羅も優子も四十二歳だ。会社にいられるのは、あと二十年もなかった。それも、出版社やテレビ局がインターネットと共存して、何とか生き抜いた場合だ。

「テレビ局って競争が激しいんでしょう」

母が紅茶の入ったマグカップを持って、前に腰掛けた。

「スポンサーが付かなくて大変だって」

沙羅は、隣に座った優子の横顔を思い出した。時々、虚《うつ》ろな表情をしていた。でも、優子も自分のことをそう思ったかもしれない。沙羅が思わず噴き出すと、母が訊いた。

「いやだ。何、思い出し笑いしてるの」

「忙しい時は全然会わなかったけど、会ってみたら、やっぱ昔の友達っていいね。特に優子は、結婚してない仲間だからさ」

会社のパソコンを立ち上げてメールチェックをしていると、優子からメールが来ていた。いかにも要領のよさそうな簡潔なメールで、昨日のお礼と、川島のメアドと携帯電話の番号が書いてあった。その下に、〈取材結果がどうなったか教えてね〉とある。

沙羅は、メアドをコピペして、アドレス登録した。そして、メールを開いて書こうとしたが、ふとやめた。今更、川島に連絡なんかしてどうするつもりなのだ、自分が自分に訊いている。いいじゃない。二十年経ったんだから、あのことの結果を教えてやっても。でないと、自分が卒業できないんだから。

沙羅は思い切って、川島の携帯電話に電話をしてみた。メールでは様子がわからないし、川島の現況を知りたい好奇心が募っていた。

「もしもし、川島です」

知らない番号からかかってきたせいか、川島は警戒していた。

「川島君？　あたし、田島優子の友人の木下沙羅です。覚えていますか？」

「沙羅ちゃん？　勿論、覚えてるよ。元気だった？」

沙羅と知って、もっと慌てるかと思ったが、川島は嬉しそうだった。

「うん、あたしは元気です。そっちは？」

「俺はちょっといろいろあってね」苦笑混じりだった。「優子から聞いてるんだろう？」

「うん、聞いた。この番号も優子に聞いたの。メールにしようかと思ったけど、直接声が聞きたいと思って」

「嬉しいなあ。沙羅ちゃんから電話貰《もら》うなんて。ほんとに久しぶり。もしかして二十年ぶりくらいじゃないかな」

「でしょうね」

「俺、あの代理店、辞めたんだよ。知ってた？」

「うん、ちょこっと聞いた。あなたのことだから、順風満帆かと思っていたから意外だったよ」

「そんなことないよ。俺は何でもうまくいかないタイプらしいからさ。周りの人間を傷付けまくってるらしいし」

自身の結婚のことか、と沙羅はどきりとした。初めて、何のために電話したのか、もしかすると恨みのひとつでも告げたいだけなのか、と電話したことへの後悔の念が湧いてきた。

「そんなことないでしょう」

「いや、そんなことあるんだよ。あのね、俺、離婚したんだよ」

「ごめん、それも優子から聞いた」

正直に言わざるを得なかった。

「優子も傷付けちゃったみたいだし、俺、マジに自信なくしてるの」

その割には、声が明るいような気がする。

「じゃ、今何してんの。福岡に帰ったって聞いたけど」

「東京にいるんだ。葬儀屋で働いている」

意外さに驚いて、沙羅は二の句が継げなかった。川島に会って、あの出来事を話したところで、「周りの人を傷付けまくっている」中の一人になるだけのようだ。急に意気阻喪して、沙羅は周りを見回した。会社の廊下で話していると、顔見知りの社員が大勢通るので、目で挨拶を交わしているうちに、疲れを感じた。

「そう、突然電話してごめんね。懐かしかったからなんだ。機会があったら会おうね」

「葬儀屋が意外だった？」

川島の声は笑いを含んでいる。沙羅は、川島の率直さに驚いた。

「ちょっとびっくりした」

「そうだろうな。あのね、貰った電話で申し訳ないけど、沙羅ちゃんに謝らなきゃならないとずっと思っていたんだ」

「何？」

一応、問い返しながらも、あのことだ、あのことだ、と自分が囁《ささや》く。

「あの時、俺、自分のことしか考えてなかったでしょう。そのことに気付いて恥ずかしくなった。あれ以来、女の人とうまくいかない気がするんだよ。ごめんね、本当に」

どうやら、川島はすでに違う段階の扉を開いたようだった。先に謝られたことで、沙羅は何も言えなくなった。

「じゃ、また電話するね。さよなら、ありがとう」

沙羅は、慌てて電話を切った後、どうして川島に秘密を打ち明けようなんて思ったのだろう、と再び心を封印したのだった。

2

田島優子はいつも通り、携帯電話のアラームが鳴る直前に目を覚ました。どんなに遅く寝ても、泥酔していても、必ずやアラームの前に覚醒するのはどういうわけだろう。自分では意識していないが、日々の緊張は思ったより強いのかもしれない。

優子は、アラーム設定を解除した後、昨夜の酒がかなり残っているのに気付いて慌てた。十時の企画会議までに酒気を抜く必要がある。

一度だけ、先輩に「おい、酒臭いぞ」と注意されたことがあった。だが、あれはまだ二十代で、制作部に酒豪の新人が入って来た、と男たちに面白がられた時代だった。いい気になって何をしても許されたのは数年間で、その後、部内の評判を落とせば、容赦なく異動が待っていた。

優子は堅いドキュメンタリー部門を志望して何とか生き残ったが、それでも四十歳を過ぎて、二日酔いで会議に出席すれば、だらしのない女だと烙印《らくいん》を押されかねない。

しかし、久しぶりに学生時代の親友、木下沙羅と会って以来、一人飲みの酒量が上がっているのは事実だった。仕事が面白くないのではない。やり甲斐《がい》も自負もある。しかし、何となく気が塞ぐのは、沙羅と話したことで、まだ悩みとも言えなかった不安の種の形が露《あら》わになったせいかもしれない。が、種は種。まだ憂鬱の果実を結んだわけではないのだから、何とか頑張って仕事をせねばならないのだった。

優子はやっとのことでベッドから起き上がり、風呂に湯を張りに行った。床には、バッグやスカーフや服が、取り去った順に散らばっている。放置したままでは、皺《しわ》になるのはわかっているのだが、あまりの気怠さに片付ける気にもならなかった。

優子は下着姿のままで、冷蔵庫から取り出した二リットル入りの水のペットボトルに、直接口を付けた。誰にも気を遣わないで済む気楽な生活は、自堕落との境にある。

冷蔵庫の中には、缶ビールやバター、ジャムの瓶以外は、何も入っていなかった。途端、優子は猛烈な飢餓感に襲われた。無性に温かい食べ物が欲しかった。カップラーメンすらも切らした部屋は、腹立たしいほどに空疎で、気持ちが荒《すさ》む。

「疲れるんだよねー」と、優子は思わず独り言を洩らした。なぜ疲れるのか、どうしたら疲れが取れるのか、わからないままに、一人で片付けていかねばならないことが堆積して、溜息が出る。誰かに、優しさや思い遣りをたくさん貰って、すべてを委ねたい気持ちが日増しに強くなっている。結婚したい、と優子は口にした。だが、自分は結婚願望とは無縁の女だったはずだ。優子は、自身の弱さにぞっとした。

優子は香りの飛んだコーヒーを飲みながら、丹念に化粧した。そして、今日こそは川島雄祐《ゆうすけ》に電話をしてみようかと思い立った。木下沙羅が、わざわざ川島の名を出したことが気になっていた。

沙羅は、本当に川島の話を聞いて、デキ婚の顚末を本にしたいと頼んだのだろうか。あるいは、川島に興味があって、自分と繫がりがないのなら会ってみたい、と考えているのだろうか。そうだとすると、川島は独身に戻ったと聞いたし、黙って譲るのは惜しかった。

実は、優子には、川島ともう一度会ってやり直したい気持ちがある。決して認めたくはないが、その感情を、世間では未練と呼ぶのも知っている。

たまたま、今日は、自分が初めてプロデュースとディレクションを兼ねたドキュメンタリー番組の放映日でもある。川島は広告代理店を辞めたそうだが、まだ何かの伝《つて》は持っているだろう。宣伝を兼ねるふりをして、川島に近況を聞いてみようと決心した。

優子は、出勤途中、駅中《えきなか》にあるスープ屋で、クラムチャウダーとフランスパンの朝食を急いで食べた。熱さで舌と喉がひりひり焼けたが、気にする余裕もなく、六本木のテレビ局に向かった。

朝から、大勢の人間が出入りする玄関は、ほとんどが出向や下請けの人々なので、皆、無言で行き交うだけだ。たった一人、派遣の受付嬢が優子の顔を覚えていて、職業的愛想のよさで挨拶をしてくれた。

企画会議は、制作部のドキュメンタリー番組担当のプロデューサー数名と、チーフディレクター、ディレクター、ADを含め、十二人で行われる。女性は、田島優子と地方局のアナウンサーからディレクターになった変わり種、佐竹宏美《さたけひろみ》の二人だけだ。

佐竹は、優子の一歳下で、地方局時代の番組プロデューサーと結婚していた。中学生になったばかりの息子と小学生の娘がいる。優子が、沙羅に「負けたかもしれない」と話した女性ディレクターとは、佐竹のことだった。だが、優子はそんなことは表情にも出さず、佐竹と軽く会釈を交わした。

今朝の佐竹は、白のニットワンピースの上に、白のパイピングを施した紺のジャケットを羽織っていた。そのままニュース番組に出られそうな清潔感のある服装だ。それもそのはず、佐竹は地方局の看板ニュースキャスターだったのだ。

その人気に目を付けたキー局に引き抜かれ、数年間、ニュース番組のレポーターをやった後に、ディレクターに転身したのだった。そして、今は老人介護や子供の虐待などをテーマに、良質の番組を作っていた。二児の母親で、優秀なテレビディレクターという存在が稀有《けう》なのか、女性誌などによく登場する有名人でもある。

会議では、優子の出した企画は誰の賛成も得られず、佐竹の案である「子供と貧困」

を取り上げることに決まって終わった。優子は落胆したが、今日はゴールデンタイム枠で、優子の企画制作作品、『無人島で少年は』という番組が放映される。自信作なだけに、その評判が楽しみだった。

「田島さん」

部屋を出ようとすると、局長の永野が肩を叩いた。永野は、お笑いタレントを使ったエンターテインメント番組を数多くヒットさせた男で、五年前にドキュメント畑に来た。さぞかし美少年だったであろう端整な顔立ちをしているのだが、五十歳の今は、長年の飲酒がたたって頬がたるみ、アルプスにいる大きな犬を連想させた。永野が頬の肉を感じさせる籠もり声で労《ねぎら》った。

「今日のあれ、ご苦労さん。楽しみにしてるから」

「ありがとうございます」

「ギャラクシー賞とか、取れるんじゃないの」

「まさか、まさか。あり得ないですよ」

優子は慌てて否定したが、賞に関しては、もしや、という思いもなくはない。第二次大戦中、日本海にある無人島に一人住んでいたという老人を見付け出して、仲良くなるまで、どれだけ老人の元に通ったか。そして、重い口を開かせて逸話を聞き出し、苦労して家族を捜し出して裏を取ったのだ。二年がかりで作った番組は、これまで自分がデイレクターを務めた中でも、最高傑作に入る番組だという自信があった。しかも、初プロデュースだ。この番組が成功したら、一気にプロデューサーになれるかもしれないという野心もあった。

「これから会食で、明日は軽井沢に行くから、あっちからメールするよ」

永野は、軽井沢に別荘を持っていて、週末はそこでスポンサーや有名人の知己らと釣りやゴルフをして過ごすのだった。

「よろしくお願いします」

優子は会議での失点をカバーできた気がして安堵《あんど》した。四十代になって、評価の高い仕事ができなければ、どんな部署に異動させられるかわからない。まして、テレビ業界の制作現場は、女性など、ほとんどいない。自分は恵まれていて生き残ったが、佐竹のような、充実した生き方をしている女性が来れば、自分の女性という希少価値もないに等しいのだった。

それでもディレクター職やプロデューサー職を貫きたいのなら、プロダクションに入って続ける、という選択肢もなくはなかった。しかし、それでは就職試験に勝ち抜いてテレビ局に入った意味がない。優子の優越感やプライドは、実は散らかって何もない自室同様、空疎になりつつあった。

午後、優子は知人友人らに、一斉にメールで番組の告知をした。その中には、木下沙羅や、川島雄祐も入っていた。律儀な沙羅からは、早速返信があった。

〈メール拝受。

面白そうなテーマだね。しかも、初プロデュースとはすごい。

あなたのことだから、素晴らしい番組だと思う。

今日は早く帰ってリアルタイムで見るからね。

他の人にも宣伝しておくけど、もし本を出すことを考えているのなら、
是非、うちからお願いね（笑）〉

他の知人からも、好意的な返信がすぐ来たが、川島からは夕方になっても音沙汰がなかった。この機会を逃せば、また電話もしにくくなる。優子は思い切って川島に電話してみた。しかし、すぐに留守電に変わった。

「田島優子です、お久しぶり。今日はあたしが作った番組が放映されるので、是非見てほしいと思って連絡しました。八時からです。ただ、それだけです。では、また」

「ただ、それだけです」と言ったのは、優子の意地だった。優子は留守電に吹き込んでから制作室に戻った。ADの高橋が買って来てくれた弁当を食べて、オンエアの時間をじっと待つ。すると、携帯が鳴った。川島からだ。優子は残り時間を確かめてから、廊下に出て話した。

「優子？　川島です。久しぶり。今、仕事中なもんだから、電話に出られなかった。す

みません」

川島は声を潜めて謝った。

「あら、わざわざすみません。話してても大丈夫なの？」

懐かしさに優子の胸が躍った。これまでも、メールの遣り取りは時折していたが、声を聞くのは、ほぼ五年ぶりだ。

「うん、数分なら大丈夫」

「数分って、今どんな仕事してるの？」

「沙羅ちゃんに聞いてないの？」

何の屈託もなく、川島が沙羅の名を出したので、優子は少し嫌な気がした。

「いや、何も知らないけど」

「俺さ、今、葬儀屋やってるんだよ。実は今、お通夜の最中でね。これから喪主の挨拶が始まるから、じきに戻らなきゃならないんだ」

葬儀屋。意外さに、優子は絶句した。

「へえ、そうだったんだ」

「そうなんだよ」川島は被《かぶ》せるように言った。「沙羅ちゃんも驚いていたよ。広告代理店から葬儀屋だからね」

「いいじゃない」

「うん、俺は嫌いじゃないよ。大事な仕事だと思っている」

川島は真面目な声で答えた。いかにも焼香客をうまく誘導しそうな、柔らかく慇懃《いんぎん》な声音だった。優子は、自分が長く付き合っていた男はこんな人間だったのか、と初めて知った気がした。就職活動をしている時は、広告代理店に入ったら、こんな仕掛けをしたい、あんなブームを作りたい、と悪巧みにしか聞こえないことを大声で喋っていたのに。何かあったのだろうか。俄《にわか》に興味が増したが、時間がなかった。

「で、あたしの用件、言っていい？」

「ああ、留守電聞いたよ。悪いけど、今夜は仕事で見られないんだ。今度ＤＶＤでも送ってくれないかな。是非、見たい」

「そうするね。あのさ、それで、たまには飲みに行かない？」

思い切って誘ってみる。

「いいね。沙羅ちゃんもそう言ってたよ。皆で会おう」

「あら、そう。沙羅は、本のこと何か言ってた？」

「本？　いや、何のことかな」

川島が訝る様子だったので、優子は、「何でもないの、また連絡するね」と言って切った。川島とは、大学時代から五年間も付き合っていたのだから、沙羅と一緒に会おう、と言われるとは思ってもいなかった。

それに、沙羅は「デキ婚の顚末」なる本の話もしていなさそうだ。沙羅と川島の間に、自分の知らないことが起きている。気にすまいと思っても、えぐい食べ物を食べた後のように、舌の両端に微《かす》かな渋みが残るのは、最近感じる憂鬱の種のせいか。

「田島さん、そろそろ始まりますよ」

ショートカットで、笑うと頰にえくぼの出来る高橋が、にこやかに伝えに来た。我に返った優子は、急いで自席に戻って、自分のパソコンを開いた。番組のツイッターに、「そろそろオンエアです。皆さんの感想が楽しみで、スタッフはどきどきしてます」と、高橋が書き入れていた。

番組が始まった。制作室のモニターには、九十歳近い老人の顔が大写しになっている。老人は所在なさげに、病室らしき白い壁の方を見ている。そして、七十年前の一人の少年の写真。それが病室の老人と重なる。やがて、老人の顔の下にテロップが出た。「少年時代、無人島でたった一人で暮らした島本常吉さん（現在86歳）」。

そして、画面は皺んで変形した茶色い手のアップに変わり、「爪の中の茶色い汚れは無人島の土だ。決して取れない」という、男優のナレーションが入る。

田島優子は、同じ場面を何百回も見て、自身の手で編集したはずなのに、また同じように感動していた。二年がかりで作った作品が、今夜やっとオンエアされて、視聴者の目に触れる喜び。よい取材対象を見付けられて、得難いコメントを取り、いい絵が撮れた。誰が何と言おうと、自分は素晴らしい仕事をした。

「田島さん、感想がばんばん入って来てますよ」

ＡＤの高橋が嬉しそうにノートパソコンを指差した。田島優子も、自分のパソコンで、刻々と増えていく番組の視聴者のツイートを眺めた。そのほとんどが、番組を褒めそやしていた。

ところが、優子自身がインタビュアーとして老人に質問を始めたあたりから、風向きが変化した。「この女の声、うざくね？　媚《こ》びてる」というのが、最初の悪口だった。すると、たちまち悪口が始まった。

優子の姿は見えず、声しか入っていないのだが、その分、優子の声が耳に付くのは確かだった。また、自分では気付かなかったが、ツイッターと同時に映像を見ていると、島本は、優子と話すことに喜びを感じて、浮かれているように見える。ドキュメンタリーとしては、それが面白かったのだが、視聴者側から見ると、優子のスタンスが曖昧で、ふざけている印象になる。しかも、優子の声は甲高いアニメ声で、本人の映像がないだけに、軽薄に聞こえた。

「田島さん、ツイッター、ちょっと嫌な感じになってきましたね」

高橋が額に脂汗を浮かべて叫んだ。

「どうしようか」

高橋や他のADが自分のアカウントで入って、悪口をよい方向に誘導しようとしたが、いったん始まった悪口は止まらなかった。果ては、「この話、本当なんですか？」とまで入り、優子たちは焦った。必死に「本当の話です」と打ち消したが、なかなか悪評は収まらない。

ようやく一時間の番組が終わった後も、ツイッターでは「田島優子」の揚げ足取りが始まっていた。ギャラクシー賞も夢ではないと思っていたのに、とんでもない結果に終わって、優子は悄気《しょげ》た。

「田島さん、元気出してくださいよ。激励もたくさん来てるじゃないですか」

若い高橋に労《いたわ》られる始末だ。

「いやー、こんなこと初めてよ。ツイッターや2ちゃんでやられるなんて、大変な時代になったものだね。まいったな」

空元気を出して答えたが、それでも水底に沈んでいきそうな無力感があった。

「俺はいい作品だったと思うよ。全部が全部、批判じゃないし」

あまりの反響の悪さに同情した他のディレクターが慰めてくれたが、その慰めも虚《むな》しい。

「ねえ、正直に言ってほしいんだけどさ。あたしの声って、そんなに媚びてるみたいに聞こえるの？」

「そんなことないですよ」

　全員が慌てて否定したが、一瞬、部屋が静まったのも事実だった。どうやら、優子が一番傷付いたのは、媚びている、声がうざい、と言われたことだった。ディレクターとして、島本に質問をしたかったのは自分だし、その時の反応が面白いと思ったから、声は入れざるを得なかった。だが、その声や喋り方が視聴者の癇《かん》に障るとは思いもしなかったのだ。これは、ディレクターとしても、プロデューサーとしても、客観性に欠けているからではないか。優子は自信をなくして黙り込んだ。

「そんなにへこむなよ。飲みに行こうよ」

　先輩のディレクターが誘ってくれたので、何とか頷いた時、ジーンズの尻ポケットに入れた携帯が鳴った。発信元を見ると、滅多にかかってこない永野からだった。不安を覚えながら電話に出る。

「永野です。ご苦労さん」

　声で機嫌が悪いとわかった。永野もツイッターを見たのか、と暗い気持ちになったが、永野はツイッターのことなどひと言も言わなかった。

「田島、お前、あのネタはどこで拾って来たの？」

「どこって、最初はネットですけど」

「ネットなんかで拾って来るのか」

永野が吐き捨てたので、優子は不安になった。

「何かあったんですか」

「何かどころじゃないよ。あの爺《じい》さん、食わせ者らしいよ。あの無人島の話は大嘘《おおうそ》だって、局に電話が来たんだ」

「それは何という人から来たんですか」

長く生きていれば、島本と敵対する人間も多くいるだろう。素人が出演すると、クレームが来ることがある。あの人はそんな立派な人じゃありません、という類の。

「上田に住んでいる匿名希望の視聴者だよ」

永野は面倒臭そうに答えた。

「じゃ、怪しいと思いますが」

「あのさあ」と、永野がいきなり大声を上げた。「そういう電話が三本もあったんだとさ。全部、別々。まだ増えるかもしれないよ。お前さ、二年間も何調べてきたの。あの対象は大丈夫なの？」

「多分、大丈夫です」

「多分なんて言うなよ。ドキュメンタリーって事実を扱うんだからさ」

「あ、すみません。では、事実です。確かに、島本さんはあの島に住んでいました。私たちも島に上陸して、島本さんの案内でいろんな生活の痕を見て来ましたから」

「あの島は無人島ではないそうだ」

「どういうことですか？」

「当時は島の反対側に日本軍の秘密基地があって、二十人くらいの軍人が住んでいたそうだ。島本はその下働きをしていたんだ。軍の機密だから無人島ということになっているんだ」

大失敗をした。島本に騙されたのだ。優子はへなへなと頽《くずお》れそうになった。今日、友人や知人に出したメールをすべて回収したいような気分だった。

「すみません、辞表出します」

永野は苦笑したようだった。

「いいよ、始末書だけで」

急遽《きゆうきよ》、バーに呼び出した木下沙羅に、優子は何度も繰り返した。

「あたし、仕事辞める」

「辞めてどうすんのよ」

「辞めて結婚する。そして、子供を産む」

沙羅は薄笑いを浮かべた。

「相手は？」

「あいつ、どうかしら。川島雄祐。ねえ、どう思う」

しかし、沙羅は複雑な表情をした。

「やめといたら。一度別れたんだし、カッコ悪いよ。他にいないの?」

「何で、一度別れたら駄目なの? 今は独り身だし、ちょうどいいじゃない」

「そうかな」と、沙羅は中空を見たきり、何も言わない。

「沙羅、あなた何か言いたいことがあるんじゃないの。あたしにプライドがないとか何とか」

優子がふざけて肘で突くと、沙羅は激しく首を振った。

「ないよ、ない。あたしは結婚なんかしたくない。それよりも子供欲しい。精子を提供してくれる男はどっかにいないかしら」

「川島雄祐はどう」

優子はふざけて言ったのに、沙羅は露骨に嫌な顔をした。

「あたしは二度といや」

二度ととは、どういうことだろう。優子は酔った頭で考えたが、この会話も明日の朝には覚えていないだろうと思うと、どうでもよくなった。

そんなことより、ネットでの悪口の数々が蘇《よみがえ》って、優子は決して忘れないだろう、と暗い思いに囚《とら》われるのだった。

3

夢か現《うつつ》か、どこかで赤ん坊が泣いている。泥酔して寝た佐藤隆司《さとうりゅうじ》パウロは、てっきり悪夢を見ていると思い、必死に覚醒しようとした。しかし、目が覚めても、泣き声は止《や》むどころか、次第に激しくなるばかりだ。パウロはやがて、泣いているのが生後六カ月になる自分の娘だと気付いた。

「ロザ」と、低い声で妻の名を呼んだ。

返答はない。苛立《いらだ》って声が大きくなった。

「ロザ、ミカが泣いてる」

妻は答えない。パウロの声が耳に入ったせいか、娘はさらに逆上したように激しく泣きだした。耐えられなくなったパウロは、ベッドの下に転がしたままの携帯電話を苦労して拾い上げ、半眼で時刻を確かめた。午前八時半。日曜の朝じゃないか、と腹立たしかった。

火がついたように泣く娘は、腹が減ったのか。それとも、おむつが濡れているのか。ロザは何をしているんだ。パウロはもう一度、横になったまま、妻の名を呼んだ。

「ロザ、ロザ」

足で探ってみたが、隣は空っぽだ。道理で、今朝は手足を伸ばして寝られたはずだ。

ロザは、いつからいないのだろうか。パウロは、薄暗い部屋の中を眺め回した。シングルベッドとベビーベッドでいっぱいの寝室に、妻のいる気配はなかった。もっとも妻がいたら、これほどまでに娘が泣くわけがない。

居間に通じる襖《ふすま》が少しだけ開いているのに気付き、不機嫌な声で叫んだ。

「ロザ、ミカがうるさいんだけど」

しんと静まり返ったままだ。どうやら、ロザはアパートにはいないようだ。朝っぱらから、どこに行ったというのだ。

パウロは、まだ酔った頭で、昨夜《ゆうべ》のことを思い出そうとした。昨夜は仕事仲間のホベルトらと、JR駅近くにある日本人客の多くいる飲み屋に行って、明け方近くまで飲んだ。何とか家に帰り、ベッドに潜り込んだはいいが、目を覚ましたロザと喧嘩《けんか》になった。ロザに、「酒臭い、何で酒なんか飲んで来るの」と罵られ、「土曜くらい、いいじゃないか」と怒鳴り返したところまでは覚えていた。

『あたしの苦しみの根源は、あなたといることよ』

ロザにそんなことを言われなかったか。そして、ロザは毛布を奪い取って、一人床に寝ようとしなかったか。明け方の夫婦喧嘩を鮮明に思い出したパウロは、肩を竦《すく》めた。ロザの、自分に対する非難が、常軌を逸している気がして寂しかった。土曜の夜くらい、羽目を外したっていいじゃないか。

ロザは、ミカを産んだ後、「聖霊の声」教会の熱心な信者になった。「聖霊の声」教会の教義は知らないが、行いを正して努力すれば、ある日、聖霊が降臨して幸せになれる、というものだそうだ。だからロザは、酒も煙草《タバコ》も、若い女の子との馬鹿騒ぎも大好きなパウロを、非難してやまなくなったのだ。

ロザ自身は、懸命に家事や育児をこなし、ことあるごとに神に報告して祈りを捧《ささ》げているらしい。そして、そんな自分を認めるよう、パウロに迫る。

ロザを認めているからこそ愛し、愛したからこそ結婚しているというのに。ロザが、自分にそれ以上の何を求めているのか、パウロには理解できない。

さらに、酒や煙草程度で日頃の行いが悪い、と言われてはたまったものではなかった。だったら、朝から晩まで、工場できつい労働をする自分は、いったい何を楽しみに生きればいいのか。

そこまで考えたパウロは、今朝は日曜だから、ロザは一人で礼拝に行ったのだと得心した。ロザは、「聖霊の声」教会の日曜の礼拝に毎回出席したがっていた。だが、パウロは、日曜の朝くらいはゆっくり寝たい、と娘の面倒を見ることを拒んでいた。そのことに腹を立てていたロザは、昨夜のパウロへの当てつけに、娘を置いて礼拝に出掛けたとみえる。

パウロは、二日酔いのふらつく足で、ベビーベッドの横に立った。六カ月になる娘は、顔を真っ赤にして泣き続けていた。

「お前のママは、お前を捨てて礼拝に行っちゃったよ」

パウロはそう言って、丸い頬に指で触れた。一瞬、黙り込んでパウロの顔を見上げた娘は、再び点火したかのように泣き声を高くした。母親が自分を見捨てて、一人どこかに出掛けたことを赤ん坊なりに悟ったのだろう。

「俺たち捨てられちゃったんだよ」

パウロは、同じ被害者の気分で、いきんで泣き続ける娘を抱き上げた。哀れに思って抱き締めてやろうとしたのに、娘はまるでパニックに陥ったように全身で抗《あらが》い始めた。扱いかねて、パウロは娘を再びベビーベッドに戻した。しかし、ビリビリと鼓膜を刺激する泣き声に耐えられなかった。このままだと癇癪《かんしゃく》を起こしそうだ。

パウロは、襖を大きく開けて居間に向かった。ダイニングテーブルの縁《へり》や、赤ん坊用の椅子やらに体のあちこちをぶつけながら、キッチンまで辿《たど》り着き、水道の蛇口に直接口を付けて水を飲んだ。春の冷たい水が喉を濡らすと、心が落ち着いてくる。

流しには、ロザが飲んだらしいコーヒーカップと、哺乳瓶がそのまま置いてあった。カップの縁にローズ色の鮮やかな口紅が付着しているのを見て、パウロは不思議な気持ちになった。ロザは日曜礼拝に行くのに化粧をするのか。まるで神様が恋人のようではないか。

パウロは、昨夜脱ぎ捨てて、椅子の背に掛かったジーンズを穿《は》いた。昨夜、そのまま寝たために、皺になったTシャツの上から、構わず黒いレザーのジャンパーを羽織る。マフラーを巻き、財布と携帯を尻ポケットに突っ込んだ。

娘のところに行って、もう一度ベビーベッドから抱き上げた。

「ママのところに行こう」

怖ろしそうに目を瞠《みは》って、体を強《こわ》ばらせる赤ん坊の力。思わず取り落としそうになって、パウロは慌てた。愛《いと》おしいと感じる反面、どうして娘は、父親を信頼しようとしないのか、と落胆する。

「ミカ、ママを迎えに行くよ」

話しかけると、娘はふっと力を抜いたが、またしゃくり上げて泣き始めた。酒臭いパウロでは不安なのだろう。いつもと違う朝に、落ち着かない様子で、強ばりを解かないのだった。

パウロは憂鬱な気分で、泣き止まない娘を胸に抱き、部屋を出た。三月終わりの朝は、気温が高い代わりに、どんよりと曇っていた。

日曜の街は静かで、人通りもほとんどなかった。時折、少年たちを乗せたマイクロバスが通り過ぎて行くのは、これからサッカーの試合でもあるからだろう。

「その子はどうしたの」

突然、老女が、パウロと、腕の中で泣き続ける娘を交互に見遣りながら話しかけてきた。

七十歳くらいか。化粧気がまったくなく、黒っぽいフリースを着て、乾いた白髪を男のように短く刈り込んでいた。眼差《まなざ》しに険があるので、パウロは怯《ひる》んだ。そう言えば、奇妙なことばかり喋る、頭のいかれた婆《ばあ》さんがいる、と仲間の誰かが言っていたのを思い出した。

「この子の母親を迎えに行くところです」

「だったら、どうして泣いてるの」

「さあ、赤ん坊はよく泣きますから」

老女が、パウロを信用できない、という風に睨《にら》み付けた。

パウロは十五年前に、両親とサンパウロから日本にやって来た。両親はサンパウロに帰ったが、パウロはそのまま日本の高校を出て、大学はサンパウロ。再び日本に戻って仕事をしている。だから、日本語に不自由はなかったし、日本社会にはかなり馴染《なじ》んでいると思っている。しかし、今朝ばかりは、老女の露骨な猜疑《さいぎ》を感じて不快だった。

「この子は私の子ですから」

思わず、言わずもがなのことを言うと、老女は逆に厳しい顔をした。

「あ、そう。だったら赤ちゃん、寒いでしょ？」

パウロは驚いて娘を見た。まったく気付かなかったが娘は寝間着姿だ。確かに何か着せて出るべきだった。風邪を引かせたら、ロザに何と言われるかわかったものではない。パウロは慌てて首に巻いていたマフラーを外して、娘の体に巻き付けた。

「それに、あなた、お酒臭いわ」

老女はくんくんと臭いを嗅ぐ仕種《しぐさ》をした。

「すみません」と謝った後で、なぜこんな見知らぬ女に謝らねばならないのかと癪に障った。構わず行こうとすると、老女が追い縋《すが》るように訊いてきた。

「あなた、ちょっと待って、あなた。あなた、日本語は上手だけど、ごみカレンダーは持ってますか？」

パウロは相手にせずに歩きだした。老女は、しばらくパウロを追って来ていたが、今度は、自転車でやって来た中年女性を呼び止めて、「あなたは、ごみカレンダーをお持ち？」と話しかけている。

パウロが住む、群馬県O市は、多くの日系ブラジル人が住んでいるので有名な街だ。そのほとんどが、近郊の大きな自動車工場や家電工場で働いている。だが、どこもリーマンショックのあおりを受けて、一時閉鎖や部分閉鎖に追い込まれていた。パウロの仲間の多くがレイオフに遭い、本国に帰って行った。名古屋や浜松も同じで、工場が閉鎖されたからと、O市に引っ越して来る者さえいるのだった。

パウロが馘首《かくしゅ》を免れているのは、誰よりも日本語が達者なことと、子供が生まれたばかりだということを考慮されたからに違いなかった。が、このままいても、日本の景気が好転するとは到底思えない。サンパウロに帰ることも考えたが、娘も生まれたことだし、もう少し金を貯《た》めたかった。

だから、パウロは、ドバイかヨーロッパに出稼ぎに行こうかと考えていた。ドバイの景気は一段落したらしいが、それでも建設現場は多いし、外国人労働者を優遇している。しかし、ドバイはイスラム教国だから、酒を自由に飲めないと聞いて、正直行くのを迷っていた。酒が飲めないのが辛《つら》いのではなく、ロザがそのことを喜ぶのが嫌なのだった。パウロは、自分の嗜好《しこう》を他人や国家から糾弾されたくない。

パウロは、信号を無視して国道を渡った。夜明けまで飲んでいたから、寝不足だった。何度も生あくびを嚙《か》み殺したために、顎が痛い。父親に抱かれた娘は、よほど不安なのか、びいびいと力なく泣き続けていた。パウロは娘に囁いた。

「もうじきママに会えるよ」

ママと聞いて、娘が頭《こうべ》を回《めぐ》らせて必死に母親の姿を捜している。この世に生まれてたった半年で、母親を唯一無二の存在だと認識するのだから、赤ん坊とはたいしたものだ、とパウロは思う。子供を持ってみると、自分もこうして育ってきたのか、と自分を肯定する気持ちが強まる一方、母親という巨大な存在に圧倒されるのが不快でもある。

パウロは、元は映画館だった建物の前に立った。「聖霊の声」教会がある場所だ。「聖霊の声」教会の優れているところは、立派な教会を新しく建てるのではなく、街の中心にある建物を利用して、教会にしている点だった。ロザから聞いた話では、潰れたボウリング場や、廃工場など、古い建物を流用しているところがカッコいい、と若者の支持を得ているのだそうだ。

パウロは観音開きのドアの前に立って、中に入ろうかどうしようか迷った。躊躇《ため》らっているのは、妻が夢中になっている「聖霊の声」教会が、あまり好きではないからだった。関わりを持ちたくない。

しかし、早く娘を妻に預けてしまいたいパウロは、思い切ってドアを開けた。娘は泣き止んでいたが、今度はどこに連れて行かれるのだろうと別の不安に耐えているかのように、きょろきょろと落ち着きなく周囲を見回している。

扉を開けた正面に小さなホールがあり、そのホールから上映場所を囲むように、狭い廊下がぐるりと左右に続いている。

映画館だった頃に何度も来たことがあるから、構造は覚えていた。ホールの入り口にはチケットを切るカウンターがあり、その横に売店。右の廊下を進めば手洗いに、左は非常口に突き当たるのだった。

映画館だった頃は、前の回が終わるまで観客が待てるように、ホールの隅にベンチが置かれ、飲み物の自販機と、いつもカップから溢《あふ》れ出てしまうために、評判の悪いポップコーンの自販機が二台あった。

しかし、「聖霊の声」教会となった今、そこには、簡素なテーブルが置いてあって、パンフレットが山と積んである。パウロはパンフレットを手に取って眺めた。「これ以上、苦しむな！」とポルトガル語と日本語で大きく書いてあった。

これ以上、苦しむな！
あなたは、もはや苦しむ必要はありません。
これまでも充分にやってきたではありませんか。
神はそんなあなたを見ています。
そんなあなたのことを知っています。
だから、神に祈りを捧げましょう。
努力を怠らないあなたは、必ずや報われるはずです。
神はあなたの御心《みこころ》の中にだけおわします。

まったく信仰心のないパウロは斜め読みしてから、パンフレットをテーブルに戻そうとした。だが、娘が手を出したので、紙の端で手や口を切らないよう、小さく折り畳んで軽く捻ってから手に持たせせた。娘は両手で摑《つか》んで、口に入れようとしている。

それを押しとどめていると、中から歌声が聞こえてきた。聞いたことのない歌詞とメロディだが、ロック調の曲だった。

パウロはミカを抱いたまま、映画館時代と変わらない重い両開きのドアを片手で開けた。信者が歌っているうちに中に入り、ロザに娘を押しつけて帰るつもりだ。日曜の午前中くらいは、誰にも邪魔されずに惰眠を貪りたかった。あとは、ロザが何とかしてくれるだろう。喧嘩になったとしても、ミカの泣き声の中で眠るよりはずっとマシだった。

かつてスクリーンのあった真ん中の小舞台上で、白いボタンダウンシャツと黒いぴったりしたパンツ姿の男がコードレスマイクを握って、一緒に歌っていた。小柄だが、色黒で締まった体つきをしている。コードレスマイクを通して聞こえる歌声も、よく通るテノールで心地よかった。

神の子のしるしはどこにある?
今、この私の胸に。
なぜ神は私をお試しになるのか?
今、この私の胸に。

あなたの御許《みもと》にはどうしたら行ける？

今、この私の胸に。

それがみしるし、それがみしるし。


「聖霊の声」教会は、この十年間で急速に信者数を伸ばしているプロテスタント系の教会だ。感極まると、信者が次々と失神したり、うわごとのような言葉を発して、トランス状態に入ると言われている。その霊的体験が評判を呼び、信者が増えているのだった。しかもテレビチャンネルを持ち、ネットを積極的に利用しているため、オカルト好きの若い人たちや学生層にも信者を増やしていると聞いた。

その人気ある教会の牧師が、これほど若く、ロック調の歌までこなすとは思わなかった。パウロは牧師の顔を眺めた。どこかで見たことがあるような気がした。

「どうしたの、こんなところまで来て」

詰《なじ》るような囁き声がした。振り向くと、ロザが怒りの眼差しで立っていた。ジーンズに、紫色のトップス。黒いカーディガンを羽織って、ポケットに両手を突っ込んでいる。派手な化粧を施して、いつもより洒落《しやれ》た格好をしている。それが似合っているのが何となく癪だった。

「ミカ、おいで。寒かったでしょう」

娘が手を伸ばして母親の胸に縋った。ロザが抱き寄せると、憎らしいことに娘はにこりと笑う。パウロはそれを横目で見て、ロザに厭味《いやみ》を言った。

「黙って出て行くからだよ」

「何言ってるの。あなたが酒飲んで帰って来るからじゃない。酔っぱらい、大嫌い」

ロザは顔色ひとつ変えずに、激しい言葉をぶつけてきた。いつもならかっとして怒鳴り返すところだが、パウロは肩を竦めた。

「ミカが泣き止まないから連れて来たんだ」

突然、ロザがうっと鼻を押さえた。

「酒臭いよ」

「ごめん。そう言うなよ」

「言うよ。あなたは救われない人だよ。悪の根源だ」

「何だ、それは」

さすがにパウロは苦笑した。周囲から、静かに、と指で制され、ロザとパウロは仕方なく映画館の椅子に並んで座った。四十人ほどの老若男女が集まって、舞台上の牧師を注視している。ちらりと、パウロとロザの二人に目を遣ってから、牧師が叫んだ。

「失敗のサイクルを見付けてください。皆さんの失敗のサイクルを見つめることです。悪いサイクルはないですか？　失敗だとわかっているのに、繰り返す過ちはありませんか？　さあ、考えてみてください。ありませんか？」

「ある」と、誰かが答えた。

途端に、皆が唱和した。

「ある、ある」

すると、誰もが真剣な顔で額に汗を浮かべ、「ある、ある、ある、ある」と叫びだした。「ある、ある」ロザも切なそうに眉を寄せ、俯《うつむ》きながら呟《つぶや》いている。「ある、ある、ある、ある」

信者の反応を窺《うかが》った牧師が声を張り上げた。

「失敗のサイクルは一人一人違う。ちっとも恥ずかしくなんかない。自分を責めるな。誰にでもあるんだ。苦しむな。誰もが失敗のサイクルを持っている。それは何だ。飲酒か？　喫煙か？　姦淫《かんいん》か？　麻薬か？　ギャンブルか？　怠惰か？　嘘か？　過食か？　浪費か？　窃盗か？　何だ」

牧師が両手を組むと、同様に誰もが祈りの姿勢に入る。ぶつぶつと繰り返しているのだった。「ある、ある、ある、ある」と。

「他人を責める前に、おのれを見よ。おのれの失敗のサイクルを認識せよ。誰も非難するな。誰も悪くない。悪いのは、自分だけだ。だからこそ、努力して立ち直れ。そして、報われよ」

牧師の陽に灼《や》けた額にぬらぬらと汗が光った。

「努力すれば報われる。これ以上、苦しむな！　失敗のサイクルを断て」

その時、舞台の袖からタイミングよく、ぽんと何かが投げ込まれた。パウロもよく見知っている物だった。黒と白のテルスター。サッカーボールだ。

牧師はそれを何気なく胸でトラップし、ちょんちょんと頭や足や腿《もも》でリフティングしてみせた。

「ヨシザキじゃないか」

パウロは思わず名前を呼んでいた。見たことがあるはずだった。ヨシザキは、少年フットサルチームの新任のコーチだったからだ。

パウロは、フットサルが好きでよく試合を見に行った。そのフットサル場で最近、ブラジル本国から来たヨシザキを紹介されたのだ。その時は、ユニフォーム姿だったので、気付かなかった。

ヨシザキ牧師のリフティングは、永遠に続くかと思われた。足先、腿、胸、頭、くるりとボールを回し、今度は背中でトラップする。背中から頭へ。頭から胸へ。胸から腿へ。くるりと後ろへ回す。

それが合図だったのか、信者たちが声を揃えて数を数え始めた。
一、二、三、四、五、六……。大合唱になった。きっかり五十を数えた時、ヨシザキ牧師はボールを前に落とし、ぽんと蹴った。

ボールはまっすぐに伸びて、元は映写室があった細い窓の隙間に吸い込まれた。このシュートのために、窓ガラスを外してあると気付く。パウロが唖然《あぜん》としていると、信者たちから一斉に拍手が起きた。ロザも陶然としてヨシザキ牧師を見つめている。

「何で五十回なんだ」

パウロが訊くと、ロザは熱に浮かされたような目でちらりとパウロを見た。

「五十回、リフティングするのは、五十という数に意味があるからなの」

「どういう意味だ」

「ペンテコステ」と、ロザは囁いた。

パウロは意味がわからず、ミカが口にしているパンフレットの残骸を見る。ロザが怒るのではないかと心配になり、そっと取り上げた。

「ヨシザキ牧師が来てから、信者が増えたのよ」

確かに、信者の中には、フットサルチームから来ている少年もいそうだった。大人も子供も男も女も、ヨシザキ牧師に魅入られたかのように、ぼんやりと見つめているのだった。

ヨシザキ牧師は、帰る信者たち一人一人に声をかけ、紙片を配っていた。パウロはトイレのある方の通路で、ロザの順番が終わるのを待っていた。

順番が来て、ロザは上気した顔で胸に抱いたミカをヨシザキ牧師に見せている。ヨシザキ牧師がミカの額に触れて、何か言った。ロザが不承不承という様子で、パウロを指差した。

「ロザさんのご主人、あなたもこちらへどうぞ」

ヨシザキ牧師がパウロを呼ぶので、仕方なく近寄った。小柄なヨシザキ牧師は、パウロの鼻くらいまでしか背がない。だが、胸筋の発達を誇るように姿勢がよかった。真っ白なボタンダウンシャツには皺ひとつなく、腿の筋肉で弾《はじ》けそうな黒のパンツも、綺麗《きれい》な折り目が付いていた。

「リフティング、お上手でしたね」

パウロが褒めると、ヨシザキ牧師は相好を崩して白い歯を見せた。

「いや、ほんの余技です。あれをすると、信者さんが喜びますのでね」

「主人が驚いていましたわ」

ロザが口を挟んだ。ヨシザキ牧師はにこやかにロザに笑いかけてから、パウロの顔を見た。

「前にお目にかかりましたね」

「はい、フットサル場でアレックスさんに紹介して貰いましたね。まさか、牧師さんとは思いませんでした」

「ええ、覚えていますよ。あなたもフットサルをなさるんでしょう?」

ヨシザキ牧師が言った。

「時々は」

「今度一緒にしましょうよ」

「いや、牧師さんのようにうまくはないので」

「うまい下手ではありません。資質は個人によって違うのですから、その努力を神がご覧になっておられるのです」

「試合に出られるのは、神に愛《め》でられた資質がある者ではないのですか」

「いえ、違います。神はすべての人間を愛でられるのですよ」

ヨシザキ牧師は真剣な表情で言った。パウロは気圧《けお》されて何も言わなかった。どこか違うような気がしたが、どう反論していいかわからなかったし、その方法を考えるのも面倒だった。

「そうだ、あなたにも一枚差し上げましょう」

ヨシザキ牧師が信者に配っていた紙片をパウロにもくれた。「あなたの失敗のサイクル」と書いてある。

「あなたの場合は、まず飲酒ですかね。それとも暴力ですか?」

パウロは答えずに目を逸《そ》らし、この紙をまた丸めて、ミカに玩具《おもちゃ》として与えてやろうと考えていた。

4

パウロは、映画の筋などどうでもよくなっていた。映画館の暗がりで、男女がいちゃついているのが気になって、そちらを窺ってばかりいるからだ。彼らは周囲の目も気にならないらしく、ますます大胆に縺《もつ》れ合っていた。

男の白いシャツが薄闇の中で目立った。女は逆に黒っぽい服装で闇に沈み、顔もわからない。男が、ジーンズを穿いた女の脚を抱えて、自分の膝の上に置いた。逞《たくま》しい上腕筋が、白いシャツを透《とお》して盛り上がっているのが、はっきりと見て取れる。女の脚が男の腰に絡み付き、二人は大胆なディープキスを始めた。

女がキスをしながら、男の短髪に指を絡めて優しく掻き抱く。真っ赤なマニキュア。左手の薬指には細い金の指輪。既婚者か。パウロは、女に見覚えがあるような気がして、いっそう目を凝らした。

すると、まるでパウロに見せつけるように、男が女の顔を覆っていた黒髪を手で払った。いきなり露わになった女の顔を見て、パウロは唖然とする。ロザだ。ロザはうっとりした表情で、目を閉じている。パウロが一度も見たことのない顔だった。

男が振り向いて、パウロの方を見遣った。ヨシザキ牧師だった。やはり、二人は出来ていたのか。パウロは衝撃で声も出ないほど、喉がからからに渇いていた。生唾も飲み込めない。ようやく振り絞った嗄《しやが》れ声で怒鳴った。

「何をしてるんだ」

ヨシザキが不敵に笑った。

「悪魔祓《あくまばら》いだよ。あんたの奥さんは悪魔に取り憑《つ》かれているんだ」

「やめろ」

「やめるわけにはいかない。それより、お前の失敗のサイクルは何だ」

「またか」とうんざりする。「ないよ、そんなもの。俺は失敗だってするが、それはサイクルなんかじゃない」

「だが、繰り返すだろう？　お前が酒と喧嘩が好きなことくらい、とっくに知ってるよ。お前は仲間うちの評判が悪い。酒を飲むと暴力的になるからだ。人間関係がうまくいってないいんじゃないか？　それを失敗のサイクルと言うんだ」

ヨシザキが勝ち誇ったように言う。

「サイクルなんかじゃない。俺の癖だ」

「悪癖ならば、それは悪魔の仕業さ」

ヨシザキが鋭い眼差しを投げかけて嘲笑《あざわら》った。それまで陶然としていたロザが初めてパウロを認めて、つまらなそうな視線を投げて寄越《よこ》した。が、すぐにヨシザキに向き直り、その陽に灼けた顔を両手で挟んで媚態《びたい》を示している。

「ロザ、ミカはどうした？」

ロザはパウロの問いには答えず、ヨシザキに甘く囁いていた。

「牧師様。あたしの中に悪魔がいます」

「ああ、そうだ。お前の中に悪魔がいるのが見える」

ヨシザキが優しい声で答えた。

「牧師様、どうか退治してください」

まるで、キスしてください、とせがんでいるかのようだった。パウロは吐き気を催した。

「ロザ、やめろ。悪魔なんか、いるわけがないだろ」

パウロの声はロザの耳には届かないらしい。ロザはヨシザキに念を押している。

「牧師様、悪魔を祓ってくださいね」

ヨシザキは無言で、勝ち誇ったようにパウロを見た。

「悪魔なんかいないよ。ロザ、目を覚ませ」

パウロは大声で叫んだ。

自分の叫び声で起きた。嫌な夢を見た。パウロは、脂汗にまみれた顔を手で擦《こす》り、寒々しい部屋を見回した。ロザもミカも部屋にはいない。自分の脱ぎ捨てた服があちこちに散乱して、ベビーベッドの柵にまで掛かっていた。安物のカーテンを透かして入る陽射《ひざ》しが、明らかに弱っている。いったい何時だ。

パウロは、教会でロザにミカを委ねた後、コンビニに寄ってウィスキーの小瓶を買い、公園で飲み干してアパートに帰って来たのだった。当然、先に帰っていたロザに怒鳴られたが、素知らぬ顔でベッドに潜り込み、そのまま寝入ってしまったのだ。

昼過ぎだと思っていたのに、携帯電話で時刻を確かめると、すでに午後四時近かった。パウロは後悔しながら毛布を被った。大事な休日をふいにしてしまった悔しさを噛み締める。そして、たった今見た夢を忘れないうちに反芻《はんすう》した。

とんでもない夢を見たものだ。場所が映画館だったのは、「聖霊の声」教会が旧映画館を利用しているせいだろう。酒と暴力。ヨシザキが最後にちらりと言った言葉が、気にかかっていたのだろうか。

『あなたの場合は、まず飲酒ですかね。それとも暴力ですか?』

パウロは、飲酒の度が過ぎると、なぜか粗暴になる。昨夜、日本人のいる居酒屋で飲んだのも、日系ブラジル人の多くいる店では、顔見知りに避けられることがあるからだった。仲間のいる店では露骨に敬遠された。浜松から越して来たのも、不況のせいだけではなかったのだ。

　パウロは、さすがに女にだけは手を上げたことはない。しかし、O市に越して来ても、工場の仲間たちは、パウロの酒乱を知った途端、噂を流すだけ流して去って行った。ホベルトは数少ない友人の一人だが、常に金欠病で、借金をねだっては返さない、という悪い性癖がある。パウロとホベルトは、工場の嫌われ者同士なのだった。そのホベルトでさえも、パウロが泥酔し始めると、いつの間にか姿を消してしまう。

　それにしても、とパウロは股間を押さえて苦笑いした。ヨシザキ牧師と抱き合っていたロザの表情を思い出して、欲情している自分が情けなかった。

　隣の部屋から、ミカの澄んだ笑い声が聞こえた。パウロは救われた思いで、毛布をはね除《の》けた。まだ酔いの残る足取りで、居間に通じる襖を開けた。夫婦仲のよかった頃に買ったラブソファに、ロザがミカを抱いて座っていた。ロザはテレビを見る時の癖で、意味のない薄笑いを浮かべていた。

　夕方のテレビショッピングの時間だった。近頃、滅多に見ない男の歌手と女優が、電子辞書の売り込みに、うんうんと頷きながら感心して見せている。

『この中には、故事ことわざ辞典から四字熟語、さらには方言一覧辞典まで、何と二十四種類の辞典が入っています』

『うわっ、凄《すご》い。辞典って、二十四種類もあるんですか』

『はい、あるんです』

たいして興味がある内容でもなさそうなのに、ロザは熱心に眺めていた。

「ロザ」

パウロの呼びかけに、ロザがふっと嘆息し、顔を起こしてパウロを見た。その目に微かな軽侮が表れているような気がする。

「どうした。電気点《つ》けないのか。暗いだろう」

パウロは返事を待たずに照明のスイッチを入れた。たちまち、部屋が青白い蛍光灯の光に満ちた。ミカが、はっと驚いた風に天井を見上げたのが可愛かった。だが、ロザは何も言わない。

パウロは水道の蛇口に直接口を付けて、水を飲んだ。水は少し鉄臭かったが、渇いて荒れた喉には冷たくて旨《うま》かった。パウロは、朝っぱらからウィスキーを飲んだ自分が嫌で堪《たま》らなく、惨《みじ》めな気分だった。

「今朝はごめんな。俺、飲み過ぎた」

抑揚のない低い声で、ロザが答えた。

「今更、謝ったって遅いよ」

酒を飲むだけで、なぜこんなに怒られなきゃならないのか。申し訳ないと思う一方、そこまでやり込められることに不満があった。

「土曜の夜くらいいいじゃないか」

「あんたは度を超してるもの。今日は買い物に行く約束だったのに」

日曜の午後、プラザかスーパーにロザやミカの服を買いに行く約束をしていたことを思い出した。

「ごめん。今から行こう」

「いいよ、もう遅い」

「いいじゃない。ついでに外食しようよ」

パウロは半ば意地で誘ったのだが、ロザはにべもない。

「いやだ、面倒臭い。もう買って来たからいい」

ロザが足元に置いたショッピングバッグを顎で示した。

「何だ、もう行って来たのか」

パウロが酔って寝ている間に、ミカを連れて買い物に行ったらしい。パウロは内心ほっとしたが、ロザがカードで幾ら遣ったかが気になった。ロザは、服や小物を買うのが好きだった。監視していないと、限度額を気にせずに平気で買い物をする。

「何買ったの。見せてごらん」

パウロはショッピングバッグを開けようとした。ロザがむっとしたように先に取り上げ、真っ赤なセーターと、ピンクのタオル地で出来たロンパースを見せた。

「セーターとミカちゃんの服だよ」

パウロは素早くふたつの商品の値札を見た。両方併せて六千円ほどだ。ほっとして、商品をまたショッピングバッグに戻した。

「安くて安心した？」

意地悪く、先回りしてロザが言う。

「安心した」と、正直に答える。

「あんたはケチよ。ケチも失敗のサイクルだって」

勝ち誇ったように言うので、かっとした。

「牧師は『吝嗇《りんしょく》』と言ったんだ。お前は知らないだろう。ケチのことだよ」

ロザの顔色が変わったのを見て、すぐに後悔したが遅かった。

「ほら、あんたはすぐにあたしを馬鹿にするんだよ」

ロザが怒鳴った。ミカが驚いて一瞬のけぞり、怯《おび》えた顔で母親の目を覗《のぞ》き込む。赤ん坊にも、母親の不機嫌や怒りは伝わるのだった。パウロは、ロザとの諍《いさか》いをミカに見せたくなくて、穏やかに言った。

「気に障ったなら、ごめん。馬鹿になんかしてないよ」

「してるよ。あんたはあたしが学校に行かなかったことを馬鹿にしてる」

怒鳴りながら、ロザの頬に涙が伝った。ロザのコンプレックスを逆撫《さかな》でしないように気を付けているのだが、時折、口が滑る。

「してないよ、するわけないじゃないか」と言って、肩を竦める。

だが、ロザは許してくれない。テレビに顔を向けたまま、決してパウロの方を見ようとはしなかった。パウロはロザの機嫌を取るために、話し続けた。

「あの人が有名なヨシザキ牧師か。フットサル場で会っていたとはね。彼はどう見たって、牧師には見えないね」

ロザが言い返す。

「牧師様のこと、悪く言わないでよ」

「悪くなんか言ってないよ。牧師に見えないって言っただけだ」

「それがすごく失礼なんだよ」

頭痛がしてきた。最近、ロザと話すといつもこうだった。何を言っても通じず、すぐに喧嘩腰になるので疲れるのだ。ロザが「聖霊の声」教会に入ってから、意思の疎通ができなくなったと感じる。

ロザが、日系ブラジル人の両親と共に日本にやって来たのは、十五年前。八歳の時だ。両親は浜松の自動車工場で共に働き、一時は、浜松市の郊外に家を持てるほど稼いだ。が、重要な問題がひとつあった。一人娘、ロザの初等教育に関してだった。

ロザは、地元の小学校に通っていたが、日本語の授業に付いていけなかった。同級生の苛《いじ》めにも遭って、いつの間にか、通うのをやめてしまった。かと言って、ポルトガル語の初等教育機関は、地域にはなかった。

結局、ロザは、日本語でもポルトガル語でも、初等教育を受けずに家で過ごすようになった。両親が働いている間、ロザは一人でテレビを見続けた。同じ年頃の友人もいないから外遊びも滅多にしない。小遣いで、マンガ本を買うのが、唯一の楽しみだった。ロザは、ポルトガル語と日本語のチャンポンで両親と日常会話をする以外は、テレビとマンガで日本語を覚えたのだった。だから、語彙も少ないし、日本語の読み書きも得意ではない。ポルトガル語の語彙だとて、日常会話程度しかしないから増えてはいかない。

夜、勤めから帰った母親から、かけ算やわり算など、算数を習ったが、その習慣もいつしかなくなった。ロザは、アニメの口真似《くちまね》や、マンガの似顔絵描きは得意だけれど、家から一歩外に出れば知らないことだらけで、自分が劣った存在のような気がしてならないのだった。

ロザが十九歳になった時、両親の勧めで、同じ浜松市内の精密機械工場で働き始めた。仕事は単純な流れ作業だったから、何の支障もなかったが、初等教育すら満足に受けられなかったロザのコンプレックスは根深かった。物怖《ものお》じしてしまって友達も作れない。

従って、いつも一人でいるしかなかった。

当時、パウロは同じ工場で、日本語の作業マニュアルをポルトガル語に訳す仕事を臨時で請け負っていた。ある日、パウロは社員食堂でロザを見かけた。小柄で細身のロザのことは、以前から気になっていた。ロザは毎日、パンや、ご飯を詰めただけの質素な弁当を持って来るのだが、その日は何も食べずに、水だけ飲んでいるので気になった。

『きみはブラジル人?』

思い切って話しかけると、ロザは驚いた顔をして頷いた。

『いつも弁当持って来るだろう。今日は忘れたの?』

ロザは慌てた風に唇を噛んで考えてから、微笑みを浮かべて口を開いた。

『忘れた』

小さな顔にぽってりした唇が肉感的だった。パウロは、ロザの微笑を見て、愛想のいい女だとさらに好ましく思った。だから、ロザの気を惹《ひ》こうとした。

『お腹空《なかす》かないの?』

『何食べていいかわからない』

表情は可愛いが、喋り方は乱暴で切り口上だった。まるで喧嘩を売っているみたいだとパウロは苦笑した。

『ラーメンくらいは知ってるだろう』

そう言って、ラーメンを食べている社員を指差した。

『知ってる。大食い競争見るから』

『きみがラーメン食べたいのなら、おごるよ』

『食べたいよ』

ロザは好奇心を張《みなぎ》らせて、社員食堂のラーメンコーナーを覗き込んだ。だったら、なぜ自分で注文してみないのだろうと不思議に思ったが、あまりに世事に疎く、注文の仕方さえ知らないのだとすぐに気が付いた。

パウロは自分には大盛り、ロザには普通の醬油《しょうゆ》ラーメンを頼んでやって、一緒のテーブルに座った。

『いつ日本に来たの？』

『ずいぶん前かな』

『ずいぶん前ってどのくらい前？』

ロザは暗い顔で首を傾げた。はにかみとも違う、どこか自信のない様子が気になった。

翌日も、ロザと社員食堂で会った。その日は、ロザは弁当を持っていたので、パウロはハンバーグ定食を頼んで一緒に座った。ロザの弁当は、萎《しな》びたポンデケージョと小さなリンゴだけだった。

『これ、ちょっと食べてみるかい？』

勧めると、ロザは何の躊躇《ちゅうちょ》もせずに、フォークをハンバーグに突き刺した。

『旨いじゃん、これ』

『礼は言わないのか？』

『礼って何』と恥ずかしそうに言うのだった。

世間知らずかと思うと、妙にすれている。でも、純真で他人との距離をどう取ったらいいか、まったくわからないところなどは、まるで子供のようだった。


ロザから境遇を聞いて初めて、パウロに同情心が湧いた。ロザが異様なほどの引っ込み思案で、お笑い芸人のような乱暴な口語を喋るのにはわけがあるのだ。子供の頃に連れて来られて、家に閉じ籠もってテレビばかり見ていたのならば、ロザは日本でさぞかし生きにくいだろう。

パウロも、中学生の時に日系ブラジル人の両親とともに日本に来たから、ロザの違和感には覚えがあった。両親の生まれ故郷に帰って来ても、異邦人として生きていかねばならない。

パウロは両親から日本語教育を受けていたし、サンパウロでブラジルの初等教育も終えていた。日本の中学高校を卒業した後、サンパウロに戻って大学に入った。良い成績で大学を卒業し、意気揚々と日本に戻って来たのはいいが、就職先はまったく見つからず、工場労働者になるしかなかった。マニュアルの翻訳作業も、終わってしまえば、また単純労働の日々に戻らなければならない運命なのだ。

パウロとロザ。日本人を祖先にして、日本人の顔と体を持ちながら、日系ブラジル人として日本で生きるとは、どういうことか。二人の生きにくさは、どこにも自分の居場所が見付けられないことだった。しかし、二人で寄り添って生きていけば、新たな居場所が作れるかもしれない。そんな希望を持ち始めた頃、ロザの周囲に悲劇が相次いだ。

まず、父親が失業した。熟練工だったのに、眼病で目を悪くして能率が落ちたからだった。たちまち、住宅ローンが払えなくなり、苦労して手に入れた家を売却することになった。六畳ひと間のアパートで親子三人が暮らす羽目になると、両親の喧嘩が絶えなくなった。やがて母親が男を作って、ブラジルに帰ってしまった。飲んだくれの失業者となった父親と、ロザの二人暮らしは、ロザが精密機械工場で稼ぐ金だけが頼りとなった。勿論、到底足りずに、家賃を度々滞納するようになる。

ロザの父親が死んだのは、冬の朝だった。酔って滑って、歩道橋から転落した、とパウロは聞いていたが、真実は違うのかもしれない。

パウロとロザが結婚したのは、父親の一周忌が終わって、三カ月後のことだった。O市に引っ越したことも、ミカが生まれたことも、二人の新しい門出になるはずだったのに、ロザは「聖霊の声」教会の熱心な信者となってしまったのだ。

数日後、退社時間にロッカーに向かっていると、ホベルトに後ろから肩を叩かれた。ホベルトは三十七歳で独身。太っている上に髪が薄いので、十歳は老けて見えた。

「パウロ」

ホベルトがＤＶＤを数枚見せたので嫌な予感がした。

「何だ」

「これやるから、金貸してくれないか」

ＤＶＤを手に取って見たが、「２００９・10・４」などとあるだけで、何もタイトルが書かれていなかった。

「何のＤＶＤだよ、これ」

「サントスの試合記録だ。俺の宝だよ」

宝と言ったって、どうせコピーをたくさん作っているはずだ。仕方なく、パウロは肩を竦めた。

「幾ら必要なんだ」

「二万貸してくれ」

「いつ返してくれる？」

「一週間後」

口から出任せだと知ってはいたが、パウロは頷いた。ホベルトには、かれこれ二十万近く貸しているが、返ってきたのは、その半分だ。

「いいよ。じゃ、一緒にコンビニに行こう」

ホベルトが申し訳なさそうな顔でついて来た。ホベルトがいつも金に困っているのは、トヨタの高級車を買ったからだった。そのローンの支払いに追われて、いつも金がないのだった。

パウロは、近くのセブン－イレブンに入り、ATMで二万を下ろした。が、その残高を見て、驚いた。たったの八万しかない。預金は、最低でも二十万はキープしているのに、いったいどうしたことだろうか。

「一万で勘弁してくれ」

不満顔のホベルトのポケットに万札をねじ込み、次いでDVDを、汗で滑るホベルトの太った手の中に押し込んだ。

「これは要らない」

慌てて店の外に出て、ロザの携帯に電話する。

「何よ」

不機嫌なロザ。背後から、ミカのぐずり声が聞こえた。が、改めてかけ直そうとは思わなかった。

「今、貯金を下ろしたら、残金が少なかった。どうしてだ」

「どうしてって。そんなの知らないよ」

ロザが憤って切りそうになるのを、待て待て、と押しとどめる。

「本当に知らないのか。俺の金だぞ。何か買わなかったか」

「このあいだ買ったの見たでしょ」

「あんなものじゃないだろう。お前、教会に献金しなかったか?」

とうとう一番訊きたいことを口にした。ロザがしんと黙る。ミカはますますぐずっているらしく、泣き声に変わっていく。

「献金したんだな。いったい幾ら献金したんだ。十万以上しただろう?」

問い詰めると、ロザが渋々答えた。

「したけど、十万じゃない。五万円だよ」

「いや、十万はしているはずだ。なぜなら、残金が八万しかないんだ」

「五万を二回した」

それだけ言って、電話は切られた。パウロは憤激のあまり、近くにいるホベルトが話しかけたそうにしているのにも気付かなかった。このまま、ヨシザキ牧師のところに行って、返して貰おうかと思う。しかし、献金を返せと言ったところで、簡単に返すはずがない。パウロは癇癪を起こして、コンビニのゴミ箱を力いっぱい蹴った。

「この野郎。何するんだ」

中から、初老の店主が現れた。咄嗟《とっさ》にホベルトの姿を捜したが、とうに消えている。

「すみません」

パウロは平身低頭して、再びロザに電話した。

「何よ」と、さっきと寸分違《たが》わぬ声でロザが出た。

「あのさ、俺は酒をやめるよ。だから、お前も教会やめてくれないか？　教会こそが失敗のサイクルだろう」

「あんたは悪魔だよ」

「何言ってる。あいつこそが悪魔だ。ヨシザキだ」

「馬鹿。帰ってくんな」

激しく罵られて、電話は切れた。パウロは冷たい風の吹く暗い街を、憂鬱な思いでほっつき歩いた。ドバイで労働者を募集している、という話を思い出す。ドバイに行けば、自分は酒を飲めなくなるし、「聖霊の声」教会は現地に存在しないだろう。失敗のサイクルを断て。それしか自分たち家族が生き延びる術《すべ》はない、とパウロは思うのだった。

5

「男なんか、みんな死ねばいいのに」

さっきから、木下沙羅の呪詛《じゅそ》は止まらなかった。聞こえないように小声で呟いているのだが、タクシーの運転手は薄気味悪そうに体を強ばらせている。

寝静まった住宅街に、コンビニの照明だけが煌々《こうこう》と明るかった。沙羅は、急いで運転手に告げた。

「すみません、ここで降ります。コンビニに用事あるんで」

理由なんか言わなくてもいいのに。年甲斐もなく動転しているのか、と悔しくなる。事情を知っている運転手に、自宅まで送られたくなかった。

運転手は無愛想に、「ああ、そうですか」と、やや乱暴に車を停《と》めた。やはり、沙羅の溜息や呪詛が聞こえていたのだろう。が、支払いのために振り向いた顔は、人の好《よ》さそうな初老の男だった。でも、沙羅は、彼も同じ男だと思うと腹立たしくてならなかった。

「男なんか、みんな死ねばいい」

コンビニの前に立った沙羅は、拳を握り締めてもう一度呟いた。酒で緩んだ作家の顔を思い出して、奥歯をぎりぎりと噛む。

沙羅の勤務する出版社主催のパーティに、担当しているノンフィクション作家がやって来た。作家は、沙羅の顔を見るなり、「新作の構想を話したいから、飲みに行きましょう」と誘った。五十代のその作家は、とかくセクハラの噂のある男だった。沙羅は気が進まなかったが、上司の手前、「新作」と言われては断るわけにいかなかった。

沙羅を連れ歩いた作家は、終始、上機嫌だった。そして、帰りのタクシーの中で、沙羅の手を握った。沙羅が払い除けると、作家は沙羅の太腿にその分厚い手を載せて囁いた。

「木下さん、俺の愛人にならない？」

「冗談はやめてください」

沙羅は笑って誤魔化《ごまか》したが、怒りと屈辱で身が熱くなるのを覚えた。

「冗談じゃないよ。あなた一人くらいなら、いい気持ちにしてあげられるよ」

何だ、「いい気持ち」って。何だ、「一人くらいなら」って。おぞましさで寒気がする。

それでも沙羅は、必死で取り繕った。

「先生、そんなことより、お原稿書いてくださいね。約束ですよ」

「約束？　じゃ、指切りげんまんしようか」

作家が太い指で、沙羅の小指を掬《すく》おうとしたので、慌てて抜き取った。

「な、木下さん。書いたら、愛人になってくれるの？」

作家は噂通り、しつこかった。戯《ざ》れ言《ごと》に応じられる女性編集者だったら、「はいはい」と適当に合わせられるのだろう。しかし、沙羅は嫌悪感を隠すこともできずに横を向いていた。すると、作家は軽んじるように言った。

「木下さん、彼氏いないんでしょ？　レズって噂あるよ」

　どこでそんな情報を仕入れてきたのだろう。酒席で女の品定めをする男たちの姿が目に浮かんで、気分が悪くなった。

「そんなの関係ないじゃないですか」

　作家はそれ以上何も言わなかったが、にやにや笑っていた。独身の女性編集者を口説いたけど失敗した、という程度の認識しかないのはわかっていた。このことも、酒場での笑い話になるのだろう。

　沙羅は、不機嫌に押し黙った。気まずい雰囲気の中、目黒で作家を降ろし、世田谷の自宅まで帰る途中、何の意識もせずに、その呟きが口を衝《つ》いて出たのだった。男なんか、みんな死ねばいい、と。

　沙羅はコンビニに入った。特に欲しい物もないので、缶ビールと魚肉ソーセージを買った。魚肉ソーセージなんか滅多に食べないのにどうして。沙羅は、偶然の暗喩に笑えてきた。が、やがて、それは怒りへと変わった。どうして男は「いい気持ちにしてあげられる」などと、舐《な》めたことが言えるのか。その汚い口を、ペンチか何かで捻り潰してやりたい衝動に駆られる。沙羅は、一刻も早く自宅に帰って、誰にも邪魔をされない自室で養子サイトをチェックしたいと思った。

　午前一時。母はとうに寝《やす》んだらしく、家の中は静まり返っていた。リビングもキッチンも清潔に片付けられている。女の仕事はいつも清くて完璧だ。沙羅は、「死ね！」と叫びながら、魚肉ソーセージを可燃物のダストボックスに投げ入れた。缶ビールだけ持って、二階の自室に上がって行く。

パソコンを開いて、ブックマークをしてある海外の養子サイトを眺めた。沙羅が目を付けていた「Ｇ１１３０番」の女の子は、まだリストに残っていた。

愛くるしい笑顔。黒い巻き毛。インドネシア南部出身とあるだけで、詳細は書いていない。インドネシア南部のどこの地域の出身なのだろう。サイトの会員にならなければ、詳しい情報は教えてくれないシステムになっているから、もどかしかった。いっそ、会員登録してしまおうかとも思ったが、海外からサイトを通じて養子を得るのは、経済的にも法律的にも現実味はなさそうだった。

「Ｇ１１３０番」のD.O.B.《誕生日》は、二〇〇五年九月五日。里親が現れないまま、すでに五歳を迎えた。五歳の女の子は、どのくらい一緒に過ごせば慣れてくれるものだろうか。女の子だったら、可愛い服や靴をたくさん買ってあげられるのに残念だ。リカちゃん、ジェニーちゃん、バービー、そしてシルバニアファミリー、プリキュア。ディズニーランドに連れて行ったら、どんなにか喜ぶことだろう。

でも、もう少し小さな子もいいな。沙羅は別のサイトを開いた。中国の赤ちゃんは、何て可愛い顔をしているのだろう。やはり、幼児よりも赤ん坊が欲しかった。小さな赤ん坊の時から育てたら、自分を本当の母親のように慕ってくれるだろうから。

リストには、スポンサー探しの子供たちも大勢載っていた。学費や生活費を必要とする恵まれない子供たち。「あしながおじさん」のようにスポンサーになるのもいいけれど、やはり自分が大切に育てたい、母が自分にしてくれたように。

またいつものように、沙羅のネットの旅が始まった。赤ん坊や小さな子供を貰って来て自分の手で育てる、という幻想の旅が。

携帯メールの着信音が鳴った。こんな時間に誰だろう。まさか件《くだん》の作家じゃあるまい。沙羅の眉が自然と嫌悪で歪んだ。汚らわしい物に触れるように携帯を手にした沙羅はほっとした。優子からだった。

〈遅くにごめんね。今さっきまで、川島君とメールで遣り取りしてたの。

明日が久しぶりの休みだけど、それも年に十日もあればいい方なんだって。

それで、めったにない休みならって、急に会うことになったの。

あなたのことも懐かしがって、ぜひ皆で会いたいってさ。

六本木のグランドハイアットのロビーに七時。よろしく。優子〉

沙羅はすぐに返信した。

〈明日は空いていることは空いているけど、お邪魔でしょう。

二人で会いなさいよ〉

途端に、優子から電話がかかってきた。いかにもせっかちな優子らしい。

「もしもし、遅くにごめん。起きているのなら電話の方がいいと思って。明日来てよ。全然、お邪魔なんかじゃないからさ」

「うん、わかった。川島君はどうなの」

「どうもこうも、声かけたら喜んでいたよ。ほら、あたし、例の件で落ち込んでいたじゃない。だから、それを使っていろいろとね」

優子のことだから、この間の失敗をダシにして川島の同情を引いたのだろう。優子らしい立ち直り方だった。

「ねえ、それより聞いてよ。今日、嫌なことあってさ」

「何、どうしたの」

優子が心配そうに身を乗り出す気配があった。

「あたし、作家にセクハラされたの。すごく頭に来た。タクシーの中で、愛人にならないかって手を握られたの」

「何だ、その程度か」

沙羅はむっとした。

「その程度ってことはないでしょう。嫌だよ、酔ったおじさんに手を摑まれるなんて。腿も触られたし、レズだろうって厭味も言われた」

「最低だね。でも、放っておきなさいよ。そのくらいで騒ぐと、すっごい嫌がらせされるよ。男の復讐《ふくしゅう》って並大抵じゃないんだからさ。プライドかかっていると、女の一人や二人、平気で飛ばすよ」

「そうかな。そんな飛ばせるほどの大物じゃないけど」

「だったら、もっと陰険なやり方されるよ、やめな。ネットで悪口書かれたり、それはそれは酷《ひど》い目に遭うよ」

確かに、あの作家なら、そういうこともあり得るだろう。嫌悪がいや増した沙羅は、身を震わせた。

「あたし、男嫌い」

「そんなこと言うと、あっちは面白がってますます嫌がらせするよ。そういう種類の動物なんだよ、男って。だから、知らん顔で放っておくのが一番」

「現実的だけど、あたしはさ」

「その話は明日しよう。ごめん、じゃね」

沙羅はもっと話したかったのに、優子は痺《しび》れを切らしたらしく、一方的に話を打ち切った。優子の用件は、明日の川島との会食のことだから、沙羅のセクハラの話などどうでもいいのだろう。沙羅にとっては大事件なのに、優子には「その程度」でしかないことも衝撃だった。

もし、学生時代、自分と優子が逆の立場だったら、優子はどうしただろう。川島に抗議し、沙羅にも真実を告げただろうか。優子なら、そうしたかもしれない。沙羅は、中途半端な気持ちで、携帯電話をいつまでも眺めていた。

ロビーの大きな革椅子に、半身を埋《うず》めるようにして座っていた優子が、沙羅に向かって手を振った。いつも黒っぽいパンツスーツ姿の優子が、珍しくプリント模様のワンピースを着ている。

「その服、可愛いね」

沙羅が褒めると、優子は照れた。

「ZARAよ、安いんだ」

対して沙羅は、何の気負いもないTシャツとジーンズ、ジャケットという仕事着だった。昨夜の優子の態度が気に障って、直前まで行くか行くまいか、悩んでいたからだ。沙羅の服装を褒めようとしたらしい優子が、一瞥《いちべつ》した後で気抜けした顔をした。

「今日は忙しくてさ」

先回りして言うと、優子は肩を竦めた。

「いいのよ、何せ川島君だもんね」

優子は勘が鋭い。しかも、優子が侮れないのは、納得のいかないことを、容赦なく追及するところだった。

「そう言や、あなたさ。前に、川島君に本のことで連絡するからメアド教えてって言ってたじゃない。でも、川島君は本の話なんて聞いてないって言ってたよ。何で訊かなかったの？」

こんな時、嘘の言えない沙羅は困る。

「いや、すごく忙しいって聞いたら、ま、別の人でもいいかと思って」

「なるほど」

優子は得心したらしく軽く頷いた。優子は頭の回転が速いから、次から次へと目標に向かって、邁進《まいしん》して行くのだった。優子だったら、昨夜の作家にもうまく対応できるだろう。だから男が増長するのだ、と要領のいい優子に腹が立つ自分もいる。

「ねえ、雄祐、来るの遅くね？」

優子が乱暴な口調で言って、腕時計を眺めた。約束の時間を十分過ぎていた。

「休めなくなったんじゃないの」

そう答えながら、もし川島が仕事で来られなくなったら、自分はきっと失望するだろうと沙羅は思った。川島が、電話で言った言葉が気になっていた。

『あの時、俺、自分のことしか考えてなかったでしょう。そのことに気付いて恥ずかしくなった。あれ以来、女の人とうまくいかない気がするんだよ。ごめんね、本当に』

もしや、川島の離婚や転職が、あの時の出来事に端を発しているのなら、秘密をずっと持ち続けていた自分も救われる気がする。

「じゃ、お店予約しちゃおうか。どこがいい？」

手際のいい優子が携帯電話に入っている店のリストを睨みながら、沙羅に訊ねた。優子は、先へ先へと目まぐるしく皆を運んで行ってくれる。

「どこでもいいよ」

優子がぎろりと睨んだ。

「ねえ、沙羅、何か気乗りしてないんじゃない？」

沙羅はぎくりとした。

「そんなことないよ」

「あのさ、あなたのこと、よくわかんない時があるんだよね」

優子が苛立ちも露わにして言う。

「それってどういう意味」

「何か膜に包まれてるっていうのかな。柔らかく押し戻される感じなの」

それはどんな膜だろうか。羊膜のようなものか。沙羅が想像しかかった時、頭上から低い声が降ってきた。

「遅くなって、ごめんね」

二人とも話しかけられるまで、眼前に立っている男が川島だと気付かなかった。それほどまでに、川島は変貌していた。学生時代より痩せて、まるでロックスターのような派手な格好をしている。

黒いサテンの光るジャケット。黒のTシャツには血の滴《しずく》のごときペイントがなされ、何かおどろな文字が描いてある。細身のジーンズからは銀の太いウォレットチェーンが垂れて、尻ポケットに入った爬虫類《はちゆうるい》革の財布に繋がっていた。同じく爬虫類革のブーツの先端は、まるで武器のように長く尖《とが》っている。

しかし、全体を見ると、その格好はどこかちぐはぐで、借り物の衣装のようでもあった。川島の格好があまりに怪しいので、ホテルマンがちらちらとこちらを窺っているほどだ。

「うわっ、雄祐、変わったね」

優子が目を剝《む》いた。沙羅も啞然として、言葉も出なかった。学生時代、川島は平凡な服装をしていなかったか。沙羅とラブホテルに行ったあの夜も、ジーンズと灰色のパーカーを着ていたはずだ。パーカーの片方の紐《ひも》が、沙羅のリュックサックのマジックテープに引っかかったので、二人で笑ったっけ。

「そうかなあ。俺、こういうかぶいた格好してなかった?」

川島が低く柔らかな声で否定した。

「してないよ。あなたが就職してからも、しょっちゅう会ってたじゃない。その時、こんな趣味じゃなかった」

優子が自信ありげに断じた。

「だって、あの時、俺、スーツ一辺倒だったじゃない」

川島が反論した。お前に俺の何がわかるんだ、と抗議したような気がした。だが、沙羅も、川島が根本から大きく変わった気がしてならなかった。思わず川島の目を見ると、川島が見返した。何か違うと思ったら、くっきりした二重《ふた》瞼《えまぶた》になっている。

「沙羅ちゃん、久しぶりだね」

川島はどのくらい体重を落としたのだろうか。頬がこけて目が鋭くなり、違う男に見えた。いや、違う男になっていた。瞼も整形しただろうし、体重も落とした。服装も変えた。何よりも、変貌への強い意志が感じられるのが薄気味悪かった。

「そうねえ。卒業以来じゃないかしら」

沙羅は、川島の顔を見ないように努めながら答えた。

「二十年か。今夜は同窓会だね」

「じゃ、積もる話は食事しながらしましょう。暗闇坂《くらやみざか》のお店を予約したから」

優子が立ち上がって、外を見た。その横顔に失望と落胆の色があるのを、沙羅は見て取った。やはり、優子は川島との復縁を期待していたのだ。しかし、川島には大きな変化が起きている。

「すごいよ、人間て。体の中に生ゴミが詰まっているんだよ。死体って、マジ臭いぜ。解剖とかに立ち会うとつくづく思うよ。もう遺体の尊厳とかそんなの関係ないんだよ。生ゴミ。ゴミでしかないの」

小さな低い声で、死体、死体と川島は話し続けている。最初は、「ごめんね、食事の時にこんな話して」と謝っていたが、とうにそんなことは気にならなくなったらしい。川島も喋りたかったのか、次第に声が大きくなっている。

「え、あなたが解剖なんかするの？」

優子がぎょっとしたように叫んだ。いつになく顔が赤いのは、すでに、三人で焼酎《しょうちゅう》のボトルを一本空けているからだった。沙羅も少し酔っていた。でも、川島の顔を見るたびに、その変貌ぶりに度肝を抜かれ、酔いが醒《さ》める思いがする。いったい川島に何が起きたのか、訊いていいのかどうか、迷ってばかりで酔えないのだった。

「解剖って、ゼクって言うんだよ。最初、ゼクを見に行けって言われて、何のことかわからなくてさ。行ってみたらびっくりした。大学病院で解剖見せられてね。いきなり手袋して、臓器の重さ量らされたりした。人間の臓物って、結構重いんだぜ」

川島は両手で重い物を持つ仕種をしてみせた。爪が短く切られた、節の目立つ長い指。

その指の形は、沙羅にいろんなことを思い出させる。

「それって、どっちかと言うと、新人の度胸試しなんだ。一度ゼクを見ると、度胸据わってさ。死体なんか怖くなくなるんだ。どんな問題遺体を見てもたじろがなくなるよ。だって生ゴミなんだもの」

「問題遺体って？」と優子。

「ほら、溺死とか轢断死《れきだんし》とか、そういうヤツだよ」

優子が顔を顰《しか》めた。

「あたし、そういうの駄目なのよ。気持ち悪い」

「でも、人間の最期の姿だよ」

川島は真剣な表情で言った。しかし、優子の反応を面白がっている節もある。

「そういう話、あまり聞きたくない」

優子は、すでに川島の話に興味がなくなっているのか、酔い過ぎているのか、目が据わっていた。沙羅は、優子が川島と再会したことを後悔しているに違いない、と思った。だが、川島は優子の言葉など意にも介さず、熱っぽく話し続けているのだった。

「ねえ、どうして葬儀屋さんが解剖を見たりするの？」

沙羅が訊ねると、川島は煙草に火を点けた。煙を吐き出しながら言う。

「本当は駄目なんだ。外部の人間は関われないことになっている。でも、新人の研修なんだよ」

「それはどうして？」

沙羅の戸惑いを、川島は笑い飛ばした。

「どうせ人間は死ぬんだから、死を怖がっていても仕方ないだろう」

「あなたが死が怖いの？」

沙羅は思わず訊ねる。

「人間の究極の恐怖じゃないか。誰だって怖いさ。絶対に死ぬのに、その経験を伝えられないんだからさ」

「だからって、解剖なんて」

川島が耳障りな声で嗤《わら》った。

「沙羅ちゃんだって、死んだら生ゴミなんだぜ」

「酷い言い方だな」

「酷くないよ。俺は自分の仕事に誇りを持ってる。最後は誰だって死ぬんだ。究極の恐怖を乗り超える、究極の仕事だと思っている」

川島は自分が感動したように言うので、仕方なく沙羅も調子を合わせた。

「なるほどね」

「ね、ところでどうして転職したの。あの代理店に入れて、あなた、すごく喜んでたじゃない」

　とうとう優子が核心に触れた。川島は聞いているのかいないのか、焼酎のロックを飲み干してから、残った氷を指で掻き混ぜた。

「知ってる？　日本てドライアイス文化なんだぜ」

「何の話」

「死体にドライアイス置くでしょう。あれは、日本しかやらない。まず腐りやすい腸にかませるんだよ。真夏でも十日保たせた人もいる」

川島は怖いものなど何もなくなったのだ。沙羅は、氷に触りながら、死体の腐り方について滔々《とうとう》と語る川島の横顔を凝視した。

「欧米はさ、エンバーミングとかやるけどね」

「ねえねえ、言いたくなかったらいいのよ。あたしはね、何で雄祐は転職したのかって訊いてるの」

　優子が苛立った風に遮った。すると、川島は聞き逃してしまいそうな小さな声で答えた。

「女」

「女？」

　意外な答えが返ってきたので、沙羅と優子は同時に叫んでいた。川島が噴き出して、残った薩摩揚《さつまあ》げを指で摘《つま》んで食べた。

「ごめん、冗談だよ」

沙羅は、油にまみれた川島の指を見つめている。

「あなたデキ婚したんじゃなかったの？　それでも女がまた出来ちゃったの？」

「違うんだ。俺、確かにデキ婚したけど、その子供は俺の子じゃなかったんだよ」

沙羅も優子も顔を見合わせる。

「じゃ、誰の子なの」

「女房がこっそり付き合っていた男の子供だった。俺はいい面の皮」

「どうしてそれがわかったの」

優子が素っ頓狂な声を上げた。事実の面白さに昂奮しているようだった。

「だって、俺、無精子症だったんだもん」

「むせいししょう？」

優子が繰り返すと、川島が頷いた。

「嘘でしょう」

思わず、沙羅は大声を上げていた。そんなはずがあるわけなかった。では、二十歳の自分が妊娠したのは何のせいだったのだ。思わず、二十年前の秘密を二人にぶちまけそうになる。

気になった。
川島が、自分の短い髪を長い指で梳《す》いた。その指は薩摩揚げを摘んだ方だ、と沙羅は

「嘘じゃないんだ」

「ちょっと待って。だったら、奥さんは二人もその人の子を産んだの？　で、最初は、あなたの子だと言って、あなたと結婚したの？」

「そう。俺は最初わからなくて、てっきりそうだと思っちゃったんだよ。それで、結婚したら、全然二人目が出来なくてさ。そのうちやっと出来たと女房が言った時は、俺は、病院で検査を受けて、無精子症だとわかっていたわけ。それで、二人とも俺の子じゃないってはっきりしたから、別れることになったの。それから、仕事に行くのも嫌になって、会社辞めた。だって、女房とは職場結婚だったし、俺の子だと思っていた子供も、同じ職場の男の子供だったから」

「何だかよくわからないよ」

優子は面倒臭くなったのか、ぷいとトイレに立ってしまった。沙羅は、優子がいなくなったのを確かめてから、川島に言った。

「川島君、どうしてそんな嘘を言うの」

川島は、一瞬、険のある表情をした。

「嘘じゃないよ、ほんとだよ」と怒気を含んで言う。「だから、女房と離婚したし、あ

れこれ揉《も》めて、俺は違う人間になろうとしたんじゃないかよ」

沙羅は、よほど川島に妊娠のことを告げようかと思ったが、懸命に抑えた。

「じゃ、あなたが女を妊娠させたことは一度もないの？」

「ないよ。無精子症なんだからさ。だから、沙羅ちゃん、俺は子種ないよ」

川島は愉快そうに言って、また煙草に火を点けた。

「何の話？」

沙羅は混乱していることを悟られないように、必死に考えた。今のはどういう意味だろう。もしかすると、優子が余計なことを言ったのかもしれない。沙羅が子供を欲しくて、子種を提供する男を探しているとか何とか。

「ねえ、優子はあなたに何て言ったの」

「別に何も」

沙羅は、川島の整形した目を見つめた。まったく違う人物になってしまった川島。嘘吐きの川島。急に気持ちが悪くなって、沙羅は吐き気を催した。

「あたし、帰る」

テーブルの上に一万円札をばしっと置き、沙羅はバッグとストールを手に、出口に向かった。優子に先に帰る詫《わ》びを入れようとトイレに立ち寄ったが、閉じ籠もっているらしく姿は見えなかった。

「優子、先に帰る。ごめんね」

声をかけたが返答はない。店を出てから、優子も自分と同じ思いをしたことがあったのではないかと思い至った。が、もう店に戻る気はなかった。

6

沙羅の声が聞こえたような気がした。でも、トイレから出ると、洗面所には誰もいなかった。空耳だったらしい。

優子は、鏡に映る自分の顔を眺めた。酔ってはいなかったが、ぼんやりした表情をしている。混乱しているのだから、無理もない。リップクリームを塗り直しただけで、席に戻ることにする。変貌した川島のために、着飾る気がしなかった。

席では、川島が一人、退屈そうに煙草を吹かしていた。優子が歩いて来る姿を、表情ひとつ変えずに凝視している。優子は、川島の視線に、自分に対する熱も関心も感じられないことを、残念には思わなかった。自分もそうなのだ。

「あれ、沙羅は？」

「先に帰ったよ」

川島はテーブルの上に置かれた万札を顎で示した。真ん中で折り畳まれた、皺ひとつない万札は、いかにも癇性な沙羅らしい。沙羅は、ふたつ折りのヴィトンの財布に、いつも新券を五枚入れているのだ。

「沙羅は、何で帰っちゃったの」

優子は万札をちらりと眺めて独りごちた。川島が痩せて尖った肩を竦める。

「急に出てった」

やはり、トイレで聞こえた沙羅の声は本物だったようだ。しかし、途中で顔も見ずに帰ってしまうとは、尋常ではない。もしや、釈明のメールでも入っていないかと、携帯電話を見たが、何も来ていなかった。

「仕事でも入ったのかしら。それとも、どこか具合が悪かったのかな」

あまりにも唐突なので、逆に心配になった。優子は、ホテルで会った時、沙羅に『膜に包まれていて、いつも柔らかく押し戻される』と文句を言ってしまったことを後悔した。都合が悪いのに無理強いしたのだったら、申し訳ないと思う。

「いや、俺が、『俺は子種ないよ』って、はっきり言ったからじゃないかな」

川島は、焼酎に手を伸ばして、茶のようにぐびりと飲んだ。面変わりするほど痩せたせいで、喉仏が生き物のように動いた。

「えっ、そんなこと言ったの？」

優子は仰天した。実は、川島と会う算段をする時、沙羅の近況を面白おかしく話した経緯があった。沙羅は、男よりも子供を欲しがっている、と。しかし、川島がそのことを本人に喋るとは思ってもいなかった。

「言ったよ」

川島は何の躊躇いもなく頷いた。優子はむかっ腹が立った。

「何でそんなこと言ったのよ。だから沙羅は、あたしがあなたに余計なこと喋ったってピンときたんだわ。参ったなあ。沙羅はね、怒るとしつこいのよ。恨みは一生忘れないタイプだから」

優子は心底、面倒なことになったと思った。沙羅は、自尊心が人一倍強い。一度でも貶《おと》しめられたり、馬鹿にされたりすると、二度とその人物には近付かなくなるし、絶対に許さないのだ。復讐のあの手この手を考えているうちに、どうでもよくなってしまう優子とは、まったく違う苛烈さがあった。

「怖いね、生きてる人間が一番怖いよ」

川島は嘯《うそぶ》いて、何ごとか思い出し笑いをした。優子は腹立たしくなって、思わず川島の二の腕の辺りを叩いた。骨の感触だけが掌《てのひら》に残り、触れたことを後悔した。

「何、笑ってるのよ、あなた。言っていいことと、悪いことの区別がどうしてつかないの？　子供じゃないんだから、そんなのおかしいじゃん」

川島は、枝豆の入った皿を興味なさそうに向こう側に押した。

「だって、沙羅ちゃんが、俺の無精子症を嘘に決まってるって断じたからだよ。こっちも、ちょっとイラッときたから、思わず余計なことを言っちゃったんだ」

途端、優子の頭に血が上った。

「だって、あなたの無精子症って大嘘じゃない」

「本当だよ」と、川島はへらへら笑っている。

「あたし、あなたと付き合ってる時、一回中絶したことあったじゃない」声を潜めながらも、語気を荒らげた。「そうでしょ？　忘れたなんて、絶対に言わせないよ」

「あの頃は精子があったんだ」

「適当なこと言わないでよ。あたしは騙されないからね。言うにことかいて、無精子症だなんて、嘘を吐くにもほどがある」

妊娠させられた相手にこんな、程度の低い嘘を吐かれるなんて。情けなくて、溜息どころか涙が出そうだった。

優子は、社会人になってから、川島の子供を一度だけ妊娠したことがあった。その時、お腹の子をどうしようか、と相談したら、川島はこう言ったのだ。

『お前さ、そんなに俺と結婚したいの』

大事な仕事があるし、まだ結婚などしたくない。だからこそ相談したのに、その言い草は何だ。優子は怒って中絶し、川島とは会うのが間遠になり、そして別れたのだった。

優子には、そのことがわだかまりとなって長く残っていたのに、川島は、同じ会社の女性に子供が出来て、結婚した。そのニュースを聞いて、平静でいられる女などいるはずがないではないか。今、会っているのも、川島が離婚して職を変えたと聞いたからだ。女は、相手が不幸なら、いくらでも会える。

だが、川島は何も言わず、葬儀のことを喋っていた時とは反対の暗い面持ちで、指に挟んだ煙草が燻《くすぶ》るのを見つめていた。

「失敗はたくさんしてるよ」と、ぽつりと言う。

「よく言うよ。あれは失敗のレベルじゃないでしょ。女の身になってよ」

川島は恐縮するでもなく、怒る優子を不思議そうに見ているのだった。優子は、徒労を感じて嘆息する。

「それにしても、どうして沙羅は、あなたの無精子症を嘘だって言ったのかしら。普通は、あら、そうだったのって、何も言えなくて黙っちゃうもんじゃない？」

川島はまたも答えず、店の中のあらぬ方を見た。沙羅が帰ろうと留《とど》まろうと、どうでもよさげな冷酷な表情だった。

優子は、沙羅と川島との間に何かあったのではないか、と思った。もし、それが本当なら辻褄《つじつま》は合う。

「あなた、沙羅と関係があったの？　正直に言ってよ」

思い切って訊いてみた。

「ないよ」

しんと静まり返った。優子は、沙羅が川島の名を言うと、緊張したような顔をするのを思い出している。しかし、もし、そんなことがあったとしても、沙羅はプライドが高いから、絶対に口にはしないだろう。

「それよりさ、優子が俺の子を中絶したこと、沙羅ちゃんに言ったことある？　だったら、沙羅ちゃんが怒っても不思議はないよ」

逆に返されて、優子は考え込んだ。でも、あのことは、誰にも言わなかった。今のように、携帯電話もメールも普及していなかったから、親友に頻繁に相談することもできず、優子は孤立していた。

しかも、会社に入って三年目の出来事だった。当時は忙しいだけでなく、仕事の成果が得られずに焦っていた。友人と疎遠にならざるを得ない時期でもあった。

「ないと思う、ないよ」

互いに疑心暗鬼になって、沙羅に何を喋ったかを検証し合っている。それほどまでに、沙羅の反応は謎だった。

「でもさ、雄祐。何で、そんな嘘吐くのよ。絶対におかしいよ、あたしに失礼だよ。それから、訊きたいと思っていたんだけど、何でそんな変な格好してるの？　悪いけど、全然よくないよ。顔だって整形したんじゃない？　すっごい不気味。いったいどうしたのよ。何があったの」

その時、どこかで控えめなコール音が鳴りだした。川島が、サテンジャケットの内ポケットに手を入れ、スマホを取り出して眺めた。そのままテーブルの上に放り投げるようにして置いた。電話は身を震わせながら、しばらく鳴っていたが、やがて死んだかのようにぴたりと止まった。

「仕事？」

川島が頷いて、冷たくなった唐揚げにフォークを突き刺す。

「ステだよ」

「ステって何」

「誰かが死んだんだ。人間ってさ、どこでもいつでも誰かしら死ぬんだよ。予想通り死ぬし、まったく予期せずに死ぬ。死んだらおしまいだろ？　でもさ、俺らは誰かが死んだら、仕事になる。まったく休む間もなく、人は死んでいくんだぜ。ひとつ葬式が終われば、次は誰だ、と見回さなくても、必ず誰かが死んでくれる。そして、丁重に葬れば、客はみんな俺らを神様のように崇《あが》めるんだ」

川島は唐揚げをひとくち囓《かじ》った後、皿にフォークごと投げだして一気に喋った。

「神様なの？」

「それに近い」

優子は、川島は大仰だ、と内心可笑《おか》しかった。

「そりゃ、あなたは凄い世界に飛び込んだと思うよ。代理店と百八十度違うんだからさ。だからって、自分は無精子症だとか、自分の子供は違う男の種だとか、質《たち》の悪い嘘を吐くのはよくないよ」

「質悪いかな？」川島は首を傾げた。「だったら成功だな」

「何が成功なのよ」

馬鹿にされた気がして、優子は川島の削《そ》げた頰を見た。

「俺ね、今わざと嘘を吐きまくっているんだよ」

川島の言うことがまったく理解できずに、優子は眉を顰《ひそ》めた。

「どういうこと」

「俺、今、変なキリスト教にはまってるんだよ。てのも、こないだ、外国人の葬式請け負ってさ。勉強のために教会に行ってみたんだ。そしたら、そこで変てこな説教聞いてさ、どういうわけか、はまっちゃったんだ。人間は、嘘吐くな、セックスするな、酒飲むな、煙草吸うな、無駄遣いするなって、牧師がマジで怒るんだ。人間は欲望を断たないと金が貯まらないし、幸せになれないよって。それでもやるのは、それは全部、人間の中にいる悪魔の仕業だって。じゃ、全部やりまくって、どんな罰当たるか、俺にどんな悪魔がいるのか、見てやろうと思ったんだ。それで、積極的に酒飲んで、セックスして、煙草吸って、嘘吐きまくって、金遣って、守銭奴になってみようかと思ってさ」

優子は唖然として、川島の顔を見遣った。

「それのどこが楽しいの？」

「楽しいよ、真逆だから。だって、葬儀屋は神様なんだから」

「あなた、変わったね」優子は呆れて首を振った。「あなた、あたしに悪いことしたと思ってないの？」

「思ってるさ。優子のことも、前の奥さんのことも申し訳ないと思ってる」

「それも嘘？」

「いやいや」と、川島はにやりと笑う。

「それで整形したの？」

「そう。美しくなりたい欲望も満足させた」

「美しくないよ。前の方がよかった」

優子が言ってのけても、川島は平然としている。

「雄祐、あんた馬鹿じゃないの」

「馬鹿だと思うよ」

「幼稚だよ」

「うん、幼稚だ」

発した質問は、汚泥のようにずぶずぶと、川島の中にいったん埋まり、汚いあぶくを吐いては、消えていくのだった。優子は徒労を感じた。

「で、無精子症って嘘吐くわけだ？」

「だって、沙羅ちゃんは精子が欲しいんだろう。だから、沙羅ちゃん向けの嘘だ」

「意地悪いね。じゃ、あたしには何」

「そうさなあ」川島が不自然に窪《くぼ》んだ目で優子を見遣った。「俺には女が大勢いるんだぜ。もててもてて困ってる。女に不自由しない」

顔が一瞬、屈辱で歪むのを、優子は自分でどうにもできなかった。だが、すぐに取り繕った。

「死人にもててどうするって」

川島が哄笑《こうしょう》した後、優子の手を取った。

「じゃ、久しぶりにセックスしてみるか？」

優子は、人工的な二重瞼の下の目を覗き込んだ。この世に悪魔という者がいたら、こんな姿形をしているような気がした。

「あなた、本当に川島雄祐なの？　あたしが五年も付き合っていた男なの？」

「まだ、そうらしいよ」

川島が溜息を吐いて答える。

「あなたが無精子症だったら、してもいいよ」

冗談を言った途端、川島の骨の感触が掌に蘇って鳥肌が立つ。

「無精子症じゃないけど、EDだよ。それでもいいか？」

川島が笑わずに言ったので、優子は、たとえ一瞬でも復縁を願った自分の本心を見透かされたのかと嫌な気がした。人の心を素早く読むところも、川島は悪魔のようだと思った。

「やめとくわ。だって、あたしと寝ることも、あなたが悪魔になる道かと思うと、悔しいから」

川島が慇懃に見えないこともない笑いを浮かべた。新たに人も亡くなり、そろそろ仕事に戻るのだろうか。

「たいした悪魔じゃないよ」

川島が優しさを感じさせる口調で言った。それも薄気味悪かった。

「いい、もう帰る。またね」

優子が立ち上がると、川島が伝票を摑んだ。しかし、払いは沙羅の置いて行った一万でほとんど足りるようだ。

「三人で割る？」

「いいよ、沙羅ちゃんに出して貰おう。先に帰った罰だ」

川島がウォレットチェーンの先に付いている爬虫類革の財布から、千円札を一枚だけ出して、優子の顔を見た。

「あと千円出して」

店の前で手を振って別れると、舌に苦い味が残った。川島と別れてから、十五年以上経つ。だからと言って、我ながら甘い考えを持ったものだ、と優子は自分を恥じた。もしかすると、川島が自分と別れたことを後悔しているかもしれない、と思ったからだ。川島とは、二度と会わないだろう。


家に戻って、沙羅からのメールをチェックしたが、携帯にもパソコンにも来ていなかった。迷ったが、誘ったからには、優子から送ることにする。

〈沙羅様
今日は忙しいのに来てくれてありがとう。

あなたが急に帰ってしまったので、びっくりしました。

具合でも悪かったのかなと心配してます。大丈夫？

それとも仕事だったの？

私と川島君は、あれから小一時間店にいて、それぞれ帰りました。

あなたもそう思っただろうけど、あいつキモかったね。

整形にはマジでビックリしたし、まったく違う人間になっていたのが怖かった。
もう二度と会うことはないと思うよ。
あなたを誘って悪かった。気分悪かったんでしょう?
仕事頑張ってね。また時間作って飲みに行こう。
それから、預かったお金は多かったので後で返します。優子〉

沙羅からすぐに返信があった。

〈優子様
今日は先に帰ってごめんね。
明日までに見なくちゃいけないゲラがあったの。
あと、ちょっと風邪気味だったというのもある。
川島君は、根本から変わったと思いました。
こういう人だったのか、とかなりびっくりしたけど、
そのびっくりさせるところに、あの人の眼目があるようで、それも気持ち悪かった。
今日、ちょっと決心したことがあります。あなたに言われたことです。
私は確かに羊膜の中にいたかもしれません。その膜を破って、外に出ようと思います。
そして、自分の思うままに生きるつもりです。

まずは、養子を探します。沙羅〉

翌日、優子は携帯電話を握り締めたまま、出勤した。沙羅に返信を書きたいのだけれど、どう書いていいのか、わからなかった。沙羅が養子を取るという決断をしたことが、自分より一歩先を行くようで、焦りがある。

「おはようございます」

佐竹宏美が、白いドレスの上に羽織った、黒麻ジャケットの裾を翻《ひるがえ》して、勢いよく入室してきた。後ろに、ADやスタッフを従えている。「子供と貧困」番組のプロジェクトチームだ。スタッフには、若い女性や中年女性もいて、華やかながらも堅実な雰囲気があった。

気圧された優子は、悠然と自分のデスクの前に行き、わざとのようにゆっくりと椅子に腰掛けた。この敗北感を誰にも気取《けど》られたくない、と肩に力を入れてパソコンを立ち上げる。

すると、その肩を叩く者がいる。

「優子、今、いい？」

振り向くまでもなく、誰かはすぐにわかった。日系三世のアメリカ人ジャーナリスト、ケイコだ。ケイコはロサンゼルス・タイムズの派遣記者で、東京に五年以上住んでいる。

同じ年齢なので仲良くなり、情報交換と称して毎月会っていた。が、この数カ月は姿を見なかった。

「最近、どうしてたの」

優子はノートパソコンを閉じてから、立ち上がってケイコと抱擁した。黒髪をおかっぱにしたケイコは小柄で、ほとんどノーメイクだから、三十代前半と言っても通る容貌をしている。

「来月、サンフランシスコに帰ることになったから、挨拶回りよ」

ケイコは流暢《りゅうちょう》な日本語で言った。

「あら、任期はまだ残ってるって、言ってなかった？」

「あるんだけどいいの。それより、優子。いいニュースがあるのよ」ケイコが顔を輝かせた。「私に養子の順番が回ってきたの。来年、貰えることになったから、帰って準備することにした。だから、これからは子供を育てることに力を注ぐの。あたしも来年四十三だから、ちょっと歳取《とし》ったママだけどね」

「アメリカでは、単身者も養子を貰えるのか。いいわね」

沙羅のメールの最後の言葉が蘇る。

「そうなの」ケイコが嬉しそうに頷いた。

「日本は、夫婦でなければなかなか養子を取れないのよ。養子を欲しい女の人が多くなっているのに残念だわ」

「だったら、ドバイに行ってみたら」

　ケイコがいとも簡単に言うので、優子は驚いた。

「ドバイに何があるの」

「これは内緒の話だけど」ケイコが耳許で囁いた。「ベビー・スーク、市場があるって噂よ。それもショッピングモールに」

「その話、本当なの？」

　ケイコは答えずに、目をくるりと動かしてみせた。非合法に決まっている。

「都市伝説かも」

「よくそんな言葉知ってるわね」と、笑った後で、優子は真剣に訊ねた。「それって人身売買ってこと？」

「そんな人聞きの悪いことを言わないで。ただの養子仲介屋でしょう。どこにでもあるじゃない、インターネットのサイトだってあるし」

「でも、サイトと違って、いろんな子を直《じか》に見て選べるのね」

「という話だけど」

「国籍はどうなるのかしら」

「そんなの何とかするからこそ、成り立つ商売よ」

優子は、部屋の隅にあるソファでミーティングをしている佐竹宏美を振り返った。中心で、報告を聞きながら頷いている。きっと、今度の仕事も評判となるだろう。

もし、ベビー・スークを取材できたら、佐竹を見返せるかもしれない。そして、沙羅もそこで赤ん坊を手に入れられたら、さぞかし喜ぶことだろう。

優子は、ケイコの笑顔を見ながら、これから書くメールの言葉を考えていた。

「ところで、沙羅。いいニュースがあるのよ」と、さっきケイコが言ったように書けばいいのだ。

第二章　美しい子供

1

パウロは、ペルシャ湾の真ん中を突っ切る直線道路を、タクシーで走っていた。道の両脇には、高層リゾートマンションが林立している。建築中の物もあって、そこだけ白い埃《ほこり》がもうもうと舞っていた。埃の向こうには、青い海と雲ひとつない空がある。

「ここには初めて来た」

パキスタン人らしい運転手が振り向いて、ブロークンな英語で話しかけた。

「俺もそうだよ」

パウロが答える。

「椰子《やし》の木には見えないな」

運転手は、嬉しそうに周囲を見回した。

「上空から見ないとわからないんだろう」

「自家用ジェットでな」と、運転手が笑った。

ここは、パームジュメイラと呼ばれる、椰子の木を模した人工の島だ。飛行機からなら、幹線道路は太い幹、別荘地に通じる道は枝葉に、そして枝葉の一本一本にぎっしりと別荘が連なる様は、あたかも熟れた実がなっているかのように見えるのだろう。実際に車で走ると、幹も枝もあまりにも巨大過ぎて、街全体が椰子の形をした人工島だとは、まったく実感できなかった。

「火傷《やけど》しそうだ」

海辺の激しい陽射しが窓から入り込み、パウロの青白い膚《はだ》をじりじりと灼いた。パウロはドイツから帰ったばかりで、ドバイの暑さに慣れていない。思わず、陽の当たらない中央に座り直したが、車内をどんなにエアコンで冷やしても、ドバイの日光の苛烈さには到底、敵《かな》わないのだった。

外気温は三十五度くらいだろうか。パウロは、戸外作業の辛さを思い出して、エアコンでそこだけ冷やされた額に手を当てた。

最初は、適当な職が見付からずに、建設現場監督としてドバイに入った。だが、厳しい暑さで体調を崩し、半月でクビになったのだ。

パウロは、木陰で休憩を取っている建設作業員たちに、同情の目を向けた。近隣諸国から出稼ぎに来た人々だ。安い賃金で過酷な労働を請け負う彼らがいなければ、ドバイの奇天烈なビルや、馬鹿げた人工島は出来ない。

ドバイの人口の八割は、このような他国から来た労働者だ。生粋のドバイ人は、ほんのひと握りしかおらず、移民も認めていない。外国人男性がドバイ人女性と結婚しても、ドバイ国籍を取ることはできないが、外国人女性がドバイ人男性と結婚した場合のみ、国籍が取得できると聞いた。

ドバイ人は、戸外の建設現場などで働かなくて済む。ドバイ人ならば、結婚と同時に国から一軒の家が与えられ、裕福な生活を保障されるからだ。ビジネス、スポーツ、ショッピング、旅行を楽しむ豊かな生活。すべては、石油が与えてくれた恩恵だ。

世界一高いビルを建て、自称「七つ星」のホテルを造る。巨大ショッピングモールの中に、スケート場や人工雪の降るスキー場、珍しい魚が泳ぐ大水族館を造る。椰子の木や、世界地図の形をした人工島を造って、別荘地として売り出す。

しかし、最大の贅沢《ぜいたく》は、巨額の金を遣って海水を淡水に変え、毎日何回も水遣りをして、不毛の砂漠を、美しい緑の土地に変えたことではないだろうか。パウロはドバイに来て初めて、この世は金さえあれば不可能はない、と知った。

やがて、中央に風の通る道を穿《うが》った、不思議な建物が見えてきた。アトランティス・ザ・パームという名の高級ホテルである。巨大なホテルは、椰子の木のてっぺん部分、島を取り囲む防波堤の真ん中に建てられている。

ホテルに近付くに従って、軒を連ねていた別荘群は姿を消し、代わりにヨットハーバーや人工の砂浜を備えた、豪壮な邸宅が目に付き始めた。ビル・ゲイツやベッカムが購入した、という噂がある超高級別荘である。ロザはこんな金持ちが集まる場所で働いていたのか、とパウロは驚いた。

自分は建設現場監督としてドバイにやって来たが、労働条件は単身で来ることだった。パウロは、ロザのためにポルトガル人の家のナニーの仕事を見付けた。住み込む代わりに、ミカを連れて行くという条件である。

ロザやミカと離れて暮らすのは寂しかったが、家族全員がドバイに移住するには、その方法しかなかった。それでも、パウロがドバイ行きに拘《こだわ》ったのは、家族の「失敗のサイクル」を断つためには、最良の道だと思えたからだ。「聖霊の声」教会と縁を切るには、借金をしてでも教会の影響の及ばない場所で暮らすしかない。

しかし、自分がたった半月で職を失ってしまったのは誤算だった。失職すればビザが下りない。だから、ドバイに滞在することはできなくなる。

ロザにヨーロッパに行こうと持ちかけると、ロザは、ポルトガル人の雇い主も、その家族も気に入ったから、しばらくドバイにいたいと断った。

「聖霊の声」教会を忘れてくれるのなら、その方が好都合だ。パウロは一人ドイツに、建設労働者として出稼ぎに行くことに決めた。それが、半年前のことである。

今回、パウロがドイツから帰って来たのは、ロザと連絡が取れなくなったからだ。一カ月前から、何度メールしても、電話をしても、ロザから返事はない。慣れない手紙も数通認《したた》めたが、梨のつぶてだった。それで安否を確かめるために、パームジュメイラにある、雇い主の家に向かっているのだ。

パウロは、脇に置いた紙袋に手を触れた。ベルリン土産のクマの縫いぐるみが入っている。一歳二カ月になった娘ミカの、二カ月遅れのバースデイプレゼントだ。

ミカと会うのも半年ぶりだ。父親を覚えているだろうか、と心配で仕方がない。

「あんたが探しているのはここだろう」

運転手が、一軒の別荘の前で車を停めて言った。それから、あまりの豪華さにヒューと口笛を吹く。

椰子の枝葉の一番ホテル寄りの道路、それも先端にある。別荘は地中海風の凝った造りで、赤い瓦屋根に白い壁が海の青に映えた。家の前には、人工の白い浜が広がって、芝生は青く美しく、大きなプールもある。勿論、ヨットハーバーには、大型クルーザーが浮かんでいる。ロザの雇い主のポルトガル人は実業家と聞いているが、桁違いの大金持ちのようだ。

パウロは、ロザがこの家に残って、そのまま働きたい、と言った理由がわかるような気がした。人工的な天国だが、青い海と白い砂を見れば、誰でも心は躍る。特にロザは、

O市の乾いた冷たい風を嫌っていた。

「ここで待っててくれないか」

パウロの頼みに、運転手は「OK、OK」と何度も頷いた。好奇心が漲っている。東洋人風の男が、金持ちの家に何の用事がある、と興味があるのだろう。

パウロは紙袋を提げて、石造りの門に設置されたインターホンを押した。すぐに男の声が流暢な英語で、「どなたですか。約束がありますか?」と不審そうに訊く。家の中から、自分の姿が見えるのだろう。パウロは緊張した。

「私は、お宅でナニーをしているロザ・サトウの夫です。連絡がないので、心配して会いに来ました。会わせて頂けますか」

「ちょっと待って」

太陽に脳天を炙《あぶ》られて待つこと数分。やがて、鉄の門扉が開いて、敷地内に入ることができた。手入れのいい芝生の真ん中に洒落た石を敷き詰めた道を、じりじりと陽に灼かれながら遥《はる》か遠くの玄関まで歩く。プールに子供用の浮き輪が浮いているのを見て、なぜか胸が詰まった。

玄関の大きな戸が開き、ホテルの従業員のような詰め襟の白シャツを着た、太めの中年男が現れて手招きした。

パウロは、ポーチに立って挨拶した。

「私はパウロ・リュウジ・サトウ。ロザの夫です。ドイツで働いていましたが、妻と連絡が取れないので、心配で戻って来ました」

家の中から、冷気が流れ出て来る。涼しさに、ほっとひと息吐いたものの、フィリピン系らしい男は、中に入れとは言ってくれなかった。

「私はこの家の執事をしているマニュエルです。ロザは出て行ったそうです」

悪い予感が的中したパウロは、瞬間言葉を失った。

「それは、いつですか」

「一カ月くらい前だそうです」

マニュエルは伝聞口調ではっきり言わない。パウロは業を煮やした。

「私の娘も一緒だったのですか？」

「おそらく」と言った後、マニュエルは「ちょっと失礼」と、中に引っ込んだ。やがて、落ち着いた風貌の中年女性を伴って現れた。女性はムスリムらしく、スカーフをしている。顔立ちは優しく、インドネシア人のようだ。

「私は、サリナです。ロザと一緒にナニーをしていました。ロザはミカを連れて出て行きましたよ」と、はっきり言う。

パウロの舌が焦りでもつれた。

「行き先はご存じないですか？　私はロザの夫で、ミカの父親なんです」

「わかりません、何もわかりません」

サリナが気の毒そうに首を横に振りながら繰り返した。

「どうして出て行ったのでしょうか？」

「それもわかりません」

マニュエルとサリナは顔を見合わせて、首を傾げてみせる。

「もしかすると、こちらの家で、妻が何か失礼なことでもしたのでしょうか？　それでクビになったとか」

ナニーの仕事だったら、ロザのコンプレックスも刺激しないだろうと思ったのだが、「聖霊の声」教会の熱心な信者であるロザが、子供相手に布教活動でも始めたのかもしれないと思うと、気が気でなかった。

「いや」と、またマニュエルと顔を見合わせてから、サリナが言った。

「そんなことはありません。ロザはよく働いてくれた、と奥様もご満足のようでした。お嬢さんもとても懐いていましたしね。お嬢さんは四歳で、ロザが面倒を見ていたのです。私は今年生まれた、双子の赤ちゃんの方のお世話をしています」

子供の世話に二人もナニーを雇っているのか、と驚く。

「では、お嬢さんは今どなたが見てるのですか」

「新しい人がすぐに来ましたよ。パームジュメイラは人気の場所ですから」と微笑む。

パウロは激しい落胆を隠せず、声を震わせながら訊いた。

「ロザは、荷物も全部持って出て行ったのですか？　部屋には何もありませんか？」

「お渡しする物はこれだけです」

サリナが差し出したのは、連絡が取れなくなってから、パウロが出した手紙だった。それも三通。パウロは、封も切られなかった自分の手紙を、縫いぐるみの入った紙袋に入れた。サリナが気の毒そうに目を背けたが、マニュエルはあからさまに迷惑そうな様子だった。もう、話してくれることも、なさそうだ。

あまりの情報のなさに途方に暮れたが、パウロは自分の連絡先を書いた紙をサリナに渡すことを忘れなかった。

「何かわかったら、ここに連絡してください。よろしくお願いします」

サリナが紙を受け取って、大事そうにふたつに折り、ポケットに入れたのが唯一の救いのように感じられた。

「ご足労でした」

マニュエルがパウロを押し出すようにして、ドアを閉めた。ロザとミカの痕跡を確かめる間もなく、扉が閉じられてしまった。パウロは、何か取り返しのつかないことをしたような気分で、うろたえている。自分がドバイに行こうと言わなかったら、二人はまだ自分の側《そば》にいたはずだ。どこへ行ってしまったのだろう。

タクシーの運転手がにやりと笑って訊いた。広い敷地を歩いてタクシーに戻るだけで、頭がくらくらするほど暑い。エアコンの冷気を胸の中に入れて、ほっと嘆息した。

「終わったか？」

「ああ、終わったよ」

「採用か？」

パウロが金持ちの家を訪問した理由は、就職の用件だと思っているらしい。

「ノー」とだけ言って、パウロは目を瞑《つむ》った。妻と子を突然、見失った今は、どんな光も目に入れたくなかった。


パウロは、ダウンタウンにあるホテルに帰って来た。スリランカ人の経営するホテルで、自然、周囲に住むのは、スリランカ人が多い。

パキスタン、ウズベキスタン、アフガニスタン、イラン、スリランカ、ロシア、中国、韓国、アフリカ諸国。ダウンタウンは、各国の建設作業員や港湾労働者、ホテル従業員、そして、ドバイでひと儲《もう》けを企《たくら》む出稼ぎ者が集まる街だ。

高層ホテルやショッピングモールもないが、その代わり、各国の料理を出す安い店があちこちにあって、ライセンスを持った店では、酒も置いてある。

もっともパウロは、ドバイに来て以来、酒を断っていた。ロザに、生き甲斐となっていた教会に行くのを禁じたのだから、自分も一番好きなことをやめなければならない、と決意したからだ。

しかし、今日ばかりは飲みたくて仕方がなかった。正体がなくなるほど飲んで、誰かと喧嘩して憂さを晴らしたい。だが、その憂さは、そんなことをしても永遠に消えないだろうこともわかっている。パウロは、ミカへの土産と手紙を入れた袋を、スーツケースの奥に仕舞った。ミカの消息がわかるまで、目にしたくなかった。

そのうち、ひとつの考えが纏《まと》まった。インターネットカフェに行き、群馬県O市の「聖霊の声」教会の住所と電話番号を調べる。信者のふりをしてヨシザキ牧師に電話し、ドバイに「聖霊の声」教会が存在するかどうか訊いてみるのだ。おそらく、ヨシザキは丁寧に調べてくれるだろう。気持ち悪いほどに。

あるいは、ドバイで探してみてもいい。しかし、ドバイはムスリムの国だ。あったとしても個人の家程度の規模かもしれない。だったら、見付からない可能性の方が高い。

それでも、教会がドバイにあるなら、ロザが再び通いだしたことも考えられた。

仮に、ロザが教会に通っているとしたら、その間、ミカはどうしているのだろう。まだ赤ん坊のミカが、この厳しい土地でどうやって生きていくのかと想像するだけで、心配だった。労働者の住まう地域では、家族の姿はほとんど見ない。男だけの世界で働き続けていると、無垢《むく》で愛らしいミカに会いたくて仕方がない。

昼間の疲れが出たのか、うとうとしていると携帯電話が鳴った。見知らぬ番号である。

「もしもし、パウロです」

英語で答えると、静かな声が返ってきた。

「ロザと一緒に働いていたサリナです」

「何かわかりましたか」と、慌てて起き上がる。

「いえ、先ほどはマニがいたので言えなかったのですが、あなたに伝えたいことがあります」

悪い報《しら》せか、良い報せか。パウロは緊張した。

「何でしょうか」

「実は、何も知らないと言いましたが、家の者は皆知っています。ロザさんは、隣の家の運転手と一緒に出て行ったのです。奥様がとてもお怒りになったので、家ではなかったことにしているのです。ロザの話なんかしたくない、と仰《おつしや》ってね。さっきは奥様がいらっしゃったので、マニはばれないように気を遣っていたようです」

「それはすみません」謝ったものの、事態を把握できずにパウロは狼狽《ろうばい》した。「あの、いったい何が起きたのでしょう。妻はなぜ、隣の家の運転手と出て行ったのですか？」

「隣のお宅はイギリスの方で、六歳と四歳になる姉妹がいます。そこのお嬢さん方とうちのお嬢さんは遊び友達なんです。だから、よくお隣の車で一緒に出掛けることになるのですよ」

「その運転手がロザとミカを連れて出て行ったのですね」

言った途端、腹が立ってきた。知らない男に、自分の大事な娘を預けたくない。

「はい。いつから二人が仲良くなったのかはわかりませんが、二人きりになる機会も多いですから、いろいろ相談していたようですね。その運転手は待遇面で不満があったようで、隣のご主人と喧嘩して、出て行くことになったんです。そして、ロザを迎えに来たんです。あなたには言いにくいことですが、ロザは何か約束していたのでしょう。嬉しそうに出て行きましたよ」

ロザの自信なさそうな表情が浮かんだ。きっと男の言いなりになったのだろう。腹立たしくなる前に、パウロは妻を哀れに思った。パウロの次はヨシザキ牧師。そして、その運転手。ロザの「失敗のサイクル」だ。

「運転手は何者ですか」

「『ジョン』と西洋人の名を名乗っていましたが、出自はわかりません。おそらく中近東のどこかでしょう」

情報の少なさに絶句する。いったいどうやって捜せばいいのだろう。

「もう、彼は戻って来ないのですか？」

「喧嘩して追い出されたのですから、無理でしょう。奥様が怒っておられるのは、ロザがそんな男と一緒に逃げたこともあるのです」

「その隣の家には、ナニーはいないのですか？　もし、何か知っていたら」

「今度のことで、あちらのナニーも一緒にクビになりました。監督不行届ということで。ジョンとロザに子供たちを任せて、買い物に行ったりしていたようです」

「つまり、二人に機会を与えたということですね」

「そうです」

「娘が心配です」

「よくわかります。私はミカを、時々うちの双子と一緒に見ていたんですよ。ミカは、とてもワリーダジャミーラですから、近所でも人気がありました」

「それはどういう意味ですか」

「美しい子供、という意味です」

パウロは衝撃を受けた。自分は二度と得られない大事なものを、たった今、失った気がして、眩暈《めまい》さえする。サリナの呼びかけで我に返った。

「パウロさん、私はロザのことも心配なんです」

「でも、彼女は大人だ」

冷たい口調になるのを止められなかった。ロザが自分の大事な娘を盗んで行った、とさえ思う。

「それはそうですが、ドバイには危険な場所もありますから」

いいんです、ロザが馬鹿なのですから、と答えそうになった。だが、ロザを見付け出さなければ、ミカも見付からないことに気付く。

「パウロさん、ロザに何かあったら、ミカも危険ですよ」

「そうですね。ジョンは危険な男なのですか？」

「私はそう思っています」

「ありがとうございます。何かわかったら、教えてください」

電話を切った後、パウロはしばらく動けずに二人のことを考えていた。どこにいて何をしているのか。どうやって見付けたらいいのか。パウロは、容赦なく照り付ける太陽の下、果てしない砂漠を行く自分の姿を思った。

パウロはインターネットカフェに出掛けた。ヨシザキ牧師に電話をしようと思う。ロザが隣の運転手と出奔したと聞いてから、なりふり構わず、行方を追うつもりになっている。ジョンがミカに愛情を持てるわけがない。捨てられかねない娘を守るのは、父親である自分しかいない。

日本のサイトに繋いで、O市の「聖霊の声」教会を検索する。住所と電話番号をメモして、腕時計を見た。午後九時。日本との時差は五時間だから、日本は午前二時ということになる。構うものか、とパウロはカフェの隅に行き、携帯で電話した。

「もしもし、どうしました」

驚いたことに、数コールでヨシザキ牧師の声が聞こえた。懐かしいと感じるから、不思議である。

「もしもし、ヨシザキ牧師ですか?」

「はい、そうです。あなたは?」

はっきりした受け答えは、サッカーボールのリフティングで見せた優れたリズム感を思い起こさせた。

「私は、パウロ・リュウジ・サトウです」

「おお、あなた方はドバイにいるのでしょう?」

不審そうな声で訊いてくる。

「そうです。よくご存じですね」

「ロザさんが何度も相談に見えましたよ」

溜息が出た。自分がロザを説得したと思い込んでいたが、ロザはヨシザキの意見を聞いて決めたのだろう。

「時差があるのに、夜分にすみません」

「いえ、私は起きていましたから大丈夫です」

不意に、「失敗のサイクル」という語を思い出し、何をしていたのか訊きたくなる。

「牧師さんは、まだおやすみではなかったのですか」

「はい、私は寝る前に聖書を読みます。まだ読書タイムです。午前三時に寝て午前六時に起床します」

人間離れしていると思ったが、パウロは黙っている。

「何があったのですか？　ロザさんに何かあった？」

ヨシザキが心配そうに訊ねた。

「どうしてわかるのですか？」

「この一カ月、メールが来ませんから」

パウロは、教会に行きさえしなければ大丈夫だと安心していた、己の迂闊《うかつ》さを恥じた。教会になど行かなくても、ヨシザキ牧師と繋がっていれば、ロザの信仰心は断たれることなく続く。

「実は、ロザがミカを連れていなくなりました。ナニーをしていた家の隣家の運転手と一緒に出て行ったらしいのです」

「ああ、何ということでしょう。私は止めたのですよ」

「ジョンを知っているのですか？」

「一度だけ相談がありました。ジョンという男が自分のことを好きだと言っている。一緒に暮らそうと思っている、と」

「どこに行くとかは言ってませんでしたか？」

「それは書いていませんでした。私は止めたのですが、もう私の制止など聞きいれない状況だったのでしょう」

それは教会の教えから外れたということか。なぜか、パウロは快哉《かいさい》を叫びたくなった。しかし、ロザがヨシザキとも連絡を断ったというのはどういうことだろう。

「牧師さん、失礼ですが、ロザはあなたにどのくらいの頻度でメールを送ってましたか？」

「毎日来てました。それが突然来なくなったので心配しているのです」

毎日か。パウロには、ようやく返信が来るのみだった。連絡だけのメールが週に一、二度の自分たち。ロザの濃い人間関係を横から見ているような気がして、パウロはしばし放心した。

「ご主人、私にできることはありますでしょうか？」

ヨシザキが張りのある声で訊いてくる。

「ドバイに、『聖霊の声』教会はありますか？」

「まだありませんね。ロザさんからも前に訊かれましたよ。その時、私は、あなた自身が教会となって、迷える人々を救いなさいと言ったのですが」

「信者はいますか？」

「個人的な問題ですね。それは私にはわかりません」

今のロザは、パウロもヨシザキも捨てたのだと感じる。ジョンが相手なら、ますますミカに危険が迫っている気がした。再び黙り込んだパウロに、またヨシザキが声をかけた。

「他にできることはありませんか？」

「そうですね。何かあったら、ここにお電話頂けますか。かけ直します」

「いいですよ、信者さんのことですから。国際電話料金くらいは負担します」

そうだよな。ロザは俺の金を十万も喜捨していたんだから。

ヨシザキと話していると、パウロは、胸に黒いものが溜まっていくのを感じるのだった。工事で使う、黒いタールのようなものが。

パウロは、カフェを出た。砂漠気候の特徴で、夜のドバイは涼しい。パウロは、行くべき場所を見失った気がして、街を見回した。男たちだけが輪になって、あちこちで立ち話しているのが見える。夜の女がいる場所を誰かに訊いてみなくてはならない。パウロは、ロザを発見したら、何と言おうかと考えながら歩きだした。

2

店の中は、もうもうたる煙草の煙で白く霞《かす》んでいた。窓の木製ブラインドは下げられているが、隙間から、太陽の光が真横に射し込んで眩《まぶ》しい。明るい陽光が、室内に充満している人々の欲望を消すどころか、煽《あお》っているようにも感じられるのが、砂漠の真っ昼間だ。

昼だというのに、安ホテルのバーはほぼ満員だった。

いったいどこからやって来たのか、様々な膚の色の男たちが集まって、ビールを飲んだり、煙草を吹かして、女を得ようと目を血走らせていた。

カウンターに陣取った男たちは、連れとなった女と話し込んでいる。数人のグループもいれば、二人きりで、「商談」に入っている者もいた。

相手を決めかねている男たちは、瓶ビールを片手にフロアに突っ立ったまま、店の反対側をじろじろと眺めていた。そこには、ドレス姿の女たちがぎっしりと立って、これまた客の方を見ている。

男は好みの女を、女たちは、金がありそうで面倒のない客を見極めようとして、互いを品定めしているのだ。

女たちも、いろいろな国からやって来ていた。東欧系、ロシア系、アフリカ諸国、インド、パキスタン、スリランカ、中国、ベトナム、フィリピン……。下は十代から上は五十代、痩せた女から太った女まで、あらゆる男の好みに合わせた女たちが、カモを待っていた。

パウロは、カウンターの端に陣取って、バドワイザーを飲んでいた。この店に毎日通って、すでに三カ月近く経った。いつの間にか顔になって、知り合いも増えた。

今やパウロを見ると、娼婦《しょうふ》たちが寄って来て、「二人は見付かったか？」と心配して訊ねるほどだ。だが、ロザとミカの行方は、依然わからなかった。

「パウロ」

安香水の匂いをぷんぷんさせた男が、パウロの肩に手を置いた。

「セルジュ」

パウロは、鷲鼻《わしばな》の男と握手した。セルジュはロシア人だが、わざとフランス風の名を名乗っているところが胡散臭《うさんくさ》い。

しかも、何の仕事をしているのかよくわからない。おそらく、女衒《ぜげん》のようなことをしているのだろうと思われた。だから、情報屋として使っている。

役に立ちそうな情報ならば二十ドル渡し、その情報が有効ならもっと出す、と言ってある。セルジュは優秀で、すでに三百ドル以上パウロからせしめていた。

「何かあったか？」

セルジュは首を振った。

「相変わらずだ。あれっきりないよ」

ジョンと名乗る運転手が、トルコ出身だと調べて来たのはセルジュだ。

パウロは、ジョンが働いていたパームジュメイラのイギリス人の別荘には、何度も訊きに行った。だが、相手にされず、インターホンにさえ出て貰えなくなった。

何度目かに様子を見に行った時、インド系らしき男たちが芝生の水撒《みずま》き作業をしていたので、ロザとミカの写真を見せた途端、ガードマンに見付かり、摘み出されてしまった。以後、敷地にも近付けない。

セルジュはどういう手を使ったのか、いとも簡単に、ジョンが「ジャン」という姓のトルコ人だと訊き出してきた。しかも、ジャンからは、無事に国に帰った、という電話が仲間にあったこともわかった。

その仲間に、ロザとミカのことを訊いて貰ったが、「そんな親子は知らない」ときっぱりと言われたらしい。現にジャンは、トルコに妻子がいる。

以来、情報は絶えて、パウロはひたすら、この娼婦の集まる店に来ては、何かが訪れるのを待っているのだった。何かとは、希望という言葉だ、と最近気が付いたところだ。

パウロはセルジュに言った。

「俺がトルコに行ってジャンを捜し当てて、締め上げてみようか」

「無駄だよ、見付かりっこない」セルジュは痩せた肩を竦める。「こんなことを言って悪いが、奥さんたちはもう売られたよ。ジャンはその金を持ってトンズラしたんだ」

ジャンと、パームジュメイラにいる仲間との連絡は途絶しているらしい。

「ロザはいくらくらいで売れたんだろうか」

パウロの独りごとが聞こえたのか、セルジュは言いにくそうに、曲がった鼻を摘んだ。

「レベルによるさ。奥さんはまだ二十代だったな」

「そうだ」

パウロは、二人の写真をポケットから出してセルジュに見せた。前にも見せたことがあったが、こんな露骨な話はしたことがない。

セルジュは、ロザの写真を凝視した後、言った。

「可愛いし若く見えるから、高く売れそうだ。一万ドルは堅い」

パウロは顔を上げて、バーで客待ちをする娼婦たちを眺めた。彼女たちは決して媚《こ》びることなく、よい商売相手を探し続けるだけの逞しさがある。

ロザには、こんなことはできないだろう。悪い男に引っかかって、困窮の中で苦しむのが落ちだ。妻が哀れでならなかった。

「彼女はまだドバイにいるんだろうか」と、暗い声で呟く。

「だったら、絶対にこの店に来るよ。この店に一番人が集まるんだから。ジャンは、そんなやばいことはしないだろう」

セルジュが細い葉巻に火を点けた。

「どこに売られたんだろうか」

「アフリカあたりかもしれない」

「娘は来月一歳半になるんだ。どうしているかな」

セルジュはしばらく言葉を選んでいるように俯いていた。

「子供は別に売られている可能性が高いよ。可哀相だが、東洋人の子供を欲しがる欧米人は多いんだ。それに、この子は美しいから人気があるよ。真っ黒な髪をおかっぱにして育てると、可愛い」

ワリーダジャミーラ。

サリナの言葉を思い出して、パウロは落涙しそうになった。まさかドバイで、妻と子供を見失うとは思ってもいなかった。

どうして、もっと大切にしてやらなかったのだろう。なぜ二人を守ってやれなかったのか。自分が悪かった、自分のせいだ、とロザに土下座して謝りたかった。

日本はあんなに安全だったのに、待遇が面白くないと怒って酒を飲み過ぎ、喧嘩をしまくった。そして、ロザから信仰を取り上げるために、危険なドバイに連れて来てしまった。自分が馬鹿だったのだ。

だからパウロは、希望を得られるまで、足繁《あししげ》くこの店に通い続けるしかないのだった。いつか、ロザがドレスを着て、店の中に立っているのではないか、と夢見たりもする。

ドイツで得た金も、ロザとミカの捜索でなくなってしまいそうだ。しかし、このままでは帰るに帰れない。

「パウロ、ドバイにいつまでいるんだ」

セルジュが心中を察したように訊いた。

「二人が見付かるまで」

セルジュがバドワイザーを注文した。断るセルジュの手を遮って、パウロは代金を払ってやった。セルジュには、最後まで味方でいてほしい。

「二人の無事を祈って」

セルジュが、バドワイザーの瓶をパウロの瓶にぶつけた。

「ありがとう」

ほとんど中身がなくなったバドワイザーを掲げた後、パウロは大きく嘆息した。

「しかし、きりがないな」

「金はあるのか」

「まだ少しは」

「こんなことを言って悪いが、どこかで諦めた方がいいんじゃないか」

セルジュが太い眉を上げる。

「いや、絶対に諦めない。捜し出すよ」

「悪かった。何かわかったら連絡するよ」

セルジュがそう言って立ち上がり、バドワイザーの瓶を持って、女たちの方に歩いて行く。その後ろ姿を見ながら、パウロは首を振った。重い気持ちをどうにも払拭できない。


ホテルの部屋に戻ると、部屋に照明が灯《とも》っていた。案の定、モリーが来ていた。白いTシャツにショーツという姿でベッドに横たわり、アイフォンをいじっていた。

「先に入れて貰っちゃった。ごめん」

パウロは、ベッドの端に腰掛けた。

「そういえば、店にいなかったね」

カウンターから店内を見回した時、モリーの姿がなかったことに、今気付いた。

「飲み過ぎて具合悪かったから、今日は夜から行くの」

モリーは、元ソ連邦の、聞いたことのないような小さな国の出身だ。

細くて小柄なので、十代の小娘に見える。が、汚れたような色の金髪で、眉が薄く、馬面だから、あまり美しくはない。

店でも人気はなかったし、モリーの要領も悪かった。客が付きそうになると、美しい中国人の娼婦にあっという間に攫《さら》われる。だから、店の隅で、ふて腐れた顔で煙草を吹かしていることが多い。

モリーの実際の年齢は、ロザと同じくらいだと思われるが、本人に訊いたことはなかった。パウロは、モリーにまったくと言っていいほど、興味がないからだ。

しかし、何が気に入ったのか、モリーの方でパウロにまとわりついて離れない。

モリーがアイフォンをベッド横のテーブルに投げ出して、叫んだ。

「ね、やろうよ」

パウロのジーンズのファスナーに手を掛ける。パウロはされるがままになっている。

「どこかで諦めた方がいいんじゃないか」という、セルジュの声が胸の中で響いていた。

諦めて、こういう女と暮らすのか。

別の女と暮らせば忘れられるのか。

確かに、自分を裏切ったロザを忘れることはできるかもしれない。でも、娘は絶対に諦めることはできない。

そんなことを考えていると、モリーが強くパウロの手を引いたので、ベッドに倒れ込んだ。モリーが上に乗って、Tシャツを脱ぎ捨てた。小さな乳房が露わになる。パウロは、モリーの細い腰を両手で支えてやった。ロザもこのやり方が好きだったと思い出す。

「やる気ないね」

何度か試した末に、モリーが怒ったように、パウロの横にどっと倒れ込んだ。ベッドが揺れる。

「いや、そんなことはないよ」と、口先だけで言う。

「じゃ、態度で示して」

モリーがパウロの指を摑んで、足の間に導いた。そのまま、モリーの狭い膣《ちつ》に入れさせられる。たちまち潤んでくるので、不思議な気持ちになった。

女を商品のように売り買いするなんて俺にはできない、と思う。一万ドルで売られたロザは、どれだけ酷使されるのだろう、と心配になる。

そして、ミカが売られると思うと、居ても立ってもいられなかった。見知らぬ男を、「パパ」と呼んでいることを想像するだけでも、気が変になりそうなのに。

「今日はどうしたの」

モリーが体を離し、煙草の箱から一本抜き取ってくわえた。

「いや、セルジュに、もう諦めた方がいいと言われたんだ」

「ああ、それで元気がないのね」モリーが低い声を出した。「あんなヤツの言うこと、信じることないよ。セルジュ自身が女を売ってるんだから」

「だから、信じられるんだ」

そう言って、パウロも煙草を吸った。

「諦めることないよ。いつかきっとグッドニュースがあるよ」

モリーに優しく慰められて、パウロは目を瞑った。

「だったら、いいけどさ」

モリーが背中を撫でさすってくれる。

「そう言えば、昨日、アパートに新顔の子が来たよ。今夜あたりから、店に顔出すんじゃない？」

「東洋人？」と訊ねると、モリーが首を振った。

「いや、どこだか知らない。東欧のどこかだと思う。黒い髪で白人なの。でね、その人、子供がいるんだって」

「ほんとか？」

パウロの心が少し動いた。子連れの娼婦など珍しくないが、何か知っているかもしれない。それは、何でもいいのだった。同じような仲間がいるなら、その仲間のことでもいいし、子供をどこに預けて仕事するのか、など、どんな小さなことでもよかった。それほどまでに、情報に飢えていた。

「うん、三つくらいの子供がいるって聞いた」

「じゃ、また夜にでも店に行ってみる」

「店に来るならあたしを指名してよ。情報料ちょうだい」

モリーが、背中に抱き付いて来た。

「今やるよ。今夜はその子を指名する」

パウロはポケットから二十ドル札を出して、モリーの膝の上に落とした。

「やった、トゥエンティちゃん」

二十ドル札ばかりをたくさん持っているパウロは、店でそう呼ばれていた。


夜、店に行ってみると、珍しくモリーに客が付いていて、二人でバーカウンターで話していた。モリーが、あたしもやるでしょう、と言わんばかりに、パウロの方を見て笑った。パウロは、モリーを無視して、新顔の娼婦を探した。

夜はさらに混んでいて、煙草の煙で一メートル先も見えないほどだ。やがて、パウロは女を見付けた。

女は、気圧されたかのように、隅の方に立っていた。ラメの入った青いドレスを着ているが、誰の目から見ても安物だ。目許《めもと》だけ黒々とした化粧は、パンク娘のようで場違いだし、可愛くなかった。鼻翼にピアスをしているのも、男に嫌われる。

「やあ」と、パウロは声をかけた。

「こんちは」

「新しい顔だね。この店初めて？」

「ええ、ちょうど今日からなの」

「名前は？」

「ラダ」

パウロは、ラダを誘ってバーカウンターに行った。バドワイザーを二本買って、一本をラダにやる。

「ドバイは初めて？」

「初めて。お酒を飲めないと聞いていたけど、こういうところもあるのね」

ラダが初めて笑った。前歯が透いていて、ティーンエイジャーではないかと思えるほど、幼く見えた。

「子供がいるって聞いたけど」

「誰に聞いたの」と、警戒心を強めるような表情をした。

「いや、俺はこの店では顔なんだ。何でも知っている」

パウロは、顔見知りに挨拶してみせた。ラダが少し安心したように、バドワイザーに口を付けた。

「金をやるから、少し教えてほしいんだ」

パウロは、二十ドル札を見せた。

「何を教えるの」

「たいしたことじゃない。俺は妻と子供を捜しているんだけど、この二人、見たことないよね？」

まず、二人の写真を見せる。ラダは、驚いた様子で怖々と写真を手にした。

「どうしたの、この二人」

「行方不明なんだ」

「見たことはないわ。ごめん」

「いいよ、そう簡単に見付かるわけはないんだ」と、自分に言い聞かせる。「ラダは子供がいると聞いたけど、この店にいる時はその子はどうしてるんだ」

「ナニーを雇ったの」と小さな声で言う。

「高いだろう？」

「高いけど仕方ないわ」

「それだけ稼げるといいね」

頷くのを見て、畳みかけた。

「子供を売らないか、と言われたことはないか？」

ラダが激しく頭《かぶり》を振った。

「まさか、そんなことあったとしても、承知するわけないじゃない」

「なら、いいよ。何か面白い話があったら、教えてくれ。また金を払うから」

パウロはラダに二十ドル札を渡した。ラダが小さな声で礼を言って、また店の隅っこにおどおどと戻って行った。

子供がいる娼婦などいくらでもいる。この店にだって、隠しているだけで大勢いるに決まっていた。パウロは、自分のしていることが虚しく感じられてならなかった。

セルジュに言われるまでもなく、二人のことはそろそろ諦めて、ブラジルか日本に戻った方がいいのかもしれない。有り金すべてを二十ドル札に換えたものの、ほとんどを無駄にばらまくだけのような気がしてならなかった。

その夜は、久しぶりに強い酒が飲みたくなって、バーでウィスキーを買った。部屋に戻って大量に飲んだ。

夜中にモリーがやって来た。

「パウロ、入れて」

泥酔してベッドに横たわっていたパウロは、部屋に入って来たモリーの顔を見て驚いた。目許が青く腫れている。

「殴られたのか」

「最低の野郎だった」

モリーがミネラルウォーターのボトルを目許に当てて言う。

「可哀相にな」

ベッドに潜り込んできたモリーを傍らに抱いて、モリーが自分にしてくれたように、背中を撫でさすった。

「ロザも殴られるんだろうか」

「当たり前よ。あたしたちなんか、人間のクズだもの」

モリーが低い声で言う。パウロは呟いた。

「俺も人間のクズだよ」


凶報は、パウロが二十ドル札を使う必要のない、思いがけない場所からやって来た。モリーが客に殴られた二週間後の昼間だった。

いつものように、パウロがカウンターでバドワイザーを飲んでいると、携帯電話が鳴った。ヨシザキ牧師からだ。

「もしもし、パウロ・サトウです」

「パウロさん、このようなことをあなたにお伝えするのは、大変悲しいです。あなたの苦しみを共有できるものならしたいと思います」

ヨシザキの言葉を聞いた時、パウロの心臓は止まりそうになった。

「何が起きました」

「先ほど、サンパウロの『聖霊の声』教会から電話がありました」

「サンパウロですか？」

意外なことに驚いた。ロザとミカはブラジルに戻っていたのか、と思ったのだ。

「はい、そちらに、ロザさんのお母さんがやって来たんだそうです。お母さんが言うには、ロザさんが亡くなったということでした。そのことをあなたに伝えてほしいそうです」

やはり、と思った。信じたくはなかったが、どこかで悪い予感がしていた。

「ミカは？」

「ミカちゃんはわかりません」とヨシザキ。「ロザさんは一人で死んでいました。それも、死後数カ月経っていた無惨な姿だったそうです」

「ロザはどこにいたのでしょう？　ブラジルですか？」

「いえ、ナポリの海で発見されたそうです。ジーンズのポケットに、サンパウロのお母さんの住所を書いた紙が入っていたとか。それで、ナポリ警察がサンパウロ警察に連絡し、お母さんが警察で写真を見て確認したそうです。それから、日本の連絡先を知らないので、『聖霊の声』教会に駆け込んだとか」

ヨシザキが大きな溜息を吐いた。

「ナポリですか」

「はい、ロザさんはそんなところにいたのですね」

涙は出なかった。逆に、ジャンなんかに騙されてミカを危険な目に遭わせたロザに腹が立った。

そして、自分の連絡先ではなく、ロザを捨てた母親の住所をポケットに入れていたことに、さらには、夫の自分よりもヨシザキの方が先に知る、という屈辱に腹を立てた。

だが、この怒りが、すぐに大きな喪失感に変わるのはわかっていた。

「心の底から、同情申し上げます」

「ありがとうございます」

ヨシザキに礼を言った後、ミカはどこにいるのだろう、と心配で堪らなくなった。母親が死んでいるのだから、一歳半のミカが無事でいるわけがない。誰かに育てられているのだとしたら安心だが、自分は二度と会うことができない。

「私は今日、彼女のために一日祈ることにします。あなたにも神のご加護がありますように」

パウロは、最後まで聞かずに電話を切った。呆然《ぼうぜん》として、煙草で煙った店内を眺めていると、横に人影が立った。

「どうしたの？」

ラダだった。ラダには、相変わらず客が付かないらしく、青いラメのドレスも次第に薄汚れてきていた。

「妻が死んでいたことがわかったんだ」

「顔色が悪いから、何か良くないことが起きたんだと思った」

ラダが顔を曇らせた。また二十ドル札が欲しいのだろうか。パウロは、ぼんやりした頭でポケットの中を探ろうとした。すると、ラダが言った。

「あたし、言われたことある。困っているのなら、子供売らないかって」

パウロはラダの腕を摑んだ。

「どこで」

「ドバイで」

「お願いだから、教えてくれないか。あの子だけでも救いたいんだ」

ラダが顔色を変えずに言った。

「千ドルくれるなら」

パウロは一瞬硬直し、それからラダの肩を強く摑んだ。

「ほんとだな。金がなくなったから、誰かに借りてくる。もし、お前の言うことがガセだったら、殺してやるからそう思え」

ラダが顔を強ばらせたまま横を向いた。その横顔を睨みながら、パウロは店を飛び出して行った。

3

機内が暗くなると同時に、天井に星空が出現した。小さなライトを連ねたプラネタリウムだ。

「アイデアだよね」

隣に座っている田島優子は天井を指差したが、無粋に読書灯のスイッチを入れる。

「ほんと、綺麗」

通路側に座っている木下沙羅はシートを倒して、プラネタリウムを仰いだ。

「もう寝るの？」

文庫本を開いた優子が、沙羅の方を見もしないで訊く。

「うん、そろそろ」

沙羅は曖昧に答えて目を閉じた。目の奥に、天の川の残像がちかちかとしばらく残っていた。

優子は、沙羅が養子を貰って育てることに、何の疑問も戸惑いも感じていないらしい。

それはそうだ、他人事《ひとごと》なのだから。でも、自分は迷っている。

沙羅は、母との激しい口論を思い出していた。昨日のことである。

「明日から、どこに行くって？」

紅茶を飲みながら、母がのんびりした声音で訊いた。

「ドバイ。優子と一緒」

「いいわね。すごいショッピングモールがあるんですってね」

「いや、養子を貰いに行くのよ。お母さん、連れて帰ってもびっくりしないでね」

母が、耳障りな音を立ててティーカップをソーサーに置いた。唖然としている。

「その話、本気だったの？」

すでに話したはずだが、冗談と思っていたらしい。

「本気よ。あそこは審査も厳しくないし、あたしみたいな独身女でも、赤ちゃんを貰いやすいそうよ」

母が身を乗り出した。

「ねえ、外国で赤ん坊を貰って来るなんて人身売買みたいじゃない？　あり得ないわ。よしなさい」

「お母さん、適当なこと言わないでよ。奴隷じゃないんだよ。あたしはれっきとした養子縁組をするんだから」

「あたしは反対。やめた方がいいわ。いや、やめなさい」

母は肉の付いた頬を揺らして、激しく首を振った。

「お母さんは反対でも、育てるのはあたしだから関係ないじゃない。あたしの籍に入るんだし」

「ねえ、あたしはその子の祖母になるのよ。あなたとは一緒に暮らしているんだし、関係ないはずないでしょう。無責任なことだけはしないで」

母が珍しく激してテーブルを叩いた。その手に皺が目立つ。

「だったら、別々に暮らしたっていいのよ」

我ながら強がっていると思った。母が子育てを手伝ってくれなければ、仕事を持つ自分は到底一人で育てられない。

やはり、母の血相が変わった。

「そんな簡単に育てられっこないわよ。昼間、あなたがいない間は、あたしが面倒見させられるんでしょ？　あたしは絶対にいやよ。あなたの子ならともかく、よその子の面倒なんて。あなたは子育てがどういうものか、ちっともわかってないのよ」

「よその子なんて、ずいぶん感情的なこと言うのね。がっかりだわ。お母さんは、あたしに子供がいたら、どんなにいいか、みたいなことを口走ったことがあるじゃない」

沙羅は、懸命に冷静になろうと努めた。

「あのね、まったく知らない子を、海外から貰って来るなんて、冒険に決まってるじゃない。いくら赤ん坊だって、これまで育ってきた過去があるでしょう。食べ物や言葉が違ったら、ストレスになる。子育てで冒険なんかしちゃいけないわよ、子供が可哀相よ」

　母は正論を言う。沙羅は必死に説得しようとした。

「冒険だなんて思ってないよ。あたしにとっては賭けなんだから」

「呆れた。ギャンブルだっていうの？」母が太った腕を組んで、大仰に溜息を吐く。

「そんなことのために、子供を使うなんて認められないわ」

「大袈裟《おおげさ》よ。お母さんにはあたしがいるからいいんでしょうけど、あたしは違うからね。お母さんが死んだ後、たった一人になるのはいや」

　沙羅の皮肉に、母親がむっつりとした顔を上げた。

「それはあなたが選んだ人生でしょう」

　沙羅は押し黙った。選んだのか、選ばざるを得なかったのか。そんな恣意的なことだったとは思わない。

「そういうことのために、よその子を使うの？」と、母はなおも言った。

「お母さん、正義を振りかざさないでよ。あなただって、あたしがいることで孤独じゃないでしょう。それも、あたしが結婚してなくて、ずっと側にいるから得られる幸せじゃない。あたしが違う生き方を選んで、お母さんみたいに生きたって、文句はないはずよ。昔の人よりは、ずっと選択肢が増えたのよ。お母さんの時代は、結婚して子供を産むのが当たり前だったから、そんな正論を言える。でも今は、誰もが結婚して、何の疑問もなく子供を持つ時代じゃないの。家族を作るにも、いろんな方法が選べるのよ。育てるのは、自分の子でなくてもいいの。子供の方だって、環境がよくて安全に育ててくれる養親がいる方がいいに決まってるでしょう。アメリカなんか当たり前なのよ。ブラッド・ピットとアンジェリーナ・ジョリーだって、何人も養子がいる」

母が沙羅の弁を遮った。

「そんな有名人なんか引き合いに出さないでよ。そんなに子供が欲しいなら、結婚して持てばよかったのよ。今までその気がなくて勝手なことして、今頃になって子供欲しいなんて。子供はペットじゃないのよ」

「ペットみたいなものじゃない」

沙羅はそう言い放ち、ばさっと音を立てて夕刊を閉じた。

「酷いことを言うわね」

母が眉を顰める。

「あたしのことじゃないわよ、世の母親のことよ。見てごらんなさいよ、自分の子供をペットみたいにしている母親なんか、そこらじゅうにごろごろいる。ファミレスにもいるし、スーパーにもいる。自分のアクセサリーみたいに、着飾らせて、居酒屋に連れて来たり、夜中のコンビニ連れ回したり、そんな親子連れ、いくらでもいるわ。挙げ句、閉じ込めて見殺しにしたりして。そんな母親よりは、アンジェリーナ・ジョリーの方がずっと偉いよ。あたしはちゃんと距離を保って、冷静に育てたいの。その子を愛せると思うし、それを証明したい」

今度は、沙羅が大声を出す番だった。代わりに、母が怖ろしいほど冷ややかな声で言った。

「子育てって、そんなに簡単じゃないわよ。自分の子だから我慢できるのよ。アンジェリーナ・ジョリーは、手伝ってくれる人をたくさん雇えるんでしょう。そういうセレブと比べる方がおかしい」

「偉そうに説教しないでよ、そのくらいわかってる。お母さんだって、前は子供だけでも持てばいいって言わなかったっけ？」

沙羅の非難に、母は大きく頷いた。

「未婚の母でもいい、とは言った。結婚する相手もいないし、その気もないけど、子供だけ欲しいんだったら、それもひとつの方法かもとは思った。でも、今回のことは違う気がするのよ」

「男が要らないという意味では同じよ。あたしは試してみたいの。黙っててくれないかな」

「人間を使って試したりしたら、後悔することになるわよ」

「大丈夫よ。愛情をかければ、必ず応えてくれると信じてる」

「それはペット。人間はペットじゃない」

「愛情を感じるのは、動物も人間も同じだよ」

「あなたには、まだそんな器量はないわよ」

「黙ってて」

　器量の問題だというのか。沙羅が怒鳴ると、母親は不快そうに横を向いてしまった。

結局、それ以上話すこともなく、出発してしまったのだ。

　空港で、母親からメールが届いた。

〈沙羅、考え直した方がいいわよ。

　絶対に後悔するから。

　私はあくまでも反対です。母〉

　最後通牒《さいごつうちょう》か。少しは落ち込んだが、母の杞憂《きゆう》は、仕事を持たない世代の固定観念からきていると思った。男に経済的に支えられた女の限界だと。自分は、子供を育てられるだけの稼ぎを得ているのだから、養子を得る権利がある、と沙羅は思った。

「ねえ、起きてる？」

優子が話しかけてきた。目を閉じて考えごとをしていた沙羅は頷いた。

「うん、起きてる」

優子が沙羅の腕に手を置いた。

「あのさ、今回のこと、取材させて貰っていい？」

思わず起き上がって、シートを立てた。

「どういうこと」

「番組で使えないかなと思って」

沙羅は、嘆息した。互いに理解し合った気でいたが、やはり優子は変わらない。遣り手というより、ちゃっかりした女だ。うんざりして首を横に振る。

「そんなこと考えていたんだ」

「悪い？」と、優子はにやりと笑った。

「悪いとかそういう問題じゃない。あたしはいやだな。お断りする」

「そう言うと思ったんだ」優子はあっさり引き下がった。「あなたのケースは使わないよ。使わないけど、事前取材ということでもいいでしょう。だってさ、情報ソースはあたしなんだよ」

確かに、巨大ショッピングモールの中にあるゴールドスークの、ある宝石店が目印だと調べてきたのは、優子だった。

「そうだね、どうぞお好きに」

「ありがと」

優子はやや硬い表情で文庫本に目を落とした。沙羅は、誰も味方などいない気がして、天井のプラネタリウムを再び見上げた。だからこそ、子供が欲しいのだ、と自分の決心がさらに固まった気がする。

不幸な子供が、自分だけを待っていたらいいのに。それは、絶対に女の子でなければならない。その子をぎゅっと抱き締めて、小さな耳に囁き続けるのだ。

『もう、大丈夫。私がいるから。あなたは私を唯一無二の存在として、信頼してちょうだいね。私が守ってあげるんだから。私とあなたは二人でひとつよ。男なんか要らないでしょう』

男と言った時、俄に川島雄祐の人工的な二重瞼を思い出して嫌悪感が募った。ぶるっと震える。優子が不思議そうな顔でこちらを見たのに気付いたが、沙羅は横を向いた。

夜明け前にドバイ空港に到着した。まだ白んでないので、どんな街なのかわからないままにタクシーに乗り、ホテルに入った。優子が選んでくれたホテルは、目的のショッピングモールに隣接している。

チェックインに手間取ったため、部屋に入った時は、すでに夜が明け始めていた。まだ星の光る青い空が、薔薇色《ばらいろ》に染まっていくのは美しかった。

沙羅は、バルコニーに出て夜明けの空を眺めた。空気は冷たく乾いていて、清潔感がある。じきに太陽に炙られた熱風が、黄色い砂をあちこちに飛ばすのだろうと思ったら、この夜明けの時間が、一日で最も清浄な気がした。

部屋のすぐ横、人工池の向こう側にショッピングモールが見えた。あの中で、自分のものになるかもしれない子供が眠っているのかと思うと、わくわくした。運命の出会いがあるといいのに。神など信じたことはないが、思わず祈りたくなる。

朝食を一緒に食べようと、隣の部屋の優子に電話した。だが、出ない。優子のことだから、早朝から現地スタッフの調達や打ち合わせに行ったのではないかと不安になる。はっきり断ったから、自分を取材するようなことはないだろうけれども、現実的で素早い優子のことだから、何をするかわからない。

広いメインダイニングの隅っこでコーヒーを飲んでいると、「おはよう」と肩を叩かれた。Tシャツにジーンズ、大きなサングラス姿の優子が立っていた。手にしたデジカメをテーブルの上に置く。

「早いわね、散歩？」

「うん、あたしたちの部屋の真裏にブルジュハリーファがあるのよ。やっぱり迫力があって凄いよ。ネットで予約してきたから、明日上ろうね」

　ブルジュハリーファとは、八百二十八メートルの高さがあるビルだ。

「予約してくれたの？」

　さすがに手回しがいい、と感心する。沙羅も編集者だから、気が回らない方ではないけれど、優子の手際の良さには敵わない。

「うん、だってネットだと安いもん。今日の予定だけどさ、午前中は自由行動にしよう。午後二時に待ち合わせて、例の宝石店に行くってどう。すぐに子供に会わせてくれるのならいいけどね」

「お昼ご飯はどうする？」

「暑いから、この中かモールで食べるしかないでしょうね。どうする？　一緒に食べる？　十二時半くらいにどっかで待ち合わせる？」

　優子がさも面倒臭そうに畳みかけるので、沙羅は首を振った。

「いいよ、それぞれで食べましょう。それより、現地スタッフどうした？」

　優子は少し嫌な顔をした。

「だって、あなた、断ったじゃない。だから、頼んでないよ。今回は下見だけよ。それで、企画書提出することにするわ」

「そうしてね。で、あなたは午前中、何をするの」

「仕事に決まってるじゃない」と、優子はこともなげに言う。「暇な編集者とは違うからさ」

「すみませんね、暇で」

沙羅は肩を竦めた。優子の突然の不機嫌には慣れているが、さすがに疲れてきた。

朝食後はシャワーを浴びて休み、昼前に表に出た。ショッピングモールまで、ほんの数分程度の距離を歩くだけなのに、灼け付くような太陽の光が皮膚に刺さるようだ。日《ひ》向《なた》を歩くのが辛くて、沙羅は建物の陰に駆け込んだ。

モールの中にあるカフェで、優子が見知らぬアラブ系らしい男性と談笑しているのを見かけた。結局、現地スタッフと打ち合わせをしているのだろうか。優子に隠し撮りなどされないように気を付けねばならない。そう思って、沙羅は苦く笑った。

大学時代の同級生なのに、互いに信頼できないなんて。優子の仕事ぶりがいつになく強引で、甚だ不快だった。よほど、上司にアピールしたいのか。この間の無人島の番組のクレームと不評が、よほどこたえているのだろう。挽回《ばんかい》に命を懸けているのはよくわかるのだが、優子の承認欲求が強まると、少し離れていたくなる。

沙羅は、優子に姿を見られないようにして、案内板のタッチパネルの前に立った。つい目が行くのは、子供服のショップだ。

付き合っている男もいないのに、こうして子供を持つことができるようになるとは、思ってもいなかった。嬉しさに頰が緩む。どんな服を着せようかと思いを巡らせるうちに、それでは母の前で批判した母親たちと同じではないかと、独りで照れ笑いを浮かべる。

二時に、待ち合わせたスケートリンクの前に行くと、優子が一人で待っていた。

「ご飯、食べた?」

朝の不機嫌はどうしたのか、にこやかに笑って訊かれたので、沙羅は周囲にカメラがないか確かめてから前に立った。警戒心が募る。

「上にあるカフェテリアで食べたわ」

「ここ、広いから迷うね」

優子は屈託ない。スケートリンクで一人滑る少女を眺めて微笑んだ。

「さっき、男の人と一緒にいたでしょう」

「いやだ、見てたの。声かけてよ」

優子が肩を叩いた。

「かけられないよ。カフェの外にいたんだもん」

「あの人、エージェントなのよ」

「何の」

「決まってるじゃない。子供を斡旋《あっせん》するエージェント」

なぜ、そんな重要なことを黙っているのだろう。

「あたしは会わなくてよかったの？」

「大丈夫、あたしが話を付けるから」

優子は自信たっぷりに言って、歩きだした。沙羅は後を追った。もしかすると、こっそり談話を録音して、取材も兼ねていたのかもしれない。だとしたら、同席しない方がよかった。

広大なスケートリンクの周囲を巡りながら、優子が振り向いた。

「沙羅、運がいいよ」

「どうして」

「東洋人の可愛い女の子がいるんだって」

「いくつくらいなの？」

心がざわめいた。

「よちよち歩きだって。すごく可愛いって」

「どこの国の子なのかしら」

「国籍はアフガニスタンだか、タジキスタンとか言ってた。でも、多分、適当よ。どこの国の子かわからないようにして、適当な国籍を取っているんでしょう」

二人でガイドマップを片手に、広大なショッピングモールの中を歩き、ようやくゴールドスークという一角に辿り着いた。ここまで来ると、買い物客の姿もない。モールの中にあるのに、本物のスークのように薄暗くいかがわしく見える。

「こっちよ」

優子が案内して、暗い迷路のような廊下を奥の方に進んで行く。小さな宝石店がぎっしりと並んで、ショーウィンドウから、柔らかな金の光を投げかけていた。どの店にも客はなく、中では店員が暇そうに茶を飲んでいる。

やがて、優子は奥まった一軒の店の前に立ち止まった。輝く宝飾店の並びにあって、一軒だけうらぶれている。シャッターも半分閉まっていて、開店しているのかどうかわからない。ショーウィンドウのケースには、埃まみれの金のネックレスが並んでいた。店名もアラビア語で書いてあるので読めない。

「わくわくするわね」

優子がそう言って、店をデジカメで撮影した。

「あなたはここで待っててね。訊いてみる」

優子は先に中に入って行った。待つこと数分。やがて、カフェで談笑していた男とともに現れた。

顎鬚《あごひげ》を蓄えた短髪の男は、意外に若い。愛想よく白い歯を見せて、沙羅に手を差し出した。英語で挨拶した後、優子の方を振り向いて沙羅を指差し、訊いてくれ、というような仕種をした。

「この人はエージェントのカリムさん。最初に確認したいと言っている。あなたがその子を気に入ったら、その子に払うお金の二十パーセントを報酬として欲しい、と言っている」

　エージェントが存在することも知らなかったので、沙羅は慌てた。相場は二万ドルと聞いていたので、現金で用意してきたが、エージェント料は予定外の出費だった。

「もう少し安くならないの？」

　優子がカリムに何やら交渉をして、沙羅に向き直った。

「できないって」

　沙羅は自分で言った。

「十パーセントにしてください」

　カリムは呆れ顔をしたが、交渉の結果、十六パーセントになった。優子は面白そうに眺めている。

「では、どうぞ見にいらしてください」

　商談成立ということか。沙羅は緊張して、店内に入った。薄汚れた店の中を抜けて、奥に案内された。暗い廊下を歩いて、従業員用のような非常階段を上った。すると、白いドアがあった。

中は明るい洒落た部屋だった。白い壁にピンクや黄色の花が描いてある。デニムの布を張った大きなソファの上には、ミッフィーの縫いぐるみが置いてあった。

ソファに座って待つように言われた。カリムが中座したのをいいことに、優子が写真を撮り始めたのではらはらする。

ドアが開き、ピンクのナース風の制服を着た若い女性が入って来た。小さな女の子の手を引いている。女の子は、白いレースの襟が付いたブルーのワンピースを着せられ、黒いエナメルの革靴を履いていた。

「連れて来ました。いかがですか？」

カリムが女性の後からついて来て、沙羅の顔を見た。

「可愛いじゃない」

優子の昂奮した声が聞こえた。女の子は驚いた様子で、大きな黒い瞳を瞠っている。一歳半くらいだろうか。肌理《きめ》の細かい白い膚をして、むっちりした丸い肉が付いていた。が、明らかに東洋人だった。黒い髪をおかっぱ風にカットされているが、まだおかっぱに出来るほど生え揃っていないのが可愛い。

「何という名前の子なんですか」

沙羅は英語で訊いた。

「バラカです」

女性がにこにこ笑いながら答えた。

「どういう意味ですか」

「神の恩寵《おんちょう》という意味です。うちにいる子はみんな、『バラカ』と名付けられています」

沙羅は、小さなバラカの前に跪《ひざまず》いた。バラカに目を合わせて日本語で挨拶する。

「こんにちは」

バラカはきょとんとして、手を引いている女性の顔を見上げた。女性が頭を撫でながら何か言った。バラカが沙羅の頬に手を当てた。小さな手の柔らかな感触に涙が溢れそうになった。

この子と会うためにここに来たのだ、と沙羅は思った。母の言う「器量」も、この子がいるなら示せるとさえ思った。

「この子が欲しいです」

そう言うと、カリムが奥を示すような仕種をした。

「他にもいますよ。生後すぐの赤ん坊もいれば、青い目で金髪の女の子もいます。そういう子は人気があるので、すぐに貰われていきますよ。あとは凜々《りり》しいアジアの男の子はいかがですか」

「いいえ、バラカが気に入りました」

沙羅は、他の子もみんなバラカと名付けられていると言われたことを忘れて言った。皆微笑んで頷いている。

「さあ、おいで。あたしがあなたのお母さんだよ」

日本語で言うと、バラカが腕の中に入って沙羅の肩に頭を載せた。その瞬間、優子のカメラからフラッシュが光ったが、気にならなかった。また、誰も咎《とが》めなかった。すでに商談が成立したと思ったのだろう。

「もう、大丈夫。あたしがいるから。あなたはあたしを唯一無二の存在として、信頼してちょうだいね。あたしが守ってあげるんだから。あたしとあなたは二人でひとつよ。男なんか要らないでしょう」

沙羅は、バラカの耳に小さな声で囁いた。バラカは一瞬、悲しそうな顔をして首を傾げたが、ぼんやりした表情でナース風の女性の方を見た。どうしたらいいのか迷っている様子だった。沙羅は今すぐホテルの部屋に連れ帰りたくなった。

「これで決まりね」優子が嬉しそうにカリムを見上げて言う。「よかった、よかった」

カリムが優子に何か言って、優子が頷いた。

「沙羅、このバラカちゃんは二万ドルだそうよ。あと、カリムに払うお金ね。日本円でもいいし、カード決済でも構わないって。それから、法的なことは別室に弁護士がいるから、そっちで相談してほしいそうよ。その相談料は五パーセントだって。全部でいくらになるか計算して貰うから」

沙羅は聞いていなかった。鼻腔《びこう》に残った、バラカの乳臭い匂いに酔っていた。

4

パウロは、一週間以上も、金策に走り回った。ドイツまで働きに行って、一万ドル以上稼いだ金は、就労ビザを取り続けるための裏金と、妻と娘に関する情報収集とで、ほとんどが消えていた。

ちょうど金と気力がなくなった頃に、ロザの死が知らされ、行方不明の子供に関する重要な情報が舞い込むのだから、世の中はうまくできている。

子供を売らないかと言われたラダの話が、真実かどうか。ドバイに残留して調べる価値はありそうだ。これが最後のチャンスかもしれないからだ。

だが、金策も尽きた。このままでは、ミカの行方を追うどころか、不法滞在で刑務所に収監されてしまう。

もう誰も金を貸してくれないとわかった時、パウロは思いあまって、ヨシザキ牧師に電話をした。

「もしもし、ヨシザキです」

日本時間では午前二時過ぎなのに、ヨシザキ牧師は起きていた。午前三時まで聖書を読んでいる、と語っていたが、嘘ではないのだろう。乱れも疲れも感じさせない、力強い声音だった。

「パウロ・サトウです。夜分にすみません」

ヨシザキ牧師は、嬉しそうな声を上げた。

「パウロさん、お電話を待っていました。その後、あなたのお気持ちはいかがですか。ご無理だと思いますが、少しは悲しみが癒されたでしょうか?」

優しい言葉をかけられて、突然、パウロの心が痛んだ。ロザの無惨な死を思い出したのだ。

この一週間、借金のために駆け回っていた時は忘れていたのに、ヨシザキの声を聞いた途端、地獄の門が音を立てて開いた気がした。

「正直に言いますと、ロザの死は、まだ実感が湧かないのです。でも、いずれ、私が本当に落ち着きを取り戻した時に、この事実に打ちのめされるのだろうと思います」

小さな咳払《せきばら》いが聞こえた。

「よくわかります。非常に冷静な感想だと思います。でもね、パウロさん。私はあなたのその時が心配なのです。あれから毎日、あなたの心に平安が訪れるように、お祈りを欠かしたことはありません」

「聖霊の声」教会も、ヨシザキ牧師も、あれほど毛嫌いしていたのに、その言葉はパウロの胸にすっと落ちた。涙が出そうになる。

ロザが死に、ミカの行方がわからない今、パウロのために祈ったり、涙を流してくれる人間は誰もいない。

「ありがとうございます」

素直に礼を述べる。

「いいえ、私にできることは限られています」ヨシザキは悲しそうに言葉を切ってから、遠慮がちに訊ねた。「ミカちゃんの行方はわかりましたか？」

「まだ何もわかりません。ただ、ちょっと有力そうな情報があるのです」

「それはどんなことですか」

ヨシザキ牧師が身を乗り出した気配を感じる。この男は、本気で俺を心配している。パウロはヨシザキを信頼する気になった自分の変化に驚いた。

「聖霊の声」教会は、こうやって孤独な出稼ぎ者の心を摑み、信者を増やしていく。そうとわかっていても、たった一人で異国にいる弱った心が、誰かの支えを欲しているのだった。

「子連れの娼婦がいるのですが、彼女が『困っているのなら、子供を売らないか』と唆《そそのか》されたことがあるのだそうです。東洋人の幼い子供が亡くなったという話は、ドバイにもありません。だから、もしかすると、ミカは誰かに売り飛ばされたのではないかと思います。いや、それも私にとっては、希望的観測なのですが。つまり、どんな形にせよ、ミカには生きていてほしいのです。そしたら、いつか会えるでしょう」

ヨシザキの嘆息がはっきり耳許で聞こえた。その生々しさに、パウロは身震いした。まるで神が近くにいて、一緒に嘆いてくれているかのようだった。

「パウロさん、私も生きていてほしいです。しかし、この世に、子供を売り買いする人間がいるとは、何とおぞましいことでしょうか。いたいけな子供で金儲けしようとする、悪魔のような人間がいるのですね。私たち弱い人間が、己の失敗のサイクルに苦しんでいる時に、悪魔はそれを嘲笑うかのように付け込んでくるのですね」

「ヨシザキさん、私は愚かなことを考えたことがあるのです」

パウロは言葉を切った。『もしかすると、ロザがミカを売ったのではないか、と疑ったのです。一瞬でもそんなことを思った私は最低の夫です』と打ち明けそうになったのだ。

罪の告白じゃあるまいし、なぜヨシザキにそんなことを言わねばならないのか。すると、ヨシザキが指摘したので驚いた。

「ロザさんのことを、そう考えたことがおありなんでしょうか？」

パウロはうろたえ、赤面まででした。

「いいえ、そういうわけではないのですが、ロザが他の男と逃げたと聞いた時に、悔しさのあまり、ふと頭を過《よぎ》りました」

　結局、喋ってしまっているではないか。パウロは、自分が忌々しかった。

「それは、あり得ません」と、ヨシザキがきっぱり断じた。「あの方は確かに弱いところがあったかもしれません。でも、愛情深い人でした。とてもよい母親でした。だから、どんなことがあっても、ミカちゃんを手放すはずがありません。きっと誰かがミカちゃんと引き離したのでしょう。その時のロザさんの気持ちを思うと、私は堪えられないのです」

　パウロは答えられなかった。ロザが哀れで、声が詰まる。

「ヨシザキさん、お願いがあるのです」

「何でしょう。私にできることがあれば、何でもいたします」

「お金を貸してくださいませんか。私の持ち金は尽きました。でも、こちらに残って、ミカのことを突き止めたいのです。必ずお返ししますので、貸して頂けませんか？　今、頼れる人間はあなたしかいないのです」

「いいでしょう」ヨシザキは即答した。「いくらご入り用ですか」

　パウロは驚喜した。

「できたら二千ドル、いや、千五百でもいい。お願いします」

「二千ドルですね。すぐにあなたの口座に振り込みます。口座番号を教えてください」

「ありがとうございます」

　ほっとして、口座番号を告げる。

「大丈夫です。これから、ネットバンキングで振り込んでおきます。それから最後にひとつ、申し上げたいことがあります」

「何ですか」返済の期限か。

　すると、ヨシザキ牧師は柔らかな声で言った。

「ロザさんはあなたを心から愛していました。彼女の心には、あなたしか棲《す》んでいなかった。だから、ロザさんはいつも寂しくて悲しかったのです。なぜなら、あなたの心が自分から離れたように感じられたから。それで私の教会に足繁く通っていらっしゃったのですよ。どうぞ、ロザさんを忘れないで」

「忘れません」

　気が付くと、パウロの頬が濡れていた。ロザが死んだとわかって一週間も経っているのに、初めて流した涙だった。

「それではおやすみなさい」

　そう言いながら、ヨシザキは、パウロがオフにするまで電話を切らなかった。その僅かな時間の余韻が、はるか数千キロも離れた日本との距離のような気がして、パウロの孤独がいや増した。

「泣いてるの？」

女の声がした。いつから部屋にいるのか、モリーが立っていた。モリーの体から、煙草の煙と安香水で満ちた、バーの臭いがした。

「何だか悲しくなった」

「あんたには世話になったから、あたしもカンパするよ」

「いいよ」と言ったが、モリーがジーンズの尻ポケットに紙幣を何枚か捻《ね》じ込んだ。前は自分がしていたのに、と苦笑する。

モリーと寝た後、ラダの様子を訊いた。

「ラダ、店に来てるか？」

「鼻ピアスを取って、必死で来てるけど、辛気臭いから誰も近付かない。あんなのと寝たら、貧乏神が移ると思われるんだよ」

「そこから脱するにはどうしたらいいんだ」

「自信がないとダメ」

モリーはそう言った後、自分のことのように嫌な顔をした。

翌日の午後、ＡＴＭで記帳してみると、確かに「聖霊の声」教会名義で一千ドルが送金されていた。

「聖霊の声」教会は、信者からの恒常的な献金で潤っているに違いないが、他宗派のように、立派な教会を建てることに主眼は置いていない。むしろ、使われなくなった映画館やスーパーマーケットなど、街中にある建物を積極的に教会に再利用しているから、金は余っているはずだ。

その献金を、こうして新しい信者の獲得に遣っているのか。パウロは、教会のやり方に感心すると同時に、搦《から》め捕られそうな怖さも感じる。

早速、千ドルを下ろして、例のバーに向かった。

ラダは、同じ青いラメのドレスを着て店の隅にいた。ちょうど誘った客に逃げられたところらしく、不服そうに顰《しか》めっ面をしている。パウロを認めて、はっとした表情をした。

「パウロ、金は借りられたらしいな」

セルジュがにやにやしながら近付いて来た。人の顔色で金のあるなしを判断するところは天才的だ。

「セルジュ、たまにはお前がビールおごってくれよ」

パウロが言うと、肩を竦めて店を出て行った。もうお前は使えないからいいよ。パウロは、ラダを手招きした。

「久しぶりね」

ラダが赤いマニキュアの剝がれた指で、パウロの煙草の箱から一本勝手に摘み出した。図々《ずうずう》しさを隠さなくなったのは、困窮している証拠だろう。

「金を作った。例の話、本当だろうな」

ジャケットの内ポケットに入れたドル紙幣を見せる。

「本当よ。男の名刺を探して持って来てる。毎日待ってたんだから」

薄汚れた白いビーズのバッグから、名刺を取り出してパウロに見せた。「養子斡旋代理人　カリム」と名だけあって、携帯電話の番号が大きく書いてある。

名刺の角が擦り切れているのは、何度も取り出して、電話をかけようかどうしようか迷った証拠ではないだろうか。

パウロが名刺を眺めていると、ラダが手を出した。

「お金ちょうだいよ」

パウロは首を振る。

「まだダメだ。子供たちがどこにいるかわからないから。あんたがこいつに電話して、自分の子供を売りたいって言えよ」

ラダが不安そうな顔をした。

「言ってどうするの？」

「そいつに会って、どんな場所か見て来い。そして、気が変わったと言って、やめればいいじゃないか」

「その場所を見て来て、あんたに教えたら、お金をくれるの？」

「そうだ。携帯電話持ってるか？」

うん、と頷いて、かなり古い型のノキアをバッグから出して見せた。

「ここで電話しろ。携帯からすれば相手も信用するだろう」

ラダは店の隅に行き、名刺の番号に電話をしている。

「前に、子供売らないかって言われた者だけど、名刺探して電話してるの。子供？　男の子で二歳十カ月よ。ええ、一人」

ぼそぼそと話す声が聞こえる。しばらくして戻って来た。

「明日、ショッピングモールのスターバックスで会うことになった」

「何時」

「三時」

「子供を連れて行くのか？」

「いや、まずは話だけだって。子供の写真を持って来いと言われた」

パウロは自分の携帯に、カリムという名と携帯電話の番号を入力した。

「いいか、子供たちが集められている場所を見て来い。それを俺に教えてくれ。そうしないと金は渡せないよ」

「あたし、お金が全然ないの。少しでいいから、前払いしてくれない？　でないとタクシーにも乗れない。外は暑いから干上がるよ」

ラダが黒く縁取った目で哀願するので、パウロは尻ポケットを探って、皺くちゃの二十ドル札を一枚渡した。モリーに貰った札だった。

パウロは、ショッピングモールの柱の陰で、ガイドブックに見入る振りをしている。そこから、スターバックスが見える。

カフェの奥に、顎鬚を蓄えた中東系の男が一人座っている。アイス・カフェラテのラージサイズを前に置いている。それが目印なのか。ラダがやって来て、男の前に座った。ラダは、ノーメイクでデニムのショートパンツと白のタンクトップ姿だ。しけた青ラメのドレスなんかより、ずっと若々しく見える。

挨拶し合った後、ラダのために、男が同じアイス・カフェラテのラージサイズを買って来て前に置いた。やがて、深刻な表情で二人は話し始めた。男が紙ナプキンに何か書いてラダに見せる。値段か、流れを示しているのだろう。

二人が立ち上がったので、後を追う。二人は、ほとんど話をせずに、巨大なショッピングモールの中にあるゴールドスークに入って行く。客の姿がほとんどないので、パウロは入り口で立ち止まった。

近くのベンチで待っていると、三十分後にラダが一人で出て来た。

「ラダ」

振り向いた目が涙で真っ赤だった。本当に息子を売る気かもしれない。

パウロはラダを連れて、カリムに見られないようショッピングモールを出た。隣のホテルのロビーに向かう。

「どうだった」

ラダが爪を噛《か》みながら答える。赤いマニキュアが剝がれ落ちたらしく、口の中から破片を取り出して大理石の床に捨てた。

「三歳近い子供は、あまり積極的じゃないんだって。カリムのところは質を重んじているから、一歳半までだそうよ。まだ言葉が喋れない、よちよち歩きの子供しか要らないってはっきり言ってた」

ミカは一歳半だった。

「でも、可愛い子や人気の子供は例外だって。東洋人の女の子はとても人気があるって。息子の写真を見せたら、顔が可愛いから、欲しがる養親もいるかもしれないと言われた。一応、リストに入れるって」

「リスト？」パウロは驚いてラダを見た。「売るのか？」

ショッピングバッグを提げた、金持ち風の東洋系の女が前を横切って行く。ラダは何も言わずに、女の後ろ姿だけを見送った。しばらくして答える。

「リストは第一段階。第二段階は、写真を提供してファイルに入ること。第三段階が『ショールーム』」

「その『ショールーム』は、ゴールドスークの中にあるのか？」

ラダが頷いた。

「そう。一番奥の宝石屋の中から入っていくの。階段を上ると白いドアがあって、託児所みたいになっている」

「他の子供を見たか？」

「何人か見たわ。みんな赤ん坊。若いナースが世話していた。いろんな人種の子供がいて、みんな可愛かった」

「東洋人はいた？」

「ざっと見た限りではいない。でも、大きなファイルがあったから、中に入っているんじゃない？」

では、自分は東洋人の女の子が欲しい、とカリムに言って見に行くしかない。

「ありがとう。もういいよ」

パウロは、ジャケットの内ポケットから現金の入った封筒をラダに渡した。「息子を売るな」などと、余計なことは一切言わなかった。

三日後、パウロはカリムに電話した。見知らぬ人間からの突然の電話に警戒するかと思ったが、そんな心配は無用だった。

「カリムです。何かご用でしょうか？」と、最初から如才ない。

「私はパウロと言います。ある人から聞いたのですが、養子を斡旋されているとか。私は最近妻子を事故で失ったので、養子縁組に興味があるのです」

出任せとも言えないリアルな嘘を吐く。カリムはさも同情しているような声を上げた。

「それはお気の毒です。私でできることがあれば、いくらでもお手伝いいたします」

すぐに、同じスターバックスで会った。目印は、やはりラージサイズのアイス・カフェラテだった。カリムは、白いシャツ、黒いパンツ、ほとんど同じ格好で待っていた。

「初めまして」

握手を交わして席に着く。

「実は一昨年《おととし》、交通事故で、妻と八歳の娘を失いました。ぜひもう一度、娘を育てたいと願っています。あなたのところには、いろいろな国の子供がいると聞きました。東洋系の女の子はいませんか？」

カリムが得たり、とばかりに頷く。

「いくらでもいますよ。事務所に来てファイルをご覧になりますか？」

「突然なのによろしいんですか？」

「ノープロブレムですが、入会費として先に千ドル頂くことになっています。でも、この千ドルは、後で契約が成立した際にお返しします。ギャランティみたいなものですね」

千ドルという大金を払わせることで、冷やかしの客を追い払うのだろう。その程度の警戒心が、逆に子供は商品に過ぎないと表しているようで腹立たしかった。だが、パウロはおくびにも出さずに、迷っている風に言う。

「わかりました。では、やはり入会させて頂きますよ。ちなみに、養子縁組の手続き費用はおいくらですか？」

「子供は一律二万ドルですが、年齢や性別、いろんな要素で上下します。それから、契約が成立したら、手数料として私が二十パーセント頂きます」

仮に、ミカが生きてここにいたとしても、大金を払わない限り、自分の元には戻って来られないのだ。偽りの国籍を取らされているのだろうし、自分たちが親子である証明など、一切できない。ビジネスに組み込まれてしまった段階で、どうにもならないのだった。焦りに似た気持ちが起きる。

「入会費は現金ですか？」

「キャッシュでもカードでも。どちらでも」

カリムは人当たりのいい微笑を浮かべた。

「では、そこのATMで下ろして来ますので、どんな感じなのか見せて頂きます」

パウロの迷っている様子が逆に好印象を与えたのか、カリムはにこにこして「ノープロブレム」を繰り返す。

銀行預金の残高は、入会金を払ったら、数百ドルしか残らない。そろそろ出国しないと偽装就労がバレるが、このままでは飛行機代も捻出できない。またも、ヨシザキに頼む他はあるまい、と苦く思う。

千ドルを下ろしてスターバックスに戻ると、どこかに電話していたカリムが腰を浮かしながら言った。

「さっき『ある人』と仰っていたけど、どなたのご紹介でしょうか?」

正直に言った方がいいかと、ラダの名を出した。

「ラダという知り合いの女性です」

「ああ、彼女は息子さんをリストからファイルに入れました」

「ファイルだと、いくらくらいになるのですか?」

「ファイル入りだけでは、五千ドルしかお支払いできません。その代わり、客が付いたら、手放すことになります。その時は残りのお金が支払われます」

「客が付かなかったら?」

「五千ドルを戻して取り返すか、そのままです」

ゴールドスークの奥にある宝石屋の二階から、「ショールーム」に行く。ここにミカがいたらどうする。金は払えないとわかっていても、パウロの胸は高鳴った。

白い壁の明るい部屋に入ると、ピンクのナース風の制服を着た若い女性が、すでに両腕に赤ん坊を抱いて立っていた。赤ん坊は二人とも、東洋系だ。おそらく、カリムが手回しよく電話で知らせたのだろう。

「もうちょっと大きい子はいませんか？」

「大きいというのは、どのくらいですか？」

カリムが腕組みをして訊ねる。

「私は男なので、あまり小さな赤ん坊の世話はできないのです。できたら、一歳半くらいがいいですね。歩き始めた頃でいろいろなものに興味を抱く。そんな年頃の子が一番可愛いのですが」

言う端から、ミカを思い出して涙ぐみそうになる。カリムが気の毒そうにパウロの肩を叩いて慰めてくれた。演技しているわけではないが、ミカのことを考えると悲しみが抑えられないのだった。

女性が赤ん坊を寝かせた後、気を利かせてファイルを持って来た。

「このくらいの年頃ですか？」

パウロは息が止まりそうになった。ブルーのワンピースを着せられて、白いタイツ、黒のエナメル靴を履いて写真に写っているのは、まさしくミカだった。

おかっぱにされているが、まだ細く柔らかな髪は赤ちゃんらしさを失っておらず、生え揃ってはいない。

「この子がいいです。この子が気に入った」

ミカを得るために金が要るのなら、命を失ってもいい、と思ったが、カリムの答えは冷たかった。

「ああ、この子はもう親が決まりました」

「残念です。この子は私の娘に瓜二《うりふた》つだ。この子に会いたかった」

「申し訳ありませんが」

カリムが、別のページをめくろうとしたが、パウロは頑としてめくらせなかった。

「この子をどこの誰が貰って行ったか教えて貰えませんか？」

「それは規則でできません」

女性が首を横に振る。

「では、国だけでもいい。もしかして、その人がこの子を手放すことになったら、私が貰い受けに行きますから」

「それはないと思いますよ。彼女はとても気に入っていたから」

「女の人ですか？　子供を得られない夫婦？　それとも私みたいに子を失った親御さんですか？」

カリムは女性と顔を見合わせていたが、一気に喋った。

「いや、日本の独身女性でした。この子をひと目見て気に入ってね。養子縁組をするということです」

パウロは女性の目を盗んで、カリムに尻ポケットに入っていたモリーの紙幣の残りを渡した。

「その人の名前を教えて頂けませんか。もし、その人に何かあったら、私が育てたいから」

カリムは苦笑した。

「それはないと思います。日本の有名な出版社に勤めていると言ってましたよ。名前は忘れた。それだけしか言えません」

では、ミカは日本にいるのか。すぐに旅費を工面して帰ろう。逸《はや》る気持ちを抑えて、パウロは最後に質問した。

「この子もバラカという名前を付けられているのですか？」

「はい、いい名前でしょう？」

第二部　大震災

第一章　水獄

1

あまり懐こうとしない「娘」が、タクシーの中で急に寄りかかってきた。木下沙羅は嬉《うれ》しくなって、運転手に聞こえないように小声で囁《ささや》いた。

「光《ひかり》ちゃん、疲れちゃったんだね」

「光」という新しい名で呼ぶようになってから一週間も経《た》つというのに、「娘」は、その名に何の反応も示さない。眠そうな目で、ぼんやりしている。

「オネムなの？　そうだよね。時差があるもの、眠いよね」

何も答えないどころか、こちらを見ようともしない「娘」に、沙羅は苛立《いらだ》った。日本語はわからないはずだが、一歳半を過ぎているのだから、どこの言語でもいいから、少しは喋《しゃべ》ってみてほしい。

ドバイの紀伊國屋《きのくにや》書店で購入した育児書には、「一歳児になると、喃語《なんご》から、ワンワン、ママなどの一語文を話すようになる」と、書いてある。
表情だけは豊かで、瑞々《みずみず》しかった。悲しげに目を伏せたり、諦めの眼差《まなざ》しで嘆息したり、微《かす》かな希望を感じているかのように、窓の外を見入ったりする。その面貌は、まだ一歳半の幼女とは思えないほどに大人びていた。

信号待ちをしている間、沙羅は、光の体をそっと持ち上げて、遠くに見える自宅を指差して見せた。光は半目を開け、沙羅の指差す方を、致し方ないという面持ちで見遣《みや》った。

「光ちゃん。あそこに赤い屋根のおうちがあるの見える？　あそこがママのおうちなのよ。あそこにね、ママと、ママのママが一緒に住んでるの」

ママという語に、嬉しくて頰が緩む。自分はママと呼ばれる人間に「昇格」したのだと思う。これからは「娘」をしっかり教育して、自分のような女に仕立て上げるのだ。母親が自分にしてくれたみたいに。

「ウ、マ」

小さな声で光が呟《つぶや》いたような気がした。沙羅が覗《のぞ》き込むと、相変わらず視線はあらぬ方を見ている。空耳だったのか。

「今、ママって呼んでくれた？　光ちゃん。ねえ、光ちゃん？」

名前を数度呼んでみる。案の定、光は、沙羅からわざとのように目を逸《そ》らして、通りがかりの人が連れている犬の方を眺めていた。こんな小さい癖に、自分を無視している。一瞬だけ、憎く思った。

「バラカ」と、皆と同じ名前を付けられた子に、早く新しい名を付けてやらねばならない。パスポートを作るという理由もあったが、沙羅は、それが新しい親としての義務、とばかりに入れ込んだ。

優子とショッピングにも行かず、観光もせずに、ホテルの部屋に籠もって、インターネットの姓名判断のサイトを見続けた。なるべく早く、日本的で意味のある名前をプレゼントしてあげること。それが自分にできる、最初の母親らしい務めだと思った。

なのに、「娘」は新しい名前が気に入らないらしい。元は何という名前だったのだろうか。カリムに訊《き》いてみたが、まったく知らないし、知る必要もないでしょ、と肩を竦《すく》められた。光の売り主は白人男性で、子供の両親は事故で亡くなったから、その素性も過去も一切知らない、という話だったとカリムは言った。

「バラカ」

試しに呼んでみると、光はすぐに反応して、沙羅の目を見返した。自分の名は「バラカ」だと思い込んでいるのだろう。

「あのね、光ちゃん。あなたはもうバラカじゃないの。あなたはね、これからはずっと光ちゃんという子になるんだよ」

再び興味をなくしたように、ふっと視線を落としてしまった「娘」に、沙羅は闘志を燃やした。まあ、いい。もう少し辛抱するから。

わざとのように、名前を連発して話しかけてみる。

「あのおうちでね、ママのママが、光ちゃんが来るのを今か今かと待ってるんだよ。光ちゃんに会いたいって、ご馳走《ちそう》やケーキを用意して待ってるの。光ちゃんは、こんなに小さいのに大変な目に遭ってきたんだから、これからはママたちと一緒に幸せになろうね。あなたはもう未来永劫《みらいえいごう》、どこにも行く必要はないんだよ。あそこが、光ちゃんのおうちなんだから、ずっとずっと居ていいの。安心してね。わかった？　光ちゃんは、養女なんかじゃないの。ママが本当にお腹《なか》を痛めて産んだ子なの」

ベビー・スークの弁護士に、一万ドル以上も払ったおかげで、うまい知恵を授かった。ウズベキスタン人の「母親」が、現地でバラカを出生したことにして、バラカを連れ、沙羅と一緒の飛行機で日本に入国する。「母親」はバラカを沙羅に渡して、不自然ではない程度に日本に滞在し、後に帰国する。

沙羅は、一年以上遅れた出生届を役所に出して、バラカを実子とするのだ。誕生日は四月二十日、母の誕生日と同じにしようと思う。

現地で出産して人に預けていたので、今回迎えに行った、という方法も検討されたが、そうなると出入国記録を調べられる。改竄《かいざん》は不可能なので、実子として届けるには、この方法しかなかった。

ただ、バラカの年齢を偽る以上、就学時期になれば、他の子との体格差が歴然と出るかもしれない。その場合は、インターナショナルスクール等を選択すればいい。

沙羅は、段取りがうまくいったことに満足し、バラカが成長して美しい少女になった時のことを想像して、心を躍らせたのだった。

タクシーは自宅前に到着した。車の音を聞き付けたのか、母親が迎えに現れた。

沙羅が背いたことをまだ怒っているらしく、不機嫌だった。それに顔が不健康にむくんで、たった十日間会わないうちに太ったように見える。

「ただいま」

「お帰りなさい」

母は、非難するように沙羅の目をしばし睨《にら》んでから、車中にいる「娘」の方に視線を転じた。沙羅は、母の目を遮るように背を向けて、光を抱き上げる。

スーツケースを玄関前に置いて、ドライバーが去って行くのを確かめてから、母が低い声で誹《そし》った。

「あたしが止めたのに、とうとう子供を貰《もら》ってきちゃったのね。これから、どうするつもりなの？」

沙羅は母を無視して、光の耳に囁いた。

「さ、着いたよ。ここがあなたのおうちよ」

光は、機嫌の悪い母を見て緊張した様子だった。沙羅にしがみ付いてくるので、沙羅は愛《いと》おしくなって抱き締めてやった。

「怖くないよ。ここでママと一緒に暮らすんだよ。そうだ、ベビーカーを買わなきゃ、一緒にお買い物に行けないね。すぐに要らなくなっちゃうかもしれないけど。マクラーレンとか、そういうカッコいいの買おうね」

母が苛々した声で遮った。

「ね、沙羅、どうするつもりなの？」

「お母さん、やめてよ。どうするもこうするも、こうやって育てていくのよ。物じゃないんだから、返品するわけにいかないでしょう」

思わず怒鳴った。母は玄関先で言い合っていることを思い出したらしく、溜息《ためいき》をひとつ吐《つ》いてから、沙羅の背をそっと押した。

「ともかく中に入りましょうよ」

スーツケースを運んでくれたが、重そうに喘《あえ》いでいる。急に母親が歳《とし》を取ったと感じられて、光の、ぴんと張った頰を手で撫《な》でさすった。幼児がいると、対照的に年寄りが汚く見える。そんな風に思う自分は残酷だろうか。

「あなた、名前は何ていうの？」

母が、光に話しかけた。

「光よ。木下光。いい名前でしょう?」と、代わりに答える。

「あなたが付けたの?」

「そうよ。前は『バラカ』って名前だったのよ」

沙羅は、光を抱いて家の中に入った。いつも玄関の靴箱の上に活《い》けてある花が枯れているのに気付き、嫌な気がした。光を連れて帰るのだから、いくら反対していたとはいえ、母親は歓待してくれると思い込んでいた。

「バラカ?」

後を追って中に入った母は、一瞬、怪訝《けげん》な顔をしたが、上がり框《がまち》に腰掛け、小さな靴を脱がされるのを待っている光を見て微笑《ほほえ》んだ。

「可愛《かわい》らしい顔をしている。どこの国の子かしら」

「知らないわよ。どこの国だっていいじゃない、あたしの子なんだから。光ちゃんは可愛くて、誰よりも賢い子なの。お母さんの孫になったんだから、可愛がってやってね」

「何度も言ったでしょう。あたしは関係ないわ」

母は怒気を含んだ声で吐き捨てると、ぷいと二階の自室に引っ込んでしまった。

沙羅は呆然《ぼうぜん》と、母を見送った。一向に態度を変えようとしないので、大きな疲れを感じる。これから歓迎されない子供を連れて、後戻りのできない苦行の旅に出なければならないのか。

光の靴を脱がせて抱き上げ、居間に入った。テレビが点《つ》けっ放しになっている。テーブルの上には新聞が積み重なり、コーヒーマグが出ていた。キッチンシンクにも皿や飯《めし》茶碗《ぢやわん》が置いたままで、鍋の蓋が開いている。

もう夕方だというのに、朝食の後片付けも終わっていないようだ。綺麗《きれい》好きの母に何が起こったのか、ふと不安になった。

自分が会社で仕事をしている間、母が面倒を見てくれなかったらどうしようか、と光の方を見る。

驚いたことに、光はテレビの前にぺたんと座り込んで、モニターを見上げていた。指差して、何か喋ったようだった。「シャシン」と昂奮《こうふん》して叫んだようにも聞こえた。テレビショッピングで、デジカメを紹介するコーナーだった。

「ねえ、沙羅。この子、日本にいたことがあるんじゃない？」いつの間に自室から現れたのか、後ろから母の声がした。「こっちにいて、いつもテレビを見ていたんじゃないのかしら。慣れてる感じがする」

確かに、テレビの前の後ろ姿は、先ほどまでの、何かに怯《おび》える影はどこにもなかった。早くも緊張を解いて、リラックスしているようにも見える。

「過去なんかどうでもいいじゃない。今はもう、あたしの子なんだから」

沙羅は不安を悟られまいと、振り向かずに言い募る。

「誘拐とかされた子だったら、どうするの？」

思ってもいなかった母の言葉に背筋が寒くなった。

「両親は事故死した、と聞いているけど」

振り向くと、母が化粧気のない青白い顔ですぐ後ろに立っていた。その目が、いつになく自信がなさそうで気になる。

「後からなら何とでも言えるでしょう、海外なんだから。本当は何があったのか、わからないわよ。この子の心にどんな傷があるか、誰にもわからない。わかった時は、この子も大きくなっているのよ。あなたがその傷に加担することだって考えられるでしょう。あなたはそれが怖くないの？」

「怖くないわよ。お母さんの考え過ぎだってば。あたしはこの子を幸せにしてあげたいんだから、余計なことを言わないで」

沙羅は、はね除《の》けた。以前は、未婚の母を勧めたことさえある母親が、自分がようやく手に入れた子供にケチを付けているようで不快だった。

二人の会話など耳に入らない様子で、光はテレビの前に釘付《くぎづ》けになっている。あたかも、現実の嫌なことをすべてシャットアウトするためにに、見入っているようでもある。

「悪いことは言わないわ。あの子は可愛いけど、養子にするのだけはやめた方がいい。

どこかにあの子を捜している人がいるかもしれないでしょう。それが日本人だったら、どうするの。とんでもないトラブルになるわよ」

沙羅は母親に向き直った。

「もう遅いわよ。あの子は、あたしが海外で産んだ非嫡出子ということにしたの。だから、あたしの実子ということになっている」

母が、驚愕《きょうがく》したように両手を頰に当てた。

「取り返しの付かないことをしたのね」

「取り返し付くわよ。そんな大袈裟《おおげさ》なことじゃないよ。ただの戸籍じゃない。お母さんこそ、何でネガティブな言い方しかできないの。頭に来るなあ」沙羅は声を荒らげた。「あたしが光を幸せにしてみせるよ。立派に育てるよ。だって、可哀相《かわいそう》な子じゃない、お父さんもお母さんも死んでしまって独りぼっちなのよ。氏《うじ》より育ちっていうことを、あたしが証明してみせるわよ。どうしてあたしを信用しないの」

母親が沈んだ声で応じた。

「信用してるわよ。だから心配なの」

母が心筋梗塞で倒れて亡くなったのは、それからわずか三週間後のことだった。顔色が優れなかったのも、家が片付いていなかったのも、体調が悪かったせいだと後で知った。

最愛の母親が亡くなったというのに、沙羅には実感がない。悲嘆に暮れているし、うろたえてもいるのだが、心は虚《うつ》ろで涙も出ない。光を抱いたまま、親戚たちが葬儀を営むために集まって相談しているのを黙って見ているだけだった。

人には決して言えないが、あれほど光を拒んだ母親が亡くなって、ほっとする思いもあった。その自責の念が、悲しみを閉じ込めてしまったのだろうか。

「沙羅ちゃん、あなた、いつの間にお子さん産んでたの？　知らなかったから、みんなびっくりしてるわ」

亡母の歳の離れた従姉《いとこ》が近付いて来て、沙羅に訊《たず》ねた。

「一昨年《おととし》です」

「でも、去年のお正月に、そんな話してなかったじゃない」

「すみません、ちょっと人に預けていたんで。あたし、未婚の母なんですよ」

「じゃ、先方は認知してないの？」

率直な物言いなのは、従姉が独身で、長く会社勤めをしていたせいもあるのだろう。七十五歳を超えた今は、伊豆高原で悠々と年金暮らしをしていると聞いた。

「ええ、あたしが産んだことも知らないと思います」

そう答えながら、もし自分が大学生の時に川島の子を産んでいたら同じ状況だったのだ、と思う。後悔したことを、密《ひそ》かにやり直している気がする。

「一人で育てられるの？」

「何とかなると思います」

保育園の順番待ちで、ベビーシッターに来て貰っているから、と説明する。

「そうね、あなたは高給取りですものね。心配してないわ」

従姉は沙羅の背中を叩《たた》いて、母方の親戚のところに挨拶に行った。

「ごめんください。この度は、ご愁傷様でございます」

葬儀屋が到着したらしい。低く抑えた声が聞こえる。沙羅は、光の手を引いて、挨拶のために玄関に向かった。

黒いスーツを着た三人の男たちが、神妙に俯《うつむ》いて立っていた。アタッシェケースを提げた、背の高い痩せた男が一歩前に出て挨拶した。

「この度はご愁傷様でございます。お手伝いをさせて頂きます、ロイヤル・フィネス社の川島と申します」

あっと思わず声が洩《も》れた。川島雄祐が沙羅を認めた後、こちらも驚いた顔で素早く目を伏せた。俯くと、人工的な二重瞼《ふたえまぶた》も目立たない。飲み会に現れた時は、異様な風体だったが、喪服姿だと面変わりもさして気にならなかった。

「驚いた。川島さんじゃないですか」

「これはこれは、木下さんのお宅でしたか。失礼ですが、どなたがお亡くなりになられたのでしょうか？」

川島が沈痛な面持ちで訊ねる。

「母が亡くなりました。昨日の夜、病院で」

「沙羅さんのお母様ですか。まだお若いでしょうに。それは大変に、ご愁傷様です」

「ありがとうございます。心筋梗塞だったので、あっという間に別れがきて、とても残念です」

「大丈夫ですか？」

川島が心配そうに沙羅を見つめた。こんな気持ちの悪い男には、二度と会いたくないと思った癖に、慰められた途端、自分でも驚いたことに堰《せき》を切ったように涙が溢《あふ》れた。

光は沙羅が泣いていることに気付いて、不思議そうに見上げる。

「大丈夫ですけど、やはりショックで」と、言ったきり、沙羅は泣き崩れてしまった。

件《くだん》の従姉が駆け寄って、タオルハンカチを渡してくれる。

「よくわかります」

親戚の者が貰い泣きしながら、打ち合わせのために、葬儀社の男たちをリビングに請《しょう》じ入れる。残った川島が、沙羅の横に来て跪《ひざまず》いた。

「お母さん、幾つだったの？」と、親身な調子で囁く。

「六十八だった」

「そうか、若いねえ。残念だったな」

川島が沙羅の肩に手を置いた。沙羅は子供のようにしゃくり上げながら頷《うなず》いた。そうだ、母はまだ六十八歳。あと十年は生きて、一緒に光を育てて貰いたかった。

「優子は来ないのかな」

「今、四国で仕事だって」

「何だよ、親友が肝腎な時にいないのか。役に立たねえなあ」

「しょうがないよ、仕事だもん。お葬式には駆け付けるって言ってた」

光を「娘」にして以来、優子とは疎遠になっていた。ばかりか、仕事に身が入らなくなっている。そして、子育ても思ったほど面白くはなかった。光が懐かないからだ。なのに、母が死んでしまうなんて、自分はいったいどうしたらいいんだろう。ぱんやりしていると、川島が沙羅の手を取った。

「沙羅ちゃん、俺にできることなら何でもするからさ、遠慮なく言ってよ。ほんとに偶然だったけど、俺の会社が来てよかったよ。これからは俺が仕切らせて貰うから、沙羅ちゃんは何も心配要らないよ。任せろ」

飲み会では、あれほど川島を薄気味悪い男だと毛嫌いして、途中で席を立ってしまったのに、今日ほど頼りにしたことはなかった。涙が止まらないので、苦笑ではなく、泣き笑いになる。

「あれ、あの女の子は？」

川島が、テレビの前にいる光を指差した。テレビが点いていなくても、モニターの前にぺたんと腰を落として見上げ続けるのが、光の癖だった。

「あの子はあたしの子なの」

「養子？」

「いえ、産んだの。未婚の母で」

川島がにやりとした。

「そう。それはよかった。いつのことかな？」

「一昨年かな」と、従姉にしたのと、同じ答えをする。「一昨年の四月」

川島は信じられないという風に俯いていたが、やがて顎をこすりながら言った。

「そうか、一人増えたせいだな」

「どういうこと？」

「俺の持論なんだけどさ。一人増えると一人減るんだよ。赤ん坊が生まれると、誰か年寄りが一人減る。世の中はそう動いている」

光を連れて来たから、母親が亡くなったと言うのか。沙羅は、光の誕生日を母親と同じ日にしたことを思い出したが、川島には言わなかった。

葬儀は滞りなく進んだ。川島の手腕は素晴らしかった。的確な指示を出して、何の粗漏もなく、葬儀は終わった。母親の遺体は、美しく死に化粧を施されて、参列者の誰もが別れを惜しんだ。

「沙羅ちゃん、俺、このまま別れたくないんだけど」

初七日が過ぎた頃、沙羅は川島が家に来るのを許すようになった。

やがて、沙羅は川島と寝た。二十年ぶりに寝る男は、最初の男でもあった。だが、沙羅はその事実も川島には言わなかった。その代わり、秘密を喋った。

「あなた、この間、無精子症と言ったでしょう。でも、あたしはあなたの子供を妊娠して堕胎したことがあるのよ。大学生の時、あなたと二人でラブホに行ったことあるでしょう。あの時よ。優子だって言わないけど、同じ目に遭ったことあると思う。だとしたら、あたしたち二人とも、あなたの被害者なのね」

川島が信じられないという顔をした。

「俺、無精子症じゃないよ。そんなこと言ったっけ？」

「飲み屋で言った。あと、解剖の話をしていた。すごく気持ち悪かったわ」

川島は、痩せた頬を自分でさすりながら、首を振った。

「どうかしてたんだな。何かこう、優子と沙羅の前に行くと、偽悪的になっちゃってさ。

適当なこと言って、傷付けたくなるんだ」

なぜ、つらっと嘘《うそ》が吐けるのかが信じられなかったが、沙羅は、頼れる男が側《そば》にいるだけで満足した。どうして川島が変貌し、なぜ偽悪的になったのかも深く考えなかった。

しかし、両の乳房を摑《つか》む川島の痩せた指を見た時、『人間の臓物って、結構重いんだぜ』と言った川島の、両手で重い物を持つ仕種《しぐさ》を思い出した。自分の臓物も重いだろうか。そして、あの子の臓物はどれだけ軽いのだろう。隣の部屋で眠っているはずの光のことを考えた。だが、もう沙羅の頭の中は、川島のことだけでいっぱいだった。

母親がいなくなった家は、まるで沙羅の心を映しているかのように、自堕落になった。掃除の行き届かない部屋で、幼い光は、テレビを見続けている。

保育園に入れるとしたら、会社にも子供がいることを報告しなければならないし、保育園にも必要書類を出さねばならない。

光の世話は、ベビーシッターに任せきりになってしまった。それも、月ごとに人が代わった。まったく口を利かずに、テレビしか見ない光に危機感を抱き始めた頃、沙羅は妊娠していることがわかった。人生二度目、ほぼ二十年ぶりの妊娠は、やはり川島の子供だった。

「あたし、子供が出来たみたいなの」

沙羅が川島に告げると、今度ばかりは「無精子症」などと戯《ざ》れ言《ごと》は言わなかった。代わりに、川島はこう言った。

「嬉しいな。だったら、結婚しようか。俺がこの家に移って来てもいいかい？」

川島の整形した二重瞼が、やたらと窪《くぼ》んで見える。薄気味悪かったが、沙羅は妊娠に喜んでいた。

そして、ある予感に震えてもいた。一人増えれば一人減る。だったら、次の順番は光ということにならないか。あんなに苦労して探して、お金もかけたのに、少しも自分に懐こうとしない「娘」の光。いや、バラカ。

川島の収入は、出版社に勤めて高給を取る沙羅とほぼ同額だった。沙羅は、出版社を退職することにした。四十二歳にして、デキ婚をする同僚にみんな驚いた様子だったが、沙羅は満足だった。今度こそ、自分は本物の母親になれるのだ。

「どうして辞めるのよ。子供を産んだ後、ずっと働いていればいいじゃない。何があるかわからないんだからさ」

優子は反対したが、知ったことではなかった。

「優子は、川島君とあたしが結婚するのが気に入らないんでしょう」

「気に入らないわよ」

電話の向こうで、優子が憮然《ぶぜん》として言った。

「やっぱりね」

「ちょっと待ってよ、嫉妬じゃないよ、沙羅。あんた、あの人が気持ち悪くないの。あんな男と一緒になって子供作って、どうかしちゃったんじゃないの。この前、あいつが言ったこと忘れたの？　無精子症なんて言っておきながら、あんたを妊娠させているじゃない。それに、光ちゃん、どうしたの？　あんた、あの子の面倒ちゃんと見てるの？あたし、あの子が心配だよ」

「優子が心配なのは、番組を作るからでしょ？」

ちょっと待ってよ、と呆《あき》れたように優子が笑った。沙羅は、携帯電話を切った。だから、電話で話すなんてことを、しなければよかったのだ。メールで充分。折り返し優子からかかってきたが、沙羅は出なかった。すぐにメールが来た。

〈誤解しないで。あたしは川島が光ちゃんを邪険にしないか心配なの。

これはあいつには言わないで〉

〈だったら、光を引き取って育てて〉

半ば冗談で返信すると、呆れたのか、優子からメールは来なかった。

沙羅が、川島の籍に入ったのは、妊娠四カ月に入った頃だった。沙羅は、ベビーシッターをクビにして、光の教育をすることにした。光は毎日テレビの画面を見て、自分と川島の家庭から逃避しているのだ。新しく生まれる弟か妹のために、立派な姉でなければならない。

「仙台支社に転勤になったから、この家を売って皆で仙台に行こう。あっちに行ったら、そこで骨を埋《うず》めることになる」

川島に言われたのは、二〇一一年三月三日のひな祭りの夜だった。元はと言えば、両親の家なのに、生まれてくる赤ん坊で頭がいっぱいの沙羅は、深く考えずに賛成した。

2

田島優子は、金曜の夜から土曜の朝にかけて、憑《つ》かれたようにパソコンのモニター画面を見つめ続けていた。思い切って、婚活サイトに登録してよかったと思う。百万人も登録している巨大サイトは、際限のない男と女の大海原で、いくら眺めても見飽きることはなかった。上は八十代から下は十代まで、こんな男も、あんな女も、誰もが皆、伴侶を求めてサイトを眺めている。その欲望のエネルギーが、モニターを通してじんじんと伝わり、酩酊《めいてい》すら覚えるのだった。

優子の結婚願望がここまで増幅したのは、沙羅の結婚と妊娠が引き金になったのでは決してなかった。沙羅と川島には、嫌悪こそ抱いても、羨ましいと思う気持ちは一切ない。

とりわけ光を得てからの沙羅の変貌には、戸惑いの方が遥《はる》かに大きかった。「母になれたことで人生のステージを一段上がった」と言われた時は、唖然《あぜん》としたものだ。もともと癇性《かんしょう》で頑固な沙羅の心には、こんなコンプレックスがいっぱい詰まっていたのか、と落胆もした。

沙羅の母親が突然亡くなったことは、気の毒だった。しかし、母親の代わりに、川島がするりと入り込んだことは薄気味悪かったし、それを許す沙羅の軟弱さも気に入らなかった。

それより、仕事で報われないことの方が、優子に寂寥感《せきりょうかん》を募らせた。

赤ん坊売買を追った企画には、大きな自信があった。ドバイまで行ってコネを作り、実際に「バラカ」を連れて来たのだから、いい映像が撮れるのは間違いなかった。

なのに、優子の企画は、局長の永野に一蹴された。すでにスタートしている佐竹宏美のプロジェクト、『シリーズ　子供と貧困』に同様のテーマが含まれているから、というのが理由だった。

佐竹の仕事とは切り口が違う、と抗議したが、逆に、優子の取材結果を佐竹に渡してやってくれ、と命令されて愕然とした。もちろん断ったが、優子が中東に子供の人身売買の取材に行った話は、佐竹にも伝わっているだろうから、互いに居心地が悪い。

同じ職場で遠慮したり、意地を張ったりしているうちに、優子の内部から、満月が欠けるように仕事へのモチベーションが減じ始め、あれよあれよという間に、新月のように薄っぺらくなってしまった。月と違うのは、この先、もう満ちるはずはない、という奇妙な確信があることだった。どんなに素晴らしい企画を考えても、永野は最早、自分を信頼してはいないのだから。そう思うと、出口を塞がれたような気がした。以来、優子は婚活サイトの虜《とりこ》になっている。

「この人、知ってる」

部屋に誰もいないのに、思わず声を上げたのは、偶然、知り合いの男を見付けたからだった。名前は、湯浅亮太《ゆあさりょうた》。下請けの制作会社でマネージメントをしていた男である。

十年ほど前に、ダイビングショップを開くために会社を辞め、妻子と一緒に宮古島に移住したと聞いていた。その湯浅が、陽灼《ひや》けした顔写真を載せていた。額は少し後退していたが、ほとんど変わっていなかった。

「宮古島でダイビングショップと民宿を経営しています。私と共に生きて、経営を手伝ってくださる女性を探しています。ただし、話が違うと言われると困りますので、あらかじめお断りしておきますが、仕事はそう甘くはありません。儲《もう》かりませんし、はっきり言って民宿の仕事はきついです。それでも、美しい海を見て暮らしたい、私と苦労を分かち合いたい、という奇特な方がいらっしゃいましたら、是非、ご連絡をお願いします。まずは、宮古島に遊びに来て、素晴らしい環境をご覧ください。大歓迎いたします」

女性に求める条件の、年齢、性格、容姿などは何もかも「問わない」と答えていた。

しかし、肝腎の本人の年齢は五十二歳だ。若い女や、現実的な女は、離島に住む五十代の男を、容易に選びはしない。

湯浅も、婚活サイトに堂々と登録しているからには、妻と離婚したか、死別したかのどちらかに違いない。そう思って写真をよく見れば、精悍《せいかん》な表情の中にも、やや疲れが見えるような気がする。

実は、二十代の頃、湯浅に惹《ひ》かれていたことがあった。だが、今や五十二歳になった湯浅と結婚して、宮古島で民宿経営をする気があるか、と問われれば、さすがに腰が引ける。会いたい気持ちはあるので、メールを出すことにした。

〈こんにちは。ＦＥＸテレビでお世話になった田島優子です。ご無沙汰しています。このサイトに登録して眺めていたら、湯浅さんのお顔を見付けてびっくりしました。結婚はともかく（笑）、懐かしくて、ついメールしてしまいました。お元気そうで、何よりです。東京には、もういらっしゃらないのですか？　いらっしゃる時にはご連絡ください。お食事でもしましょう〉

五分と経たないうちに、返信が届いたのには驚いた。

〈おはようございます。田島さん、懐かしいですね。あなたのことは、よく覚えていますよ。活発なお嬢さんでしたよね。あなたのお写真、相変わらず綺麗で素敵です。メール嬉しかったですよ、ありがとう。ところで、チャット機能のやり方わかりますか？〉

それからはチャットになった。

「田島さん、今どうしてるの？」と湯浅。

「もちろん、FEXテレビにいますよ。へへへ。相変わらず、Dやらせてもらってます」

「田島さんのことだから、ばりばりやってるんだろうなあ。まさか、このサイトで会えるなんて思わなかったよ。どうしたの、結婚したいの？　あなたなら、こんなサイトに出さなくても引く手あまたでしょう」

「取材です（笑）。ところで、湯浅さん、結婚してなかったっけ？」

「してた。かみさんが子供連れて出てって四年になる。毎晩、寂しくてさ。こんなサイトに登録しちゃったよ。ね、田島さん、まだ一人なんでしょう？　島に来てよー。いいところだよ。俺と暮らそうよ」

「そうねー、考えておきます（笑）」

「びっくりさせて悪いけど、今、俺、東京にいるんだよ。帰るの一日延ばすからさ、今日これから会わない？　ミッドタウンのカフェで待ってる」

それからは強引な運びで、湯浅と十年ぶりに会うことになった。優子は慌てて立ち上がり、徹夜明けで隈《くま》の出来た顔を何とかしようと、風呂に湯を張りに行った。

ミッドタウン一階のカフェを外から覗くと、人待ち顔の湯浅が、ビールグラスを片手に、落ち着かない様子で周囲を窺《うかが》っていた。黒いパーカーに、色落ちしたジーンズ。中に、襟首の緩んだペパーミントグリーンのTシャツを着ているのが見える。若作りな服装も、人目を引くほど陽に灼けているのも、バンダナで長髪を覆っているのも、自由人というよりは、まだ胡散臭《うさんくさ》い放送業界の空気を纏《まと》っているように見えた。しかし、体は厚みを増して、以前より逞《たくま》しい。

「こんにちは、しばらく」

優子が目の前に立つと、湯浅は相好を崩して喜んだ。

「おお、変わらないね。すごく綺麗でセクシーじゃない。ビール飲む？」

優子は首を振って、白ワインにした。軽薄ながらも、久しぶりにテンションの高い男に会って楽しかった。

「白ワインか。さすが、キャリアウーマン」

「湯浅さん、キャリアウーマンって死語ですよ」

「そうか。じゃ、何て言うんだろう。ま、どうでもいいや」と磊落《らいらく》に笑う。

二人で乾杯すると、湯浅は笑いが止まらないという様子で、楽しそうに呟いた。

「いいこともあるんだな」

「よくないこともあったんですか？」

「そりゃあるさー。観光目的の女にどんだけ逃げられたか」

「いいじゃないですか。わざわざ宮古まで来てくれたんだから。どうせ宿泊料、取ったんでしょう？」

「どうしてわかるの。さすがやり手の女は違うね」と爆笑する。「そりゃそうよ。貰うものは貰わないと」

それからは、共通の知り合いの話題になって、話は弾んだ。

「それにしても、セクシーになったね」湯浅が優子の顔を見つめていきなり囁いた。

「な、お前。しばらく、セックスしてないだろう」

「やだ、いきなり。何ですか、それ。お前呼ばわりしちゃって」

優子が慌てると、湯浅はテーブルの下の優子の太腿《ふともも》をいきなり撫でた。

「俺さ、お前と合う気がするんだ。やろうよ。ねえ、やろうよ」

湯浅は手の早い男で有名だった、と思い出したが、すでに遅かった。寂しくて堪《たま》らなかった優子は、笑いながら肩を竦めていた。優子なりの許諾だった。

「ホテル取ってあるから行こう。俺、待ち切れないよ」

湯浅が優子の手を握って立ち上がった。その手は分厚く、かさついている。

「リッツ・カールトン？」

「まさか。近くのラブホだよ」

強引な男もたまには悪くないと思い、それほどまでに自分は弱っているのか、と優子は背後に建つ高級ホテルを見上げた目を、三月の曇り空に転じた。

湯浅は、こっそり興奮剤でも使っているのか、やけに息が荒くて獣じみていた。しかし、一年以上も男に縁のなかった優子は、湯浅の繰り出す、あの手この手の技巧に完全に打ち負かされていた。陽灼けした無骨な指で体を触られると、膚《はだ》が灼けるようにひりひりした。このまま湯浅と離島で一生を過ごしてもいいような気がする。

妊娠したから仕事を辞めると沙羅が言った時は、何があるかわからないから辞めない方がいい、と叱った癖に、自分は湯浅と一度寝ただけで、早々と仕事を放り出しそうになっている。優子は苦笑いをした。

「こら、何が可笑《おか》しい」

湯浅が顎をすくって、喉頸《のどくび》に囓《かじ》り付く真似《まね》をする。

「いや、湯浅さんについて行きそうになってるから、困ったなと思って」

「来いよ。いや、マジで来いよ」と、湯浅が真剣な顔で優子に言った。「東京にいたってろくなことないだろう」

「ねえ、それって結婚てことですか?」

「まあね。気が進まないのなら、こうやって試しながらでもいいよ」

湯浅の言う「試し」とは、あくまでもセックスのことなのだと想像すると、自分の考えている生活とは少し違うような気がした。

「ねえ、湯浅さんは何で東京に来てたの」

「いや、ちょっと仕事」

湯浅は言葉を濁して、煙草《タバコ》をくわえた。起き上がって、冷蔵庫から缶ビールを取り出した。その背中が何となく後ろめたそうに縮かんでいる。サイトで知り合った女とでも逢《あ》い引《び》きしていたのではないか、と邪推する。早く唾を付けておかないと、他の女に取られてしまうかもしれない。何といっても、百万人のサイトなのだから。柄にもなく焦った挙げ句、優子は途方に暮れた気分で、湯浅の煙草を一本抜き取った。湯浅が火を点《つ》けてくれる。

「ほんと、ちょうどよかったわ。東京に来てて」

取って付けたように繰り返した。

「ほんとだね。な、優子。いいぞ、島は。波の音を聞いて、潮風に吹かれてさ、星空を眺めながら、毎晩毎晩、屋上でセックスするんだよ。気持ちよくて死にたくなるよ」

「マリファナとか吸ってんじゃないの」

冗談だったのに、湯浅は唇を歪《ゆが》めて笑った。図星だったのかもしれない。

「それならいいけどね」

この男に抱かれて何もかも忘れて過ごすのは悪くなさそうだ。しかし、島の暮らしはそれだけで済むはずはない。優子の理性はまだ働いていた。

「ねえ、奥さんとはどうして離婚したの」

湯浅はビールを飲みながら、のんびり答える。

「子供の教育問題だよ。宮古は高校までしかないから、それなら最初から本土で教育した方がいい、と言い張られてさ。島でのんびり育てて、島に骨を埋めるっていう、俺の方針と合わなかったんだ。結婚生活に関しては、完全撤退だね」

本当に原因はそれだけか。疑いはなくもなかったが、湯浅夫婦の問題を考えたところで仕方がない。仕事を辞めて東京を離れることだけが、まるで夢物語のようで強烈に惹かれるのだった。

「ところでさ、取材なんて嘘だろう。優子はどうして婚活サイトなんかに登録したんだよ。お前なら、男に不自由しないだろう」

湯浅は下品な言い方をして、不思議そうに優子の顔を見遣った。

「仕事が嫌になったの。一生懸命やったって、男は気に入りの女しか見ないじゃない。その男ってのが、上司なんだからアンフェアじゃない？　それにやっと気付いたのよ。仕事はフェアじゃないんだって。そしたら、急に虚《むな》しくなって、やってらんなくなった」

「あのさ、はっきり言うけど、テレビ局なんて一生やる仕事じゃないよ。みんな、寿命が短いじゃん。歳取ったら、偉くならない限り、これだよ、終わり」

湯浅は首を切る真似をした。テレビ局に長年出入りしていた湯浅が言い切ると、説得力があった。

「そうかもしれないね」

優子は、湯浅に差し出されたビールに口を付けながら、物憂く答えた。若い頃は何も怖いものはなかったが、近頃はうまくいかない。この先、ディレクターとして、どの程度やっていけるんだろうか。

「何か、糸が切れちゃったんだよね」

煙草を消して、ベッドに仰向《あおむ》けになる。腕を上に上げて目を閉じる。湯浅の前で無防備な体を晒《さら》していると思ったが気にならなかった。

「それにはこれが一番効くんだよ」

何、と目を開けた途端、口の中に煙草臭い舌を差し込まれた。男の舌は大きくて分厚い。違う物体のようで、キスに夢中になった。湯浅の乱暴さに振り回されたかった。たとえ、湯浅が婚活サイトで出会った女を次々と物にしていたとしても。

朝帰りをした優子は、一階のポストに押し込まれた朝刊を抜き取って、部屋に戻った。

湯浅は、優子が、大好きだ、と抱き締めて囁き続け、なかなか眠らせてくれなかった。最後は、優子が宮古島に会いに行く約束をしてようやく別れた。都合、十二時間は、湯浅と一緒にいたことになる。久しぶりに男と過ごしたことで疲れ果て、そのままベッドに潜り込んだ。

昼頃、電話で起こされた。発信元を見ると、沙羅からだ。この前、通話中に向こうから切られたから、出たくない。布団を被《かぶ》って寝ていると、何度も鳴るので電源を切ろうとしたが、ふと気になったので不機嫌な声で出た。

「もしもし、どうしたの」

沙羅がほっとしたように嘆息した後、一気に喋った。

「ああ、よかった。いくら電話しても出ないから、何かあったのかと思った。ごめんね、日曜日に。寝てたんでしょう」

「寝てたよ。それで用件は何」

切り口上で返した。

「相談があるんだ。悪いけど、うちに来てくれないかな。一緒にお昼食べない?」

「これから?」と、表を見る。早春の空は曇って、強い風が吹いていた。寒そうで気が進まない。「悪いんだけど、具合があまりよくなくてさ。寝てたんだ」

「そうか、ごめんね」

沙羅の沈んだ声が気になった。

「川島君は？」

「出張なのよ」沙羅が口早に付け加えた。「いや、出張ってか、先に単身赴任しているの。あのね、うち、転勤になったのよ。すぐに行かなきゃならないの」

「どこに行くの」

「宮城県のどこか。聞いたことのない地名だった。仙台支社に転勤になって、しばらく腰を落ち着けるんだって。もう東京に戻らないっていうから、この家も売りに出そうと思っている。優子に会うのも、この日曜が最後かなと思って。いや、大袈裟じゃないよ。だって、あっちで出産したら、なかなか来れないじゃない」

驚いて、こう告げそうになった。「あたしも仕事を辞めて宮古島に行こうかと思ってるの」と。親近感が戻ってくる。

「それで、ちょっと話したいことがあったので、最後に会えないかなと思ったの」

「いいよ、ずいぶん突然だったのね」

「そうなの。三日前に辞令が出たのよ」

「お腹が大きいのに大変じゃない」優子は同情した。「あなた、キャパがないからさ、いっぱいいっぱいでしょう」

この期に及んで厭味《いやみ》を言うつもりはなかったが、正直な感想だった。

「そうなのよ。よくわかってるね」

沙羅が笑った気配がした。


沙羅の家を訪問するのは、母親の葬式以来である。玄関の植え込みが取り除かれて白砂が撒《ま》かれ、ドワーフ人形が何体も置いてあった。小さな水車が二カ所で回り、電池式らしい噴水が設《しつら》えてある。造花が幾本も砂に差してあって、コーギーらしき犬の置物もあった。

「どうしたの、これ。沙羅の趣味？」

扉を開けた沙羅に思わず訊いた。

「川島なのよ。趣味悪いでしょう」

沙羅が眉を顰《ひそ》めた。心なしかやつれて険があるように見えた。ただし、体は妊娠中とあって、かなりふくよかだ。

「趣味が悪いっていうか何というか、お墓みたいだわ」

「なるほど」と、沙羅は頷いて笑う。「あたしも何か見たことのある風景だと思ったら、お墓なんだ。やだわ」

やだわ、という割には気にしていない様子なのは、もう家を売りに出そうとしているせいか。

廊下の奥から何かが小走りに走り出て来た。小柄な女児だった。灰色のトレーナーに、ピンクのニットパンツを穿《は》いている。不格好にお尻が大きいのは、おむつをしているからだろう。髪は柔らかくカールしていて、顔立ちは愛らしかった。

「あら、光ちゃんなの？　大きくなったわね」

葬式の時は、大人に手を引かれないとうまく歩けなかったのに、すでに元気に走り回っているではないか。

「そうよ。光、優子さんよ。ご挨拶しなさい」

だが、呼びかけられても、光は反応しない。優子の顔を興味深そうに眺めているだけだ。

「バラカちゃん、こんにちは、は」

沙羅が言い直すと、ようやく「バイバイ」と、小さな声で言って優子に手を振った。

「いきなりバイバイだって。可愛いわね」

「可愛くないわよ」と、沙羅が小声で呟いたのが聞こえた。

沙羅は、光を閉め出すようにして、居間の扉を閉めてしまった。光は廊下でうろうろしているのか、小さな足音がする。

「どうしたの、虐待中？」

優子はふざけて訊いたが、沙羅は答えずに優子を食卓に案内した。引っ越しの準備中らしく、段ボール箱が山積みになっていた。殺風景な食卓には、鮨桶《すしおけ》がふたつと急須と湯飲みがすでに置いてある。

「店屋物でごめんね。あたし飲めないけど、あなたビールかワイン飲む？」

「要らない。お茶でいいよ」

廊下の足音が気になって仕方がなかった。

「あたし、あの子が嫌いなのよ」

いきなり沙羅が打ち明けたので、驚くよりも先に腹が立った。

「あなた、あんなに可愛がるんだって言ってたじゃない。自分が妊娠したからって、貰った子を嫌いになるなんて、よくある話過ぎない？　沙羅、自分のしたこと、わかってるの。二百万も出して貰って来たんでしょう」

「もっとよ。弁護士費用を入れたら、三百万くらいになるんじゃない」

沙羅が溜息を吐いた。

「だったら、もっと真剣に子育てしなきゃ駄目じゃない」

「優子は子供を育てたことないから、そんな風に言えるのよ。だいたいね、あの子は小さいけど、あたしのことを憎んでいるんじゃないかと思うことがあるの」

ドアの向こうを気にするように振り返って言う。沙羅が入れてくれた茶は、白湯《さゆ》のように薄かった。

「その証拠は？」

「まず、あたしの付けた名前を嫌っている。絶対に反応しないの。憎たらしいことに、『バラカ』と呼びかけると顔を上げるのよ。最初は、それが哀れだと思っていたけど、近頃はわざとやってるんだと確信してる」

「まだ二歳くらいじゃない」

「二歳だってわかるわよ。子供って怖い。あたし、初めてそう思った。あと、信じないかもしれないけど、あたしが妊娠してから、どんとお腹にぶつかるようにするのよ」

茶を口に含むと、やはり薄かった。妊娠中だからカフェインを取らないようにしているのだろうか。沙羅は、気付かない様子なので何も言わなかったが、余裕のなさがすべてに表れているようで痛ましかった。

「お鮨、食べよう。お腹空《す》いちゃった」

沙羅が慌ただしく割り箸を割った。優子は気になって、廊下の方を見遣る。

「あの子はご飯食べたの？」

「ううん」と沙羅は首を振った。「あたしがあげようとしても食べないの。だから、放ったらかし。シッターさんが食べさせている。他人だと食べるのよ。憎たらしいの」

「シッターさん、辞めさせて自分で教育するって言ってたじゃない」

「とんでもない。三日で音を上げたわ。あの子はきつい。あたし、もう一緒にいる自信がないの。お願いだから、あなたが育ててくれない？　あたしが出産して、落ち着くまででいいから。もう精神的にぼろぼろなのよ」

まさか、それほどまでに深刻な事態になっているとは思いもしなかったから、啞然とする。

「仕事があるから無理よ」と答えようとした時、湯浅と結婚して、宮古島に引っ込むつもりがあることを思い出す。

「お願い、一生のお願いよ。もちろん、あなたにすべてを委ねようなんて思ってないの。だって、あたしの実子にしてしまったんだもの。だから、この不安定な時期が過ぎて、子供を産んだら、また違うと思うのよ」

沙羅が土下座せんばかりに頼んでくる。

「あの子、川島君とはうまくいってるのね？」

「まあね」と歯切れが悪くなった。「実を言うと、川島も嫌っているの。何もかもわかっているところがあるみたいで気持ちが悪い、なんて言ってる」

急に、ドバイから貰われてきたバラカが哀れになった。元はと言えば、自分が持ち込んだ話でもあるし、責任がないとは言えない。

「可哀相ね、あの子。こんな島国まで連れて来られて」

「それが、日本の子じゃないかって気もするの。うちの母が生前、そんなことを言ってた」

「日本人？　確かに顔はそうだけど」

「日本人かどうかはわからない。ただ、日本にいたことがあるんじゃないかと言うのよね」

優子は俄《にわか》に興味を感じて、顔を上げた。バラカを連れて帰って、こっそりカメラを回して観察するのはどうだろうか。すごい作品になるのではないか。そのためにはテレビ局を辞めて、安定した環境が必要になる。

「わかった。じゃ、あたしが連れて帰る」

優子が言うと、沙羅が嬉しそうに顔を輝かせた。

「ありがとう。川島も喜ぶわ」

「川島なんかに喜ばれたくてするわけじゃないわ」

ぶすっとすると、沙羅は顔色を変えた。

「ごめんね、そのことだけど」

優子は手で制した。

「ちょっと待ってよ。誤解されたくないから言っておくけど、決して嫉妬じゃないよ。あんなヤツは嫌いよ。悪いけど、あなたの気が知れない。この際だから、正直に言うわ。あなたたちのこと、軽蔑している」

沙羅の反応は敢《あ》えて見ずに立ち上がった。扉を開けると、廊下に座り込んでいたバラカと目が合った。

「おいで、バラカちゃん。おばちゃんのうちに行こう」

バラカが目を輝かせて立ち上がった。

3

じきに、業者が不用品を回収しに来る。川島沙羅は、母親の服や靴、バッグ、日用品などを詰め込んだ段ボール箱を玄関先に運んだ。十個以上あるため、母の居室と玄関を何度も往復しなければならなかった。身重の体にはこたえたが、手伝ってくれる者は誰もいないのだから仕方がない。

まだガムテープで封をしていない段ボール箱から、母のキャメルコートが覗いている。沙羅は生地に指先で触れてみた。古くなったカシミアの柔らかな手触りに、涙が出そうになる。

流行遅れになったため、母も最近は袖を通すことはなかったが、沙羅には馴染《なじ》みが深いので、手放すのは辛《つら》かった。高校の卒業式の朝、黒いコートを着た父とキャメルコート姿の母が、校庭で並んで手を振っていたのを思い出す。亡くなってまだ日が浅いのに、母の品々を惜しげもなく捨てるのは心が痛む。

しかし、川島はこう言い残して、任地に向かった。

『悪いけど、お義母《かあ》さんの物、全部捨てて来てくれよ。これから子供も生まれて、家財が増えていくんだからさ。新しい土地で新しい生活をするためにも、古い物には拘泥しないでくれないか』

その通りだと思って頷いたのだった。なぜか、川島には逆らうことができないどころか、全面的に正しいと思ってしまう。始まったばかりの結婚生活は、川島に言われるがままに生きると楽だ、という発見の連続だった。

出版社なんか辞めて専業主婦になれ、と言われた時も、東京の家を売って、いずれ仙台で家を買う資金にしようと言われた時も、素直に従った。

母の死以来、沙羅は誰かが側にいて、その人に付き従うことができるだけでも幸せだと思い始めている。幼い子供に戻ったみたいだった。

キッチンの、大きな食器棚を見上げる。母の洋食器のコレクションだけは、手付かずのままだった。マイセン、ローゼンタール、ヘレンド。洋食器は売ることもできるだろう、と川島も残すことを許してくれたのだ。

しかし、母が特注した食器棚は、「捨てろ」と厳命されている。仙台の借家には、大き過ぎるだろうから、という理由だった。

当面は借家で暮らし、東京の家が売れたら、その金で仙台市内に物件を探すことになっていた。借家の場所は、市内の海側の町と聞いていたが、地名は聞いたのに忘れてしまっていた。妊娠してから、いや、母が亡くなってから、頭も体もどうも調子がよくない。

食器棚の引き出しを開けてみる。クリーニング店のカードやらスペアキー、領収証などが雑然と入っている。これも自分が整理しなくてはならないのか、と溜息が出た。

底の方に、ピンクの布が見える。見覚えがある気がして、書類を除《よ》けて見ると、はたして光の靴下が片方、紛れ込んでいた。道理で、優子に預けるために光の荷物を作った時、ピンクの靴下だけ、片方見当たらなかったはずだ。それは捨てて、揃《そろ》っているのを持たせたのだ。

引き出しになんか、誰が入れたのだろう。まだ二歳足らずの光に、そんな知恵があるとは思えない。気味が悪かった。

別の引き出しに、母がいつも小銭を入れていたがま口があることを思い出した。オーストラリア土産の、カンガルーのハラコ革で作られた、小銭入れである。

がま口には、千円札と硬貨とで三千円近く入っていた。紙幣の間に、小さく折り畳まれた紙が挟まっているのに気付いた。

開いてみると、「川島」と母の字で書き殴った横に、携帯電話の番号が控えてあった。間違いなく、川島の番号だ。どういうことだろうか。生前の母は、川島と会ったことがあるのだろうか。

沙羅は、混乱したまま、財布ごとジーンズのポケットに入れた。

だから、母が死んだ時、川島の葬儀社がいちはやく到着したというのか。

あるいは、母は、自分の娘が学生時代に川島の子供を堕胎したことを知っていて、川島を追跡していたのだろうか。

それとも、川島の方から母に近付いて来たとか。

どれもあり得ない。沙羅は首を振った。川島に訊いてみようと思ったが、あの窪んだ目が不快な表情で翳《かげ》ることを思うと、躊躇《ためら》ってしまう。

余計なことを考えると、近頃はすぐ頭痛がする。吐き気も催してきた。またお腹の中の赤ちゃんが悪さをしている。沙羅は自室に戻って、ベッドに横になった。

うとうとしていると、業者が不用品を取りに来た。家具などの大物は、引っ越し当日に取りに来て貰うよう頼んだ。引っ越し日は、明後日《あさって》の三月十日である。

光の靴下の片方をゴミ箱に投げ捨ててから、パソコンのメールボックスを開けてみた。優子から「バラカちゃん」という件名の短いメールが来ていた。添付ファイル付きである。

〈先日はご馳走様。

バラカちゃんは、私の部屋で元気にしています。

あなたの家と違って、全然テレビなんか見ませんよ。

年相応の子供って感じで可愛いわ。

仕事に行く時は、近所のシッターさんに来て貰っています。

私の子供というよりも、同居人感覚ですね。優子〉

添付ファイルは動画だった。優子の家の近所らしい公園で、光が風に乗って飛んで行くしゃぼん玉をよちよちと追いかけて喜ぶ様が撮られている。「バラカちゃーん」と、優子の呼びかける声に振り向いて笑う光。

いかにも自分の育て方の方が沙羅の育児態度より優れている、と言わんばかりなのが、勝ち気な優子らしい。沙羅は苦笑した。

返信はせずに、優子のメールをそのまま、川島のメールアドレスに転送してやった。留守中に光を連れて行って貰ったのだから、川島はさぞ喜ぶことだろう。

優子にははっきり言わなかったが、川島が光を疎んじていたことも、光を追い出した大きな理由ではあった。

川島は、結婚当初は光を可愛がるふりをしていた。しかし、光がなかなか懐こうとしないので、沙羅同様、次第に鬱陶しがるようになった。

『あの子は俺たちの新しい生活には馴染まないのではないか』

つまりは、亡くなった母の品々同様、光もまた、川島との新生活には必要のない「古い物」なのだった。

その会話をまるで聞いていたかのように、光の方も、二人に心を閉じたようで、言うことを一切聞かなくなった。その頑固な様はまだ二歳の幼児とはとても思えず、沙羅は密かに舌を巻いた。

優子が光を連れて行った時も安堵《あんど》こそすれ、可哀相なことをした、とはまったく思わなかった。どころか、光を貰ってきたことが、人生の最大の過ちだったようにも思えてきた。

『取り返しの付かないことをするな』と、母親に諫められたことも忘れ、沙羅の心から、光の姿はすぐに消えた。それでいい。代わりに、あれほど熱望した自分の子供が生まれるのだから。

沙羅は、ドバイでもさんざん眺めた姓名判断のサイトを開いた。六カ月後には生まれているだろう子供の名前をあれこれ考えるのは、最近の一番の楽しみでもある。ただ、川島が命名どころか、子供が生まれることにも、あまり気乗りしていない様子なのが気にかかっている。

ひと月ほど前のことだった。

妊娠がわかった沙羅は浮き浮きして、食事中の川島に訊ねた。

「あなたのお子さんって、女の子が二人でしょ？　何て名前なの」

何気ない質問だったが、川島は窪んだ目を閉じたまま首を傾《かし》げた。

「何で、そんなこと訊くの？」

「好奇心だけど、いけない？　あたしたちの子供に名前付けるのに参考にしようかなと思ったのよ。だって、義理のきょうだいになるわけでしょう？　万が一、女の子で名前が被ったりすると嫌じゃない？」

「そりゃ、そうだな」

初めて気が付いたという風に目を開けた川島に、沙羅は、自分の子供なのに思い出しもしないのかと少し驚いた。確かに、川島は元の家族が恋しい素振りを見せたことはない。

川島には、二十年前に沙羅が堕胎したことは告げた。もしかすると、川島はあちこちで女たちを妊娠させては堕胎させて、そのことに一切痛痒《つうよう》を感じない男なのかもしれない。沙羅は少し嫌な気持ちになったので、つい拘《こだわ》って訊ねた。

「で、名前は？」

「光じゃないよ」と川島は答えた後、笑った。「祐美《ゆみ》と真美《まみ》だ。祐美は俺の名前から、二人の『美』は妻の名前から取った」

名前までは聞いていなかったが、優子からの情報だと、上の娘はすでに中学生、下の子は小学生だそうだ。

「いい名前ね」

川島はまったく気がない風に痩せた肩を竦めた。

「まあね」

「お嬢さんたちには、会いたくないの？」

川島の前の結婚は、自分と同じくデキ婚だと聞いているから、何かと気になるのだが、川島が何も喋ろうとしないので、離婚後、どういう状況なのかもわからないのだった。

「別に。別れてから一切連絡してないし、あっちからもないし、他人同然だね。いや、他人なら礼儀正しくするから、他人以下かもしれないよ」と、冷たく言う。

沙羅は思い切って訊いた。

「ね、どうして離婚したのか、訊いてもいい？」

川島は、沙羅の作ったカニ玉に伸ばした箸を止めた。川島の好物だと聞いてから、川島の休みの時は必ず作っている。もっとも葬祭業は、休みなどほとんどない激務だから、結婚以来、二度目の休みだった。

「いいよ、別にたいした理由はないんだ」

たいした理由がなくて離婚する人間がいるのか、と驚いたが、もちろん口には出さなかった。

「結婚した当初から、俺たちは女房の千葉の実家の二階に住まわせられた」

「二世帯住宅？」

「まさか、とんでもない」

川島はどこからか手に入れた指輪を嬉しそうに眺めながら、激しく首を振った。

指輪は、銀製の大きなドクロで、いかにも若者が好みそうなチャチな代物だった。黒いスーツを着ていない時の川島は、好んで奇異な服装をしたがるから、沙羅は敢えて何も言わない。

「女房の父親が実家の二階を改造して、三部屋のアパートにしたんだ。そこの一室に住まわせられたんだよ。狭い１ＬＤＫに、一家四人暮らしだ。女房はいいんだよ。一人っ子で、実家には両親がいるんだからさ。女房も娘たちも、昼間は実家の方にいるわけだ。でも、俺は会社から帰っても、休日も、狭いアパート暮らしだ。だったら、家賃は払わなくてもいいんだろうと思って住んでやったのに、月に十五万も取りやがってさ。俺はずっと頭に来てた」

「奥さんにはそのこと言ったの？」

「いや、言わない。そんなのこっちが言う前に、女房が気付くべきじゃないか。女なんだからさ。で、十年してから、義理の父親に言ってやった。俺の千八百万、返してくれよって。一年で百八十万。十年で千八百万。あんな狭くて劣悪な環境で取り過ぎじゃねえかって。我慢して言わなかったけど、満足してると思われるのも癪《しやく》だから、言ってやるって。それで喧嘩《けんか》になって、俺だけ追い出された」

何と感想を述べていいのかわからず、沙羅は曖昧に微笑んだだけだった。妻の家族絡みのトラブルだったとは知らなかった。その諍《いさか》いの根の根には、何か大きな問題が潜んでいるような気がしたが、深く考えられなかった。

「お嬢さんたちには会いたくないの？」

「息子ならともかく、娘だもんな。母親一族の一味さ」

軽侮したような言い方に、愛情は感じられなかった。

「そんなものかしら」

自分だとて、母親と二人きりで生きてきたから、他の家族よりも紐帯《ちゆうたい》は強く見えたはずだ。それは問題にならないのだろうか。

「それで、会社の方もついでに辞めることにした」

「どうして？」

「その頃、俺はいろんなイベントの仕事をしていた。これが面白かった。株主総会とか、公共事業の説明会とか、そういう反対派が来そうなイベントの企画運営の仕事だった。あらかじめシナリオを書いて、邪魔な分子を排除するんだ。でも、排除とわからないようにうまく排除する。ここが腕の見せどころでね。俺は天職じゃないかと思うほど、入れ込んでやったよ。俺はそういうことには、悪魔的な知恵が回るんだ。そのうち、一生懸命にやったところで、俺の会じゃないんだから、他人のために策略を練っているのがバカバカしくなった。だから、辞めた」

広告代理店はそんな仕事もするのか、と驚いたが、沙羅は黙っていた。「悪魔的な知恵」という言葉に、川島の姿形を重ね合わせて、密かに震撼《しんかん》していたのだった。もしかすると、自分が川島に絶対服従のように生きているのも、その「悪魔的な知恵」を怖《おそ》れているからかもしれない。光の排除も、その「知恵」の発露だとしたら。

三月十日。引っ越し当日、不用品の引き取り業者がやって来て、母特注の食器棚、椅子やテーブル、ベッドなどを、持って行った。グランドピアノは、浜松から来た楽器業者が引き取って行った。

沙羅は、がらんとした家の中を見回った。後は、身の回りの物とパソコンだけを持って、午後の新幹線で仙台に向かうだけだ。これでいいのか。後ろ髪を引かれるような気持ちとは、こういうことを言うのか。

なかなか思い切ることができずに、うろうろと部屋から部屋へ歩き回った。その時、家の電話が鳴った。電気とガスは止めたが、滅多に鳴らない家の電話は、まだ回線を切っていなかった。

「もしもし」

今でも「木下さんですか？」と、母親宛に電話がかかってくることがある。「川島」と名乗ると、間違いかと慌てて切ってしまう相手もいるので、用件を聞いてから名乗ることにしてあった。

「川島さんですか？」

いきなり女の声が言った。突《つ》っ慳貪《けんどん》な声音に不穏な予感がして、沙羅は自然と身構えていた。

「そうですけど、どういうご用件ですか？」

「今日、お引っ越しでしょ？」

何もかも知っている、という風に先回りしてくる。

「そうですけど、どちら様ですか？」

「オカモトです。千葉のオカモトといいます。そう言えば、ご主人もわかりますよ」

この女は、これから何か嫌なことを自分に告げるつもりなのではないか。

母の死以来、心が弱っている沙羅はすぐさま電話を切りたかった。だから、家の電話なんかに出ると、ろくなことがないのだ。しかし、オカモトと称する女が、川島の何について告発しようとしているのか、知りたくもある。

「もうじき出なくてはなりませんので、手短にお願いしてもいいですか？」

「そうですよね。お忙しいでしょうから、手短に申し上げますね」

そう言いながらも、オカモトはなかなか言いださない。受話器の向こうから、迷っているような、はあはあという生々しい息遣いだけが聞こえてきて薄気味悪かった。

「あのう、どういうご用件ですか？」

沙羅は、もう一度問うた。

「はいはい、わかりました。はっきり言いましょう」

思い切ったらしく、オカモトがぐっと息を呑《の》む気配があった。そこからは、堰を切ったように止まらなかった。

「川島さんとは同業なんです。あたしも川島さんと同じく、バツイチでしてね。前の夫との間に、中学生の娘がいます。あたしたちの業界はね、実はバツイチとか転職組とかなかなかバラエティに富んでましてね。人生の機微を知り尽くした人ばかりなんです。奥さんのようなお嬢さんには想像も付かない、それはそれは、結構奥の深い世界なんですよ」

「業界の説明なんか結構です。時間がないので、ご用件だけお願いします」

出版社にいた時も、能弁なクレーマーがいたことを思い出して、沙羅は毅然《きぜん》として言った。だが、オカモトは鼻先で嗤《わら》ったようだった。

「すみません。少しはご興味がおありかなと思ったので、説明しただけですよ。心からわかって貰おうなんて思ってはいません。あたしはね、川島さんと長くお付き合いしている者なんですよ。そう言えば、おわかりでしょう。いえ、あたしだけじゃないんですよ。あたしはもう今年で四十八になりますから、川島軍団の中でも古株の方らしいです。でも、まだ若手も大勢いるみたいですよ」

オカモトは言葉を切って少し笑った。

「こんなことを言ったら、新婚の奥さんにはさぞショックだろうな、と思うんですが、やはりお伝えしておかないとね。だって、川島さんはそんなこと喋らないでしょうから、同性の誼《よしみ》で申し上げようと思って。川島さんは、自分に都合の悪いことは絶対に言わない人ですからね。あたしはね、奥さん。実は川島さんとの間に、子供もいるんです。三歳になりました。女の子です。川島さんが認知してくれなかったので、戸籍上父親の欄は空欄となっていますが、川島さんの子供であることは確かです。ほんと、悔しいよね。まあ、母親がバカだったってことでしょう。あたしは財産なんかないから、そういう扱いを受けても仕方ないんですよ。奥さんは、世田谷のお嬢さんだって聞きましたから、川島さんも、そういう女の人は大事にするんだなって思いました。でもね、あたしが文句言ったら、月に数万ですが、お金くれるようになりましたよ。当たり前ですよね、自分で蒔《ま》いた種なんだから。文字通りね。でね、奥さん、奥さんもそんなに若いって聞いてないので、はっきり言いますけど、川島さんはね、業界の種付け馬って言われているんですよ。お下劣ですみません。これは本当なんです。どういうわけだか、相手を妊娠させるのがうまくてね。付き合った女はみんな妊娠しちゃうんです。奥さんもそうなんでしょう？　こんなことで電話したら失礼だっていうのは、重々承知なんですが、やはり知って頂きたいなと思って。これは女同士の礼儀であり、節度ってもんじゃないでしょうか。奥さんはデキちゃった婚だっていうし、その辺はちゃんとね、わかった上じゃないと、たまったもんじゃないでしょう。川島さんが離婚したのも、同じ会社の女の子を堕胎させたことがばれたからって言われてますよ。奥さんもしっかりと、生きてってください。それから、これは言おうかどうしようか迷ったんですけど、言っちゃいますね。本当に何人かだけしか知らない話なんですけど、川島さんって、悪魔になるために、人間の心臓を食べたって噂《うわさ》があるんですよ。大学の解剖に立ち会っている時に、心臓を持ち帰って食べたんだそうです。ま、本当かどうかはわかりませんけど、そのくらいのことはしかねない人だと思います。あたしはもう関係ありませんから、言いましたけどね。奥さん、どうぞ、ご苦労なさいませんよう。これはオカモトの老婆心だと思って、お許しください。はい、お忙しい時にすみませんでした。これからもお幸せに生きてってくださいませね」

一方的にがなり立てて電話は切れた。

通話が終わってみると、オカモトという女は、決して恨みごとを述べているのではなく、沙羅に忠告しているのだと思えた。

沙羅が感じた川島への違和感は当たっていたのだ。業界の種付け馬。川島軍団、川島が手を付けた女はみんな妊娠する、等々。確かに、沙羅はすでに二十歳の時に、その先鞭《せんべん》をつけられたのだった。

川島は、女が妊娠することなど何とも思っていない。一見、慇懃《いんぎん》な振る舞いに隠された、女たちへの侮蔑。妻の元に残した自分の娘たちを顧みない無責任な養育姿勢も、息子だったら違う態度を取ったのではあるまいか。

川島に逆らったらどうなるのだろう。心臓を食べたという川島は、本物の悪魔なのかもしれない。沙羅は背筋が寒くなった。

このことを優子に相談したいと思ったが、結婚した川島と沙羅を「軽蔑している」と言い切った優子は、それ見たことか、と言って相手にしないだろう。どうしようか。

沙羅は迷って、携帯電話を眺めた。そろそろタクシーを呼んで東京駅に向かう時間だった。

今なら、業者を呼び戻して捨てた家具を置き直し、家を売るのをやめて、離婚することができるかもしれない。しかし、この先、どうやって生きていくのだ。

沙羅は会社を辞めたことを、初めて後悔した。やはり、新幹線を一本遅らせても、優子に相談すべきだ。

電話をかけたが、留守電に切り替わった。

「もしもし、沙羅です。大急ぎで相談したいことができたの。折り返し電話くれると嬉しい。メールで詳しく説明する暇がないの。お願いだからすぐ電話ください」

吹き込んだ後、すぐメールも打った。

〈至急、電話ください。相談したいことが起きた。困ってるの。沙羅〉

十分だけ待とう、と家の中を歩き回る。食器棚の置いてあった場所は、床に痕が残っていた。ここで母と二人で暮らしていた、居心地のよい繭のような日々を思い出した。そこに闖入《ちんにゅう》して来たのは川島だった。いや、違う。自分がバラカを連れて来たために、繭が壊れ、その裂け目から川島が侵入して来たのだ。悪魔のような川島が。

ポケットに入れてあった電話が鳴った。

「もしもし、優子？」

勇んで出ると、川島だった。仕事中なのか、抑揚を抑えた低い調子だった。

「もしもし、沙羅か？　心配しているんだ。岡元さんが電話したんだろう？　今、岡元さんから、奥さんに電話しちゃった、という電話がかかってきた。あの人は、ちょっと頭がおかしいんだよ。妄想家なんだ。みんな困ってるんだ。今は仕事も休んで、自宅で療養している。ご主人もいるし、お舅《しゅうと》さんやお姑《しゅうとめ》さんもいる。ごくごく普通のパートのおばさんだよ。ただ、ちょっとおかしくなって、あることないこと、みんなに言うんで困ってるんだ。信用しないでほしい。俺は、お前が仙台に来るのを今か今かと待っているんだよ」

「嘘には思えなかったわ」

「嘘だよ。岡元さんて、虚言癖があるんだよ」

「そうは思えなかった」

暗い声で繰り返す。

「嘘だって。ねえ、俺のこと、何て言ってた？」

川島が笑いを含んだ声で訊いた。

「自分にもあなたの子供がいて、三歳になるって。認知してないけど、お金は貰ってるって。あなたは、業界の種付け馬で、川島軍団と呼ばれる、手を付けられた女たちがたくさんいて、元の奥さんと離婚したのも、会社の女の子を堕胎させたのがばれたからだって」

「ああ、ああ、よくもまあ、そんな嘘を俺の女房に言って」

呆れ声を出した。

「そして、心臓を食べたって」

「心臓ってハツか。鶏や豚の心臓なら、俺も食うぞ。でも、いくら何でも人間の心臓なんか食ったことがない。そんなことをしたら異常者じゃないか。冗談にもほどがあるよ」

川島は怒りを爆発させた。

「でも、おかしい人には思えなかったけどね」

「会えばわかるよ、おかしいって。だって、俺が心臓食べたとか、嘘に決まってるじゃないか。ともかく、そんなことに惑わされずに、早く来てほしいよ。閖上《ゆりあげ》というところに家を借りたんだ。海がすぐ近くに見えて、とてもいい場所だよ。そこで二人で新生活を始めて、子供を育てよう。俺もいろいろあったし、沙羅もお母さんが亡くなったり、仕事辞めたり、いろんなことがあったよね。でも、愛しているよ。今まで会った女の中で、沙羅が一番好きだよ。沙羅と結婚して、愛するという感情が初めてわかった気がした。沙羅はどうなの？」

聞いたことのないような甘い声で訊ねる。

「あたしも好きだけど、あなたのことが少しわからない時がある」

「例えば、どういう時？」

とろけそうな優しい口調だ。

「光を追い出そうとしたり、母の家具を捨てろと言ったり」

「何だそんなことか」安心したようだった。「家具のことは悪かった。俺は引っ越しのことしか考えてなかったからね。それから、光ちゃんのことは、きみが限界に達していると思ったからだよ。いいかい、あの子はきついからうちに合わないよ。このままいても、互いに不幸になるだけだ。優子の方がうまく育てられるだろう」

「優子のことは好きじゃなかったの？」

「沙羅の方が百倍好きだよ。優子は男っぽいし、自己顕示欲が強くてあまり好きじゃない。長く付き合ったけど、俺の方から離れて行ったんだからね。それだけは忘れないでくれ。あいつは、俺にふられたから恨んでいるんだよ。ともかく、早く来てくれ。じきに、この告別式が終わるから、仙台駅のホームで待ってるよ。お願いだから、来てくれ。本当に愛している」

最後は哀願だった。沙羅は外でタクシーを拾うことにして、家の中を一瞥《いちべつ》した。ようやく別れを告げる決心をして、鍵を掛ける。そして、自分が生まれ育った家を後にした。玄関脇の白砂の上に置いてあったドワーフ人形が、何者の仕業か、全部倒れて割れていたが、気にならなかった。

4

新幹線が仙台に近付くに従って、川島沙羅の決心は鈍ってきた。岡元の電話が気になって仕方がない。川島に女がいるという衝撃よりも、死体の心臓を食べたという噂話が気になっていた。そんな噂が出ること自体が気味悪かった。

いっそ仙台で降りずに、通り過ぎてしまったらどうだろうか。

まだ遅くない、今なら引き返せる、と思うと懊悩《おうのう》で胸がちりちりと焼け付くようだった。

携帯が鳴った。あと少しで仙台駅に着くという段になって、ようやく田島優子から電話がかかってきたのだ。遅過ぎる、今まで何してたのよ。いきなり怒鳴り付けたい気持ちを抑えながら、デッキに移動して電話に出る。

「もしもし、どうしたの。留守電聞いてさ、あとメール見てびっくりした。いったい何が起きたの？」

優子は心配そうだった。何だかんだ言っても、長い付き合いの親友なのだ。その安堵感が遠慮ない攻撃に転じるのに、時間はかからない。

「優子、何で電話くれなかったのよ」

「だって、会議中でできなかったんだもの」

「嘘でしょ」

「嘘じゃないよ。本当に企画会議があったんだから」

突然詰《なじ》られた優子が怒った。互いに短気なのと、それを我慢しないところはそっくりだった。

「だって、あたしがあなたに連絡したのって、もう三時間以上も前だよ。三時間も会議してたの？」

あなたから電話来ないから、仕方なく新幹線に乗っちゃったじゃない。続く言葉を呑み込む。

「会議が長引いた上に、打ち合わせが入ったから遅くなったのよ。そういうことってあるでしょ。あ、そっか。あなたはもう辞めたから、仕事のことなんか忘れちゃったのか」

優子も声を荒らげて厭味を言う。時間がないのに、売り言葉に買い言葉の応酬になりかかった。

背後から光の笑い声が響いたような気がしたが、あと数分で仙台駅に到着する、というアナウンスと重なって判然としない。焦るあまりの空耳かもしれなかった。

「あなただって、もうじき仕事辞めるとか言ってたじゃない。そんな熱心に会議なんかに身を入れるはずないと思うけど」

あれほど優子のアドバイスを熱望していたのに、連絡が来るのが遅過ぎたから、見捨てられたような気がして腹が立ってならない。沙羅を乗せた新幹線は、川島が待つ仙台駅に着こうとしているのだから。

「ねえ、そんなに怒んないでよ。どうしたのよ」

優子が軽くいなすのも苛立たしかった。

「もうじき着くから、後で話す」

「ねえ、着くってどこ？」

「仙台よ。もう引っ越したの」

「そうか。で、何が起きたの」

「変な女から電話がかかってきたのよ」

「えーっ、何だって？」

「川島があたしを裏切ってたことがわかったの」

優子の笑い声が聞こえてきた。

「そんなのわかりきってたじゃない。そういうヤツだよ、あいつは。だから、結婚なんかするなって止めたのに」

いや、そうではない。川島が心臓を食べたという話をどう切りだそうか。ぎりぎり奥歯を噛《か》んでいると、新幹線が仙台駅のホームに滑り込んでしまった。

痩身の男がホームに立っているのが見える。喪服のスーツに、黒いコートを羽織った川島だ。

沙羅は反射的に身を隠した。このまま新幹線を降りずに通り過ぎて行ったらどうなるだろうか。川島は列車の中を覗き込んで、沙羅の姿を捜しているようだ。

「優子、着いちゃった。あなたが連絡くれるの遅かったから、もう間に合わないよ」

「何が間に合わないの」

「あたしが仙台に行くの、止めてほしかったのに」

「だってさあ」

優子が答えたが、沙羅はその先を聞かずに電話を切った。

仙台駅で降りる客が通路に長い列を作って並んでいるから、座席に戻ることもできない。列に並ぶでもなく、中途半端な場所で突っ立っている。さあ、どうする、と迷いながら。

女性専用トイレに逃げ込んでやり過ごそうと決心しかけた時、ドアが開いた。慌てて隠れようとしたのに、ホームにいる川島と真っ先に目が合ってしまった。

喪服を着ていると、川島は伏し目がちの、柔らかな声音を発する目立たない男になる。だが、どこか板に付いていて、ビジネスマンぽく見えるのだった。傍目《はため》には、取引先の葬儀に出席しなければならない、真面目な会社員のように見えるだろう。

「待ってたよ」

川島は窪んだ目で沙羅の視線を捉えて唇を歪めた。微笑んだようだった。沙羅は仕方なく、寒風の吹くホームに一歩を踏み出した。

「こっちは寒いわね」

注意深く、川島と目を合わせないようにしながら言う。パソコンや化粧品の入ったバッグが重かったが、川島はまったく気が付かない様子だ。ポケットに両手を突っ込んだまま、ぼそりと言う。

「東京と七、八度は違うだろうな。でも、気温が低いと気持ちがいいよ」

「東京の家を片付けるの、大変だったわ」

「結構広いから、二億近くにはなるだろうな」

言葉を発し合ったが、会話にならない。二人ともその後は無言で、駅のエスカレーターを下りた。駅の構内は底冷えがした。

川島は、身重の妻への気遣いなど一切見せずに、さっさと前を歩いて行く。沙羅は仙台まで来たことを激しく後悔しているが、川島と会ってしまえば、まるで魔法にかけられたように言いなりになってしまうのだった。

駅前のパーキングに停《と》めてあった白いカローラで、川島が単身赴任して住まっている名取市《なとりし》の借家に向かった。

水田の広がる平野の中央を、ガラ空きの高速道路が走っている。遠くに松林が見える美しい景色だった。

「あの向こうには太平洋が広がっている。ビーチもあるし、すごくいいところだよ。毎週、有名な海産物の市が立つんだ。空港は近いし、車で三十分も走れば仙台駅だし、とても便利な場所だ」

「あたしは仙台市内かと思ってた」

「俺は地方出張が多いから、空港に近い方が便利なんだ」

あくまでも、自己中心的な夫。沙羅は、この見知らぬ土地で出産して、一人で子供を育てるのかと、これからのことを思ったが、それはまるでこのだだっ広い平野のように茫漠《ぼうばく》として、何のイメージも湧かなかった。

借家は、閖上地区の運河近くにあった。さすがに海が近いせいで潮の匂いが強い。耳を澄ませば、波の音も聞こえてくる。だが、すでに日暮れて海は灰色に変わり、ほとんど見えなくなっていた。

ごうごうと海鳴りが聞こえたような気がしたが、都会育ちの沙羅は、海鳴りがどんなものかわからず、ただ大きな動物の咆哮《ほうこう》のように聞こえて怖かった。

家は真新しかったが、ひと目見るなり、新建材を使った安普請だとわかった。沙羅は落胆が顔に出ないように努めるのに苦労した。そんなことでも口にすれば、すかさず川島に「お嬢さん育ちは、それだから嫌なんだ」と月並みな悪口《あっこう》を浴びせられそうな気がした。

実際にそんな言葉を使われたことはなかったものの、なぜか川島の反応だけは、びんびんと怖ろしいほど速く閃《ひらめ》く。自分の未来を描けないのとは逆だった。

ドアを開けた瞬間、違和感があった。シャンプーのような甘い香りが微かにしたせいだろうか。

「誰か来た？」

何気なく訊いただけなのに、川島は不快そうに口を歪めて罵った。

「何だよ、それ。いやがらせかよ」

「まさか。いい匂いがしたからよ」

「これだろ」と、川島は玄関の靴箱の上に置いてある芳香剤を指差した。「いい加減にしろよ。岡元さんってこれなんだから、本気にすんなよ」

側頭部に指を当てて、とんとんと叩いて見せる。

いや、そういうことではない。

沙羅は、頭に手をやった夫の白い指先を見る。あの手が自分の両の乳房を摑み、そして人間の内臓を掬《すく》い上げたのだ。急に吐き気がして、口許《くちもと》を片手で押さえた。

「トイレどこ？」

夫が指差す方向に、廊下をどたどた走った。奥のそれらしいドアを開くと果たして洋式トイレがある。沙羅は、タイルの床に膝を突いてえずいた。

「おい、大丈夫か？」

ドアの外から川島が訊ねる。

「大丈夫、悪阻《つわり》なのよ」

内容物はなく、黄色い胃液だけが出た。トイレットペーパーで涙と口許を拭って流そうとした時、便座に髪の毛が落ちているのを発見した。

三十センチはある長く細い毛は、どう見ても女の髪だ。また気持ちが悪くなって、再び膝を突いてえずく。

川島は沙羅が東京にいるのをいいことに、ここに女を呼んでいたのだろう。

川島軍団？　沙羅は吐きながらも苦笑する。軍団と名が付くからには、目的があるのだろう。女たちは川島に可愛がって貰いたい一心で出世競争でもしているというのか。

だとしたら、自分は軍団の最下層だろう。

沙羅は口を拭ってから、女の髪を指先で摘み上げてトイレを出た。

「これは何」

玄関先で、コートをハンガーに掛けている川島の前に突き出してやる。

「知らないよ、お前の髪だろう」

不潔な物のように、川島は手で払った。

「違う。こんなに長くないもの」

沙羅は、廊下に落ちた髪の毛を見失うまいと探しながら言った。

「お前のだよ」

「ううん、トイレの便座にくっ付いていたの。気持ち悪い」

「お前と同じ髪じゃねえかよ」

川島がいきなり沙羅の髪をむんずとひと摑みにして、後ろに強く引いた。沙羅は尻餅を突き、その反動で髪の生え際を傷めた。

「やめてやめて、乱暴しないで」

沙羅が哀願しているにも拘《かか》わらず、川島はまるで映画か劇画の一シーンのように、沙羅の髪を引っ張って、廊下の奥まで引きずって行く。

「お願いだから、乱暴しないで」

痛みに呻《うめ》きながら、懇願する。

「だったら、バカなこと言うなよ」

軽く背中を蹴られて、廊下をころころ転がった。しばらく離れているうちに、川島は沙羅を乱暴に扱うことに何の躊躇《ちゆうちよ》も感じなくなったらしい。

それも、あの岡元の電話のせいだと気付き、何も知らずに暮らしていられたら、どんなによかっただろうと思った。

しかし、よく考えてみれば、ことの発端は自分がドバイから光を連れて来たことなのだった。一人増えて一人減る。母親が亡くなり、その隙間に川島が忍び込んだ。食器棚にあった母のがま口の中の、川島の携帯番号が書かれたメモを思い出す。

すべては自分のせいだ。沙羅は痺《しび》れたように横たわったまま、赤ん坊が欲しかった自分の欲望を検証している。そのうち、手足が冷たくなってきた。だが、川島は起こそうともしないし、沙羅も意地になって横たわっていた。

川島の携帯電話が鳴った。

「はい、川島です」川島の声が聞こえる。「ああ、そうですか。了解です。斎場はどこ？　はい、了解。これからすぐに向かいます」

まだ倒れたままの沙羅に、川島が告げる。気のせいか、喜色に溢れている。

「東京で大きな仕事が入った。一家四人の心中だってさ。今夜が通夜で、三日後に本葬だそうだ。長いぞ。俺はこれから応援に行くから、一週間は帰れないよ」

沙羅はほっとして横を向いたまま答えた。

「行ってらっしゃい」

川島は再びコートを羽織って、アタッシェケースを持ち、家の前に停めたカローラに乗って出掛けてしまった。

沙羅は起き上がって洗面所に行き、激しく引っ張られた髪の生え際を鏡に映して見た。おでこの上の髪の根本から、少し出血している。

「あいつ、酷《ひど》いことするね」

鏡の中の自分を慰めて、洗面所の棚に入っていたメンソレータムを傷めた頭皮に付けた。傷にしみて痛かった。

その夜は、外出しなかった。知らない街の夜道を歩くのも躊躇われたし、すぐ近くに海があることも怖ろしくて、出歩く気になれなかった。だから、キッチンの戸棚に入っていたカップ麺を食べた。

それから、川島の洋服や持ち物を子細に調べ始めた。以前の沙羅ならば、他人の持ち物を点検するなんて、自身に恥ずかしくて絶対にできなかったはずだ。しかし、不思議なことに川島に関しては、全然平気だった。情事の証拠ではなく、川島が悪魔だという証拠を見付けたいと思っていたからかもしれない。

だが、何も変わったものは発見できなかった。疲れ果てて、二階のダブルベッドに横たわったのは、深夜二時近かった。

羽根枕に頭を沈めた沙羅は、思わず叫んだ。女の髪の臭いがしたからだった。明らかに、自分と違うシャンプーを使う女が使った形跡があった。あの長い髪の持ち主だろうか。

「気持ち悪い」

枕を蹴り飛ばした後、見知らぬ女と川島がさんざん使ったであろうベッドで、丸くなった。暖房器具を点ける間もなく、川島が出て行ってしまったので寒くて堪らなかった。何とか眠ろうとしたが、海鳴りのせいか、心が落ち着かない。

ようやく眠ったと思った途端、ドアが開いて川島が戻って来た夢を何度も見た。

『どうしたの』と、沙羅は回らぬ口で訊ねる。

川島が喪服を脱ぎながら答える。

『葬儀があるってのは嘘だったんだよ』

沙羅はすでにわかっているから頷く。

『そうじゃないかと思ってた』

『わかってるのなら、最初からそう言えばいいのに』

冷たい裸体が隣に滑り込んで来た。ざわざわと鳥肌が立つ。母親の遺体の冷たさと同じ。沙羅は、まるで死んだ人のようだと思う。

『怖いから来ないで』

『何が怖い』

川島の凍り付いた体が、沙羅の温かな体をまさぐる。氷柱《つらら》のような指が体内に差し入れられ、氷の掌《てのひら》が乳房を乱暴に摑む。心臓の辺りに尖《とが》った氷の耳が当てられて、沙羅の鼓動を確かめているのがわかる。

『やめて、食べないで』

恐怖で叫んだところで目が覚め、夢だと気付く。

うとうとすると、またドアが開いた。今度の川島はすでに裸体になって部屋に入って来る。

『また戻って来たの？』

川島が笑う。

『お前、寝ぼけてるよ。俺はとっくに戻っていたんだ』

ベッドの横に立った川島は勃起している。沙羅の手を摑み、無理やり握らせた。やはり、その冷たさに声をあげてしまう。しかも、尻にも長いペニスが付いて左右に揺れているのが見える。沙羅は、それがペニスではなくしっぽだと気付く。

『あなたは悪魔なんだわ』

『それがどうした』

川島に背後から激しく突かれながら、お腹の赤ん坊は大丈夫だろうか、と考えている。しかし、悪魔の子なら、このまま流れても仕方がなかろう。

そして、薄明の中で目を覚まし、夢でよかったと安堵する。その繰り返しで夜が明けた。


夢見が悪かったせいか、体調が悪い。側頭部に鈍痛があった。貧血でも起こしているのか、眠気が一向に去らず、体が重い。他の女の臭いのするベッドで寝ているのなんか嫌で堪らないのに、ぐずぐずと起き上がれないのだった。

外は風が強く、真冬のように冷たい。昼前、沙羅はさすがに空腹のために起き上がった。流しの下に、米の入ったビニール袋を見付けたので、炊飯器で飯を炊いてみた。冷蔵庫にあった塩昆布を入れて握り飯を作る。体を温めるスープもなく、握り飯だけを頬張っているうちに、さすがに惨《みじ》めになってきた。

川島がいないから、パソコンをネットに繋《つな》ぐ方法もわからない。

買い物に出るのは午後からにしようと、届いている引っ越し荷物を少し開けることにした。キッチンの隅に積んである段ボール箱は、母親の洋食器のコレクションだった。

沙羅は、安っぽい食器棚に、洋食器を並べていった。マイセン、ローゼンタール、ヘレンド、バカラ。

食器を並べ終えたら、少し気分がよくなった。とりあえず化粧をして、買い物に出ようと気分が上向きになる。

洗面所に向かった時だった。いきなり足を掬われるように大きく床が揺れて、何ごとかと驚いた。地震だと認識するまで、何が何だかわからず、ただ怯えて洗面台に摑まって蹲《うずくま》っていた。

揺れは収まるどころか、次第に激しくなった。洗面台の扉が勝手に開いて、化粧水の瓶や歯磨きコップが床に落ちた。家がギシギシと不気味な音を立てて軋《きし》んでいる。台所からは、食器が落ちて割れる音が響いてきた。やがて、バシッと大きな音がして、停電した。近所の家から、大きな悲鳴があがる。

洗面所の照明も消えて、家の中が急に薄暗くなった。とりあえず揺れが収まるまでは、この狭い空間にいた方が安全だろう。外に飛び出したくなるほど怯えている自分を宥《なだ》めながら、両腕で体を抱いていた。

何分経ったのだろうか。ようやく長い揺れは収まったようだ。よくも家が壊れなかったものだ。ほっとして立ち上がる。表では、軋む戸を開ける音や、大きな声で誰かの名を呼んでいるのが聞こえるなどして騒然としていた。

外に出て様子を訊こうと思ったが、知り合いもいないので、家の中でじっとしている。これほど大きな地震ならば、商店も開かないだろう。握り飯を作っておいてよかったと妙な安心をする。

居間に行ってテレビを点けたが、停電したままで映らない。携帯電話も通じないし、パソコンは不通。キッチンでは、案の定、母親の洋食器がすべて下に落ちて割れていた。その惨状を見ると、気分が落ち込んだ。ガスも点かないから、このままでは凍死しかねなかった。

やはり、外に出た方がいいだろう。しかし、この街に着いたばかりで地理も何もわからないのだった。

沙羅は、二階の寝室に戻って外を眺めた。表では、自転車に乗った男たちが慌ただしく駆けずり回っていた。

「津波が来るぞ」

「早く逃げろ」

　つなみ？　実感のない沙羅は、二階の窓から背伸びして海の方を眺めた。昨夕は気付かなかったが、漁船がたくさん港に停泊している。変わったことは何も起きていないように見えた。

　それでも不安に駆られて表に出た。ちょうど何ごとか叫びながら、市の広報車らしき車両が走り去った後だった。右隣の家では、老人が出て崩れたブロック塀を片付けている。

　避難中なのか、家族で連れ立って歩いて行く人もいたが、どの住人も比較的のんびりしているように見えた。

　ふと、左隣の二階からこちらを眺めている老女と目が合った。老女がガラス戸を開けて沙羅に訊ねた。

「あんたは川島さんのうちの人ですか？」

「はい」と、答える。

「東京の奥さん？」

「そうです。あのう、津波が来るんですか？」

「来るとは思うけど、どうかしら。そんなにたいしたことはないと思うわよ。二階にいれば大丈夫でしょ。避難するなら、公民館に行ったらどうですか」

「公民館はどこですか」

「ここから十五分くらい行ったところにあるの」

頭痛がするのに十五分も歩いて行くのは面倒だった。津波が本当に来るのかどうかもわからない上に、ただ風評だけで、知らない街を右往左往するのは嫌だ。『二階にいれば大丈夫でしょ』。老女の言葉にすがった。

台所の割れた食器を片付けていると、表で何か騒いでいる。箒《ほうき》を片手に出てみると、隣の老女を親戚らしき人が呼びに来ているのだった。

どうしても動きたくないという老女を説き伏せて、無理やり車に乗せている。どうしたのだろう。それほど切迫しているのだろうか。

ふと見ると、家の前の運河の水が急速に減っていた。底が露《あら》わになって、逃げ遅れた魚がぴちゃぴちゃ跳ねている。

隣の老女を乗せた車が、沙羅の姿を見付けてUターンしかけたが、諦めたのか、またくるりと前を向き、一心に内陸に向かって走って行く。

その時、波音とも風音ともつかない、不思議なざわめきが聞こえた。振り返ろうとした沙羅は驚いて立ち竦んだ。いきなりくるぶしまで黒い水に浸《つ》かって、足を取られそうになったのだ。

これが津波？

慌てて、家に飛び込んで玄関ドアを閉めようとしたが、水の浸入の方が遥かに速かった。瞬く間に、一階に激流が入り込んで来る。バリバリと窓ガラスが割れる音がした。階段を駆け上り、二階の寝室に飛び込む。窓の外を見て、思わず悲鳴を上げた。ほぼ二階の高さを船が行くのが見えたのだ。いや、船だけではない。車も看板も家も何もかもが沙羅の家目がけて押し寄せて来ていた。二階の窓ガラスが割れて、海水が入って来る。

「助けて」

沙羅がようやくその言葉を口にした時、川島との新居になるはずだった家は、土台からゆらりと動いて、沙羅をダブルベッドの上に載せたまま漂流を始めた。

沙羅は自分では意識しない何ごとかを夢中で叫びながら、窓から外に出ようとした。家の中にいたら死んでしまう。ともかく、屋根に上るのだ。

裸足《はだし》のままベランダに出た。フェンスに足を掛けて、屋根の軒を摑む。自分でも信じられない力が出て、何とか自力で屋根によじ上ることができた。その瞬間、屋根が電信柱に引っ掛かった。水の怖ろしい力で引き千切られた電線が飛んで来て、沙羅の右の頬と目の辺りを打った。手で触ると血が出ているようだが、痛みも感じない。沙羅は、瓦を摑んで屋根から振り落とされまいとした。

あちこちで土煙が上がり、ところどころ火が出ていたが、海水は怖ろしい量で陸地に押し寄せ続けている。あらゆる物が、あたかも洗濯機の中の洗濯物のごとく、大量の海水に揉《も》まれて、泥まみれになった。

逃げ遅れたのか、運転席に人を乗せたまま軽自動車が流れて行く。乗っているのは、幼女を乗せた若い母親だった。幼女が窓ガラスを叩いて何か叫んでいるが、押し寄せる海水と建物が壊れる音とに邪魔されて、何も聞こえなかった。沙羅と若い母親は、互いに絶望的な視線を合わせたが、それも瞬間で、あっという間に軽自動車は波間に消えて行った。

沙羅を乗せた屋根は内陸に向かって流れていたが、突然、強い力で海に戻され始めた。このまま引き潮で沖に流されてしまうのだろうか。沙羅は屋根にしがみついて飛び移れる物を探したが、急に右目が痛みだしたため、諦めて屋根の上に俯《うつぶ》せになったまま気を失った。

再び気が付いたのは、夜だった。沙羅はガレキの山の中にいて、かつ真っ暗な洋上を漂流しているのだった。誰かが啜《すす》り泣いているのが聞こえた。犬の鳴き声もする。生き残っている人間や動物が、このガレキの山の中に閉じ込められているのだろう、自分のように。

だが、沙羅の乗った屋根は波に打たれて、次第にバラバラになってきていた。辛うじて足を乗せている柱が海に沈みかけている。すでに足の感覚はないから寒さは感じなかった。

まさか、こんな死に方をするとは思わなかった。これが私の運命だったんだね、ママ。話が途中になっちゃったね、優子。あたしたち、仲がいいんだか悪いんだか。一人増えれば一人減る。あたしの代わりに誰が増えるのかしら。沙羅は星空を見上げて、最後に少しだけ笑った。

5

「田島さん、今ちょっといいですか?」

佐竹宏美に軽く声をかけられて、優子は足を止めた。内心はやや複雑だ。佐竹は遣り手のディレクターだが、優子の方が年上だ。しかも、地方局のアナウンサーからディレクターに転身した佐竹と比べ、生え抜きの優子ははるかに先輩でもある。先輩風など吹かしたくはなかったが、硬い声で返答する。

「いいけど何か」

「あの映像見ました。すごくよかったですよ」

佐竹は感心した表情を隠さず言った。意外な褒め言葉に、優子は戸惑った。

「何の話かしら」

「永野さんから、田島さんの動画が送られてきたんです。あの女の子、不思議な雰囲気がありますよね。あの子をそのまま使うのは難しいかもしれませんけど、田島さんがやってみたいお気持ちはよくわかります」

あっ、と優子は思わず声をあげた。

沙羅に頼まれてバラカを引き取った後、ことあるごとに動画を撮り続けている。それを永野に添付ファイルで送り、再度「子供の売買」というテーマで番組を作れないか、と提案していた。

一度は消失しかかった仕事への欲望が、バラカと暮らし始めてから、どういうわけかまた、夏雲のようにむくむくと頭をもたげてきている。

「永野さんが？」

「ええ、永野さんのメールには、現実はすごいぞ、お前もこれを見て勉強しろ、と書いてありました。動画をいくつか拝見しましたが、バラカちゃんには何だか不思議な魅力がありますよね。あんな小さくて売られてきたのに、ちっとも寂しそうじゃないというか、普通の子供にはない凄《すご》みがあります。本当にあの子は、売られてたんですか？」

佐竹は痛ましそうに眉尻を下げて声を潜めた。

「ええ、ドバイのショッピングモールで」

「すごーい」と、佐竹は左手を口に当てた。ダイヤの結婚指輪がきらりと光る。「あのショッピングモールでですか？　よくそんな事実に行き着きましたね。何でもあるショッピングモールでは子供も売っているって、それ、最高にグロい話じゃないですか。まあ、テレビで放映できるかどうかは微妙ですけど、いくらでも方法はあると思うし、事実である以上は絶対に取り上げてみたい話ですよね。そこの絵もあるんですか？」

「あるわよ。動画も撮った」

「場合によっては、もっと撮りに行けますね」

昂奮しているらしく、声が大きくなった。

「そうなのよ。だから、ずっと提案してきたんだけど、永野さんに反対されたのよね。あなたの『貧困もの』に材料を提供しろって言われて」

佐竹は慌てた風に否定した。

「とんでもないです。そんな失礼なことできませんよ。あたしはあんな危ないネタ取れませんもの」

「そうね。あたしも話を聞いた時はまさかと思ったけど、そのまさかがあるのよね」

「ネタ元はどこなんですか？」

「言えない」

「ですよね」と、佐竹は肩を竦めた。その眼差しに羨望が感じられて気分がよかった。

「永野さんも、バラカちゃんの映像見てから少し考えを変えたみたいです。これからは子供の受難シリーズとして、子供を大きく捉え直したいというようなことを仰《おつしや》ってました」

「ああ、なるほど。それならいいと思う」

ちょうどその時だった、優子の携帯に沙羅から着信があったのは。三月十日の昼のことである。

佐竹と話していた優子は、ちらりと発信元を確かめただけで出なかった。佐竹も、優子にかかってきた電話になど頓着せず、会話を続けている。

「バラカちゃんは今、田島さんと一緒に暮らしているんですか？」

「そうなのよ」

「どんな様子ですか」

「ごく普通よ。って、他の子は知らないけどね」と、微笑む。「何せ子育ての経験なんてないから」

「でも、特に問題行動もないわけでしょう。それもすごいことだと思いますけどね」

「そうなのかな」

優子は首を傾げた。問題行動なんて、考えたこともなかった。バラカは沙羅の家を出る時も不安そうではなかった。むしろ嬉しげに、優子の手を握った。環境が変わることに怖《お》じない、気の強い子供なのかもしれない。

「バラカちゃん、今は保育園に預けているんですか？」

二児の母親である佐竹は、心配そうに訊ねた。

「近くのベビーホテルよ。だって、つい四日前に預かったばかりなんだから。バラカを養子にしたのはあたしの友人なんだけど、今、妊娠中で大変なんですって。それで落ち着くまで、あたしが預かることになったの」

説明しながらも、沙羅は二度とバラカを引き取るつもりはないのだと確信している。その確信はバラカ本人にもあると見えて、まったく沙羅を恋しがったりしないのだった。

「認可外保育施設ですか。それは大変ですね」

「まあね。環境はよくないけど、夜まで預かって貰わなきゃならないし、仕方ないわよ。あなたはどうやって育てたの？」

佐竹も顔を曇らせた。

「うちは保育園と二次保育。それでも駄目な時は、主に主人の母に見て貰ってました。義母が駄目な時は、あたしの母親が田舎から出て来たりとか、それで何とか凌《しの》いでましたが、正直綱渡りでしたよ」

小さな子を抱えた母親の苦労など、バラカが来るまで知らなかった。優子は同情を籠めて頷く。

「ほんとに大変なことだってやっとわかったわ。熱なんか出ると保育園は預かってくれないんでしょうしね」

「はい、もちろんです。そうなったら、誰がどういうローテーションで入ってくれるかで組むんです。その算段するのがひと仕事でしたね。ダンナなんか我関せず、ですしね」

「夫がいないあたしと、そう変わらないのね」

優子がふざけて言うと、佐竹は真剣な顔で言った。

「そうですよ。田島さんは全部お一人でやってらっしゃるんですものね」

仕事だけでなく、結婚も育児も経験した佐竹には、大きく水を開けられたような思いがあったが、今バラカを得たことで、ようやく追い付いた気がするのだった。どころか、友人の養子を養育するという体験は、誰もしていないのだ。誇らしくもあった。

「田島さん、よろしかったら、お昼ご飯ご一緒にいかがですか?」

佐竹から誘ってきたので、優子は快く承知した。佐竹が初めて、優子を先輩として崇《あが》めようとしているのだと気付いたからだ。

二人並んで廊下を歩きながら、沙羅からメールも届いていることにようやく気付いた。文面に目を走らせた優子は、その切迫した調子が気になったが、佐竹を待たせてまで電話をかける気にはならなかった。沙羅のことだからきっと長くなるだろうし、川島と結婚して仕事を辞め、バラカをいとも簡単に手放した沙羅に、実はまだ怒りを覚えていた。

沙羅にやっと電話したのは、佐竹との食事を終えて、瑣末《さまつ》な仕事が一段落した頃だった。はい、と電話に出た沙羅は、「連絡が遅い」と突っ慳貪だった。せっかく電話したのに、と優子も腹立たしくなる。大学時代からの長い付き合いだが、このところ、互いに相手が気に入らない。優子の方はもちろん、沙羅が川島と結婚したことだが、沙羅が自分の何に苛立っているのかは、よくわからなかった。

沙羅が焦った声で、電話を切ろうとした。

「もうじき着くから、後で話す」

「ねえ、着くってどこ？」

「仙台よ。もう引っ越したの」

そういえば、引っ越すと言っていたなと思い出す。優子はのんびり訊いた。

「そうか。で、何が起きたの」

「変な女から電話がかかってきたのよ」

「えーっ、何だって？」

「川島があたしを裏切ってたことがわかったの」

思わず噴き出してしまったのはあまりにも無礼だったと思う。しかし、侮蔑を隠すことができなかった。やはり、そうだった。だから言わないこっちゃないよ。人を妊娠させておいて無精子症だなどと嘘を吐く男なんだよ。なのに、あんたは川島なんかを信用して、バラカを放り出した。

自分がその後、どんな返答をしたかは覚えていない。だが、沙羅は何かを怖れているような様子だった。

「優子、着いちゃった。あなたが連絡くれるの遅かったから、もう間に合わないよ」

「何が間に合わないの」

「あたしが仙台に行くの、止めてほしかったのに」

優子が言い訳を考えているうちに、沙羅は途中で切ってしまった。かけ直そうと思ったが、川島と一緒なのだろうからとやめにしたのだった。しかし、いつまでも後味が悪かった。沙羅はいったい何を不安がっているのだろう。

制作部に戻って、パソコンを立ち上げた。すると、デスクトップに今まで見たことのないソフトが出現していた。インストールするかどうかを訊ねている。怪しいのでクリックはしなかったが、一度電源を落として再起動しても、まだ表示が残っている。ウイルスではないが、どうやら何かの抱き合わせで入った怪しいソフトらしかった。自分のパソコンが汚された気がして、溜息が出た。

不意に、川島を思い起こした。妊娠させられた事実。避妊してくれていたはずなのに、どうして妊娠したのだろう。当時は事故だと思っていたが、最近の川島の変貌を見て、川島は嘘を吐いていたのではないかという疑問が消えなくなった。でなければ、どうして女たちが次々と妊娠するのだろう。女にとっては大事なことなのに、平然と嘘を吐く川島に、底知れない悪意が潜んでいるように思えてならなかった。

ふと奇妙な想像が浮かぶ。一度パソコンに入り込むとなかなか取り去ることのできない悪質なソフトのように、川島の精液を体内に入れた女たちは、ある運命に導かれているのではないだろうか。

不幸への道。

沙羅の疲れた様子を思い出して、優子は俄に心配になった。川島が広告代理店時代に結婚していた相手が今どうしているのか、一度調べた方がいいかもしれない。確か社内でのデキ婚で、娘が二人いたはずだ。

優子は、広告代理店に知り合いはいないかと、猛然と名刺の束を調べ始めた。何枚か見付けて、数人に電話してみたが、すぐにはわからなかった。

駅前のベビーホテルにバラカを迎えに行ったのは、午後八時を過ぎていた。雑居ビルの中にあるベビーホテルは、いつも出来合いのシチューのような安っぽい臭いが漂っている。

テレビを見ていたバラカが、優子を認めてにっこり笑った。ドバイでおかっぱにされていた髪は短く切られ、柔らかな茶色がかった色に変わっていた。おでこが広くて色白、目が大きく、愛らしい顔立ちをしている。

疲れた表情の中年の保育士が、それでも優しくバラカの髪を撫でながら言った。

「ずっとご機嫌で遊んでいましたよ。お夕飯も残さないで食べたし、バラカちゃんはほんとにお利口さんです」

「お世話様でした」

「明日、どうしますか？」

翌日の予約はしないことにした。そろそろバラカの服を買いに行かないと手持ちでは足りないので、テレビ局には適当なことを言って休もうと思っている。

沙羅はバラカの服や下着、玩具《おもちゃ》や紙おむつなどを別送してくれたが、その数は驚くほど少なかった。しかも、子供が出来たら、あれを買ってこれを着せて、何風の装いをさせる、と熱く語っていた沙羅の姿を思い浮かべることができないほど、貧相な荷物だった。

マンションまでの道のりを、バラカのかじかんだ手を引いて歩いた。三月だというのに、冷たい風が吹いている。今年は長く寒い冬だったから、春はまだ遠そうだ。

バラカが薄手のフリースとニットパンツだけで震えているので、優子は自分のストールを外してぐるぐると巻き付けてやった。

「暖かい？」と、訊くと嬉しそうに見上げる。

「わかるよね？　あたしの言葉」

優子が訊ねると、バラカは突然「ウ、マ」と、言葉を発した。

ウマとはママのことか。どこの国の言葉だろう。

「バラカちゃん、あんたはどこから来たんだろうね？」優子はバラカの小さな冷たい手を握る。「でも、気にしなくていいよ。これからは優子おばちゃんと幸せになろうね」

沙羅の実子と届けられた以上、ママと名乗るわけにはいかなかった。

その時、バラカが大きく頷いたように見えたが、小さな顔のほとんどがストールに覆われて見えない。愛おしくなって、その冷たくなった頰をそっと撫でる。

メールの着信があった。沙羅からかと思って見ると、宮古島の湯浅亮太からだった。

〈お元気ですか？　宮古の亮太です。

相変わらず、ご活躍してらっしゃることでしょうね。

そろそろ南の海が恋しくないですか？（笑）

今日の宮古は23度ありました。

そろそろ海水温も上がってくる時期です。貝も美味《おい》しくなりますよ。

ゴールデンウィークにでも、宮古に遊びに来ませんか？

もっと早くてもいいですし、そのまま島に居着くのも歓迎です。

あなたの部屋は一年中確保しておきます。R〉

かつてのままの優子なら、露骨な誘いに驚喜しただろう。

実らない仕事などさっさと諦めて湯浅と結婚し、宮古島でダイビングショップと民宿を経営することを夢見た瞬間も確かにあったのだ。

しかし、バラカを巡る仕事が認められそうな今の優子には、湯浅と南の島は、すでに魅力を欠いている。すぐに返信せずに、後でしようと放っておく。

その夜はいつものようにバラカと一緒に風呂に入り、狭いシングルベッドに並んで横たわった。

「明日、可愛いお洋服をたくさん買いに行こうね。もう春なんだから、買わなくちゃね。バラカちゃん、何色が好き？　赤？　ピンク？」

女性誌のグラビアページを見せて訊ねる。すると、驚いたことにバラカが自分で指差してたどたどしく答えた。

「ブ、ル」

「ブルーが好きなの。そうだよね、最初に会った時も、白いレースの襟が付いたブルーのワンピース着ていたものね。あれ可愛かったね。同じ色のお洋服買おうか」

そう言った途端、優子はハッとした。バラカがこの世の悲嘆をすべて背負ったかのような悲しげな表情をしたからだった。

「ごめんね、思い出させちゃった。あなたには思い出したくないことがあるんだね」

問題行動はないかと佐竹は訊いたが、バラカのこの感情の表出こそが問題行動なのではないだろうか。あまりに繊細で大人びた反応は不自然だ。

「それはママのこと？　あなたに何が起きたのか、覚えていたらあたしに話してみて」

バラカの大きな目に、見る見る涙が溜まって溢れた。まるで尽きぬ悲しみの泉のように。二歳足らずの幼女が言葉で説明できるはずもないのだ。優子はいくらでも涙が湧いて出るバラカの泉から、目を逸らすことができなかった。


翌日は、晴れてはいるが、強い北風が吹いて、まるで真冬のように寒かった。三月も十一日になれば、冬物も売っていないことに気付き、寒い中外出する気もせずに、優子は迷いながらだらだら過ごした。

昼前に、携帯に見知らぬ番号から電話がかかってきた。

「もしもし」と、おっかなびっくり出ると、昔仲良くしていた広告代理店の女性だった。今は、結婚して泉佐野市《いずみさのし》に住んでいるという。

「どうしたの、急に」

驚いて訊ねると、先方が苦笑している。

「どうしたのも何も、あなたが知りたいと言ったそうじゃない。川島さんのこと。だから、電話したの」

まだ会社にいる人間から訊かれたのだという。

「ああ、忘れていたわ。そうなのよ。でも、どうしてあなたが知ってるの？」

「あたし、川島さんと結婚した良美さんとは同期だったのよ。仲もよかったし、お葬式も行った」

「お葬式？」

動悸《どうき》が激しくなる。何が語られるのか怖い。

「知らなかった？　火事で亡くなられたのよ。ほんとに気の毒だった」

「いつの話？」

「ほんの数年前の冬よ。良美さん、再婚されてね。山口に引っ越されたの。それでお舅さんの煙草の火の不始末で、古いおうちが全焼して一家全員が焼死したのよ。お舅さんもお姑さんもご主人もお嬢さん二人とも亡くなられたって。本当に気の毒だったわ」

「知らなかったわ」

「山口で起きたことだし、結婚して姓が変わったからみんな知らないみたいよ。聞くとびっくりしてる」

「お葬式に川島さんはいらしてた？」

「来てなかったと思う。来てたら噂になるでしょう」

昨年再会した時の川島の変貌を薄気味悪く思っていたが、そんな悲劇があったのなら無理もなかろう、と納得もするのだった。

電話を切った後、ネットで新聞記事を検索してみた。確かに、三年前の十二月、山口市郊外で一家六人が焼死する火事があった。小学生くらいの女の子二人の顔写真に、川島の面影があるのが痛ましかった。沙羅にも知らせてやろうと携帯電話を取り上げたが、それも余計なことだとやめにする。

買い物に行くためにせっかく休みを取ったのに、ぐずぐずしていると夕方になってしまう。優子は急いで着替え、バラカを連れてマンションの部屋を出た。七階でエレベーターを待つ。上から降りて来たエレベーターに乗り込もうとすると、バラカが急に抗《あらが》った。足を踏ん張って、乗りたくないと駄々をこねる。

「どうしたの、珍しいね」

バラカが階段を指差した。そちらから行こうと言うのだろう。しかし、小さな子を連れて七階分も階段を下りるのは大変だ。優子は無理やりバラカの手を引いて乗せた。バラカは諦めたような顔で小さく嘆息する。その様子を見て、優子は嫌な予感がした。

下降し始めた途端、ガツンと大きな音がして、エレベーターが上下動した。その後、激しく揺れて右に左に壁にぶつかる。ワイヤーが千切れて落下するのではないかと思うと怖ろしかった。優子は悲鳴をあげてバラカを抱き寄せた。

大きな地震が起きている、と気付いたのは、エレベーターが停まったまま、ガタガタと揺れ続けた時だった。ようやく揺れが収まって階数ボタンを見ると、四階と五階の間で停まっている。それから電源が消失したのか階数ボタンの表示も消えて、グリーンの非常灯が点灯した。

抱いているバラカと目が合った。怯えているが、泣いてはいない。エレベーターに乗るのを嫌がったことを思い出して、バラカには地震が起きることがわかっていたのだろうかと不思議な思いに囚《とら》われた。

あちこちで人が走り回る音がした。

「誰か閉じ込められていますか？」

下の方から声がする。

「はい、閉じ込められています。七階の田島です。親戚の女の子も一緒です」

「手配しますので、ちょっと待ってください」

冷静な声にほっとする。親戚と付け加えたのは、親の連絡先を探そうと混乱するのを避けるためだった。

しかし、助けはすぐには来なかった。優子は電話をかけて家族や友人の安否を確かめようとしたが、携帯は通じなくなっていた。ただ、携帯の照明がほんのりとバラカの顔を照らした。

「バラカちゃん、寒いね。大丈夫？」

バラカが懐に入って来る。抱き寄せながら、優子は何となく安心した。この子と一緒なら大丈夫。生きていける。バラカには、人を安心させる何かがある。

「バラカ」という名前は、「神の恩寵《おんちょう》」だと説明した養子エージェントのナースの言葉を思い出した。だとしたら、バラカを手放した沙羅はどうなるのだろうか。

優子はこの時初めて、沙羅が死に瀕《ひん》しているような不吉さを感じた。

二時間後、ようやくエレベーターから助け出された時は、二人とも冷え切っていた。部屋に戻った優子は、すぐにバラカを暖かい毛布でくるんでベッドに寝かせた。

テレビを点けた優子は声を失った。仙台平野を、黒い海水が怖ろしい速さで呑み込んでいた。

「何これ！」

自分たちがエレベーターに閉じ込められて凍えている間、東北地方の沿岸部は巨大津波に襲われていたのだという。

しかも、大地震の被害は甚大だった。東京の交通機関はすべて止まり、帰宅困難者が出ている。閉じ込められたとはいえ、二時間程度で部屋に戻れたのは幸いだった。もし、デパートに出掛けていたら、帰宅するのに五、六時間かけて歩かねばならないところだった。

携帯電話が通じないので、家の固定電話でテレビ局に連絡をする。幸い佐竹が出た。

「特別番組のために、総動員体制になりました」

「すぐ行きたいけど、バラカを預ける算段ができないと思うのよね。できたら行くけど、無理かもしれない」

「タクシーも摑まらないから、みんな歩いて出社してますよ」

「歩くのはいいけど、バラカを預ける先が見付からないかもしれない」

「だったら無理しないでください」

そう言われたが、局員として駆け付けないわけにはいかない。優子の実家は新潟県だ。交通機関はすべて止まっているから、バラカを預けに行くわけにもいかない。

「いざとなったら、バラカを連れて行くしかないわね」

「可哀相だから、家にいた方がいいですよ」

そう言われたが、出し抜かれるのが嫌な優子はぎりぎりと奥歯を嚙んだ。テレビの画面には次々と信じられないような映像が映し出されている。

ぼんやりとその映像を眺めているうちに、薄暗くなった寒い部屋でテレビに見入っている自分に気付いた。沙羅が引っ越したのは、確か沿岸部の町だったと思い出す。

黒い水を見ているうちに、「不幸への道」という言葉が思い浮かんで、優子は激しく頭《かぶり》を振った。いや、違う。沙羅はバラカをいとも簡単に手放したからよ。

動悸が激しくなって、いても立ってもいられず、優子は部屋の中をうろうろと歩き回っていた。

6

優子は幾度となく沙羅の携帯電話にかけたが、何の反応もなかった。もちろん、東京でも携帯電話は不通になっていたが、沙羅の携帯は何のアナウンスもなく、うんともすんとも言わないのが不気味だった。

いやに部屋の中が暗いと思ったら、すでに日が暮れていた。熱い紅茶でも飲もうとキッチンに立った優子は、ガスが止まっていることに初めて気付く。大きな揺れでマイコンメーターが作動したせいだ。食器棚の中ではワイングラスが数個倒れて割れていた。グラスの後始末をしてから、マイコンメーターの復帰方法についてネットで検索する。大勢の人間がアクセスしているらしく、まったく繋がらなかった。諦めて、キッチンの引き出しに入れていた説明書を探した。

マイコンメーターは開放廊下のメーターボックス内にある。優子が外に出ようとした時、カーディガンの裾を、か弱い力が引き留めた。驚いたことに、ベッドに寝かせたはずのバラカが、いつの間にかそばに来て、小さな手で優子のカーディガンの裾を握っているのだった。弱いながらも握力を感じて、子供の大きな不安が伝わってくる。

いから」

「大丈夫、置いて行かないよ。お外でガスの栓を見て来るの。でないと、ご飯が作れな

「マンイ」

突然、バラカが言葉を喋った。はっきりと聞こえたが、外国語らしく意味がわからない。

「今、何て言ったの？」

優子が驚いて訊ねると、バラカは羞《は》じらって口を閉じた。ご飯という意味？　あるいは、「お母さん」という呼びかけかもしれない。そう思った途端、優子の中に、神の啓示のような確信が生まれた。

沙羅はすでに死んでこの世から消えた。だったら、自分が代わりにバラカを育てなければならない。

バラカが自分を「お母さん」と呼んだことで、違う扉が音を立てて開いたような気がする。優子は、バラカの小さな手を握った。

「じゃ、一緒に行こう。これからもずっと一緒だから、心配しないで」

ほっとした顔のバラカと手を繋いで、マンションの開放廊下に出た。外はとうに暗くなって、三月だというのに、まるで木枯らしのような冷たい風が吹き荒れている。人の姿はまったく見えず心細い。マンションの住人は、テレビ画面に釘付けになっているか、

都心から帰れないでいるかのどちらかなのだろう。

優子が復帰作業をしている間、バラカはカーディガンの裾をしっかり握ったままで横に立っていた。マイコンメーターを復帰させた優子は、バラカとともに部屋に戻り、とりあえずヤカンを火にかけた。マグカップを用意しながら、バラカに告げる。

「沙羅に何かあったかもしれないの。逃げていてほしいけど、初めての場所だし、知り合いもいなかっただろうから、逃げ場所がわからなかったんじゃないかと思って心配なの」

バラカの目に不安が過《よぎ》るのがわかった。言葉よりも、優子の戦《おのの》きが伝わったのだろう。本当に敏感な子だと感心する。

「マンイ」

バラカが優子を見上げてまた同じ言葉を発した。「ウ、マ」とか「ブ、ル」などと意味のありそうな単語を喋ったことはあるが、これほどはっきり言えたのは初めてだった。

誰も教えていないのだから、バラカの記憶の中にある言葉なのだろうか。まだ二歳にならない子供に記憶があるのか。優子は首を傾げる。

「マンイって、ママのこと？」

だが、バラカはもう何も言わない。興味を失ったかのように、テレビの方をちらちら振り返って眺めている。

テレビ画面には、同じ光景が繰り返し映っていた。ものすごい速さで田野を駆け抜ける黒い水。土煙を上げて次々と波に呑まれていく屋根の上で助けを待つ人々。曇った春の空から降りしきる雪。そして東京では、電車の運転再開を待つ人々の群れや、バスを待つ長蛇の列。炎を上げて燃える化学工場。

三陸の海沿いの市では、真っ暗な闇の中で街が燃えていた。そのオレンジ色の炎を見ていると、気が滅入《めい》った。あの炎の中で、何千人もの人が死んでいる。あの冷たい海に、いったいどれだけの人が引きずり込まれたのだろう。その中には、沙羅がいるかもしれないのだ。無惨で理不尽なことが容易に起きてしまう現実が怖ろしかった。

「沙羅、どこにいるの。ごめんね、あの時、すぐに電話しないで」

仙台市若林区の地域に数百人の遺体がある、という情報が流れた時、優子は思わず謝った。沙羅の家がある名取市はすぐそばだ。

炊飯器で飯を炊き、冷蔵庫にあった野菜で味噌汁《みそしる》を作り、卵を焼いた。バラカは文句も言わずに、一人スプーンを使っている。食事に関しては好き嫌いもなく、人の手を借りずに黙々と食べる、手のかからない子供だった。誰も頼れないスークにいたせいで、鍛えられたのかもしれない。

優子は自分の局の番組を見ながら、直通電話に電話して佐竹と話した。人気キャスターが出ずっぱりで、映像にコメントをしている。その丹念にメイクした横顔に、疲労の色が滲《にじ》んでいるのを認める。

「今日はやはり行けそうにないんだけど、どんな感じ？」

優子の問いに、佐竹が早口に答えた。

「被害は相当なものらしいです。でも、夜になってしまって全貌がわからないから、待機中ってとこです。男の人たちは全員集合で、みんなこれから被災地に向かうそうです。あたしたちは子供がいるから、局で遊軍です。万単位の死者が出ていると言われてます」

「万単位？」

怖ろしさに震えがくる。

「ええ、おそらく」

「今日は無理して行かないことにするね」

明日からの忙しさを思うと、ゆっくり休んだ方がよさそうだ。

「ええ、そうしてください。明日は電車も動いているでしょうから、それでいらっしゃるといいと思います。今日なんか、歩いて来ないとならないから」

「車は使えないの？」

佐竹は呆れたような声をあげた。

「いやだ、知らないんですか、田島さん。新宿からここまで五時間かかったって人がいますよ。タクシーも見付からないし、道路は大渋滞でどうにもなりません」

「そうよね。じゃ、無理だわ。それで明日なんだけど、子供を連れてってもいいかしら。多分、預けるところがないと思うのよ」

バラカは一人にされたら、さぞかし不安がるだろうからやむを得なかった。

「どうでしょうか。でも、こんな時ですから仕方ないですよね。預けられるところがないんだから」佐竹は溜息を吐いた。「ダメだって言われたら、堂々と自宅待機にすればいいんじゃないでしょうか」

「なるほど」と苦笑する。「あなたのうちはどうしてるの」

「うちはもう大きいから何とでもなります。家に辿《たど》り着いたという連絡がありましたから、大丈夫です」

「よかった。じゃ、明日ね。すみません、休んじゃって」

電話を切って、またテレビの画面に釘付けになった。今日はコマーシャルも入らない。ずっと報道番組だ。

インターホンが鳴った。こんな時に誰だろう、とマンションのエントランスのモニターを見た優子は、悲鳴をあげそうになった。

川島雄祐が映っていた。異様に痩せた顔に、二重瞼に整形した不自然な目。喪服と思《おぼ》しき黒いスーツに白いシャツ、黒いコートという姿だ。

川島は、優子が自分の姿を確かめているのを知っているかのように、画面に向かって顔を晒し、身じろぎもしない。優子は仕方なしにインターホンの送受話器を取った。何の用で来たのかわからないが、訪問は断るつもりだった。

「はい、田島です」

「川島です。こんばんは」

「何の用ですか？」

「たまたまこの近くを歩いてたんで、ちょっと寄らせて貰おうかと思って」

嫌悪が先に立ったが、沙羅のことも気になる。迷いながら返答する。

「ごめんね、ちょっと風邪気味で体調悪いんだ。だから、また今度にして。すみません」

冷たいとは思わなかった。川島なんかと結婚したから、沙羅に不幸が起きたのだ。こんな男とは二度と会わない方がいい。

「えっ」というような驚いた口の形を残して、川島の顔が映った。まさか優子が断るとは思ってもいなかったのだろう。それが癪だった。優子はインターホンから離れた。あんな男、絶対に家に入れてやるもんか。沙羅に何かあったら、川島のせいだ。川島だって、自分でも言っていたではないか。

数十分後、再びピンポーンとインターホンが鳴った。川島だったら出るのをやめようとモニターを覗き込む。だが、そこには誰の姿も映っていなかった。

「あれ、おかしいな」と、独りごちてから、優子ははっとした。もしかすると、マンションのエントランスにいるのではなく、玄関の扉の外側にいるのではないか。オートロックだが、住人の誰かと一緒に入ってくれれば、扉の前に立つのは可能だった。

優子は廊下から玄関扉を見て焦った。さっきマイコンメーターの復帰のために外に出た後、施錠するのを忘れていた。

いきなりドアがコツコツと叩かれた。

「川島です。入れてくださいよ」

早く鍵を掛けようと廊下を走ったら、先にドアが開いた。

「あれ、鍵掛かってなかったよ」

驚いた顔の川島が苦笑して立っている。

「やめてよ、勝手に開けるの」

優子は怒鳴ったが、川島は早くも靴を脱ごうとしている。

「ごめん、ちょっと入れてくれよ。頼む。相談があるんだ」

いくら昔長く付き合っていたとはいえ、厚かましくないか。優子は怒りより恐怖を感じて怒鳴った。

「嫌だ、入っていいって言ってないよ。あなた、図々《ずうずう》しくない？」

「ごめんごめん。まずトイレ貸してくれよ。コンビニなんか並んでいて、なかなか埒《らち》が明かないんだ。頼むよ」

「男なんだから、外ですればいいじゃない」

「そう言うなよ。寒いんだからさ、外は」

川島がコートを脱いで、リビングにずかずか入って来た。川島との付き合いを解消してから、ローンを組んで買ったマンションだから、川島は初めてのはずだ。それなのに、場所を知っていたことが衝撃だった。

「トイレ済ませたら帰ってね」

「わかってる」

川島がトイレに入っている間、バラカの姿が見えないのに気付いた。捜すと、ベッドの陰に蹲っている。

「どうしたの、あのおじさん怖いの？　前に一緒に住んでたでしょう？」

バラカは何も答えない。膝を抱えて、その膝に顎を載せるような仕種をしている。優子は話しかけるのをやめてリビングに戻った。一刻も早く、川島を外に追い出したかった。

「今日、大丈夫だった？」

白いハンカチで手を拭きながら、川島がトイレから出て来た。

「エレベーターに閉じ込められたわ。それで風邪気味なのよ」

憮然として答える。

「そりゃ災難だったね。どのくらいの時間？」

川島はダイニングテーブルの椅子を引き出して、勝手に腰掛けた。じろじろと室内を見回し、ワインセラーを眺めている。嫌な予感がした。

「二時間くらいかな」

優子は座らずに、両腕を胸の前で組んだ。拒絶しているのに、易々《やすやす》と入られてしまって悔しい。

「俺もこんなことになるなんて思ってもいなかったな。だったら、閑上なんかに家を借りなかったのに。でも、結果論だな」

川島がテレビの画面を見ながら、独りごとを呟いている。

「沙羅、大丈夫かしら」

思わず話しかけた。

「わかんない」くたびれ果てた様子で、川島が首を振った。くっきりした二重瞼が落ち窪んで、死人のような顔に見えた。どきりとして視線を落とす。「あいつ、妊娠してたんだよ。四カ月目だった」

「知ってる。男の子か女の子か、わかっていたの？」

「どっちでもいいよ、そんなの。もうダメかもしれないんだから」

「何でそんな不吉なこと言うの」

優子は泣きそうになりながら抗議した。

「だって、あの辺一帯にあった家が全部流されちゃったんだぜ」

川島が腑《ふ》抜《ぬ》けのような顔で嘆いたが、笑ったように見えた。

「逃げてるかもしれないじゃない」

優子は自分に言い聞かせるように言う。だが、さっき啓示のような確信を得たように、この世に沙羅はいなくなった、という思いが消え去ることはないのだった。悲しみを感じる余裕はなく、確信する根拠がどこからくるのかを考えると、自身の冷たさのようでひたすら怖かった。川島がぽつんと言う。

「ダメだよ。俺、運が悪いんだもん。そういう星の下に生まれてるんだよ」

バラカがやって来て、またしても、優子のカーディガンの裾を摑んだ。心細いのだろう。哀れになって小さな手を握る。川島がバラカに気付いて、頭を撫でようとした。

「光ちゃんか。元気だな。光ちゃんはおばちゃんに付いて行かなくてよかったな。命拾いした。光ちゃんはほんとに運がいいよ」

バラカは、川島にわざとのように「光ちゃん」と呼ばれて、身を固くしている。

「ねえ、あたし知らなかったんだけどさ」優子はとうとう口にした。「あなたの前の奥様は大変な目に遭われたんですってね。お気の毒だわ」

舅の煙草の火の不始末で、一家六人が焼死したという事件を思い出して言う。もし、沙羅に何かあったら、川島の実の子供は一人もいなくなったことになる。デキ婚なのに、皮肉過ぎないか。

「そう、三年前に火事で焼け死んだんだよ。娘も二人ともやられた。だから、あいつは山口なんかに行くべきじゃなかったんだ。方角が悪いんだ。新しい亭主とこっちで暮らしていればよかったのにさ。オヤジに月十五万の家賃払って」

吐き捨てるように言う。

「あなた、そのことが原因で転職したり、そんな整形したりしたの?」

思い切って口にする。そうだ、そうに違いない。優子は、自分が長く付き合っていた男の変貌を、滅多にない悲劇と結び付けようとしている。でなければ、これほどまでに薄気味悪く変わるわけがない。

「いや、俺が転職して、手術した後だよ。逆だよ」川島が口を濁す。「まったく関係ないよ」

では、川島の劇的変貌が悲劇を呼んだのか。しかし、それだけは言えない。

「あなたほど、人が変わった人って見たことない。本当に川島君なの?」

川島は顔を上げて優子をまじまじと見て笑った。

「ああ、川島だよ。でもさ、俺に言わせれば、沙羅だって変わったと思うよ。前と全然違う」

「どんな風に？」

思わず優子は椅子を引き寄せて座った。優子が話し始めたので、バラカは洛胆したように、寝室に戻って行った。

「ぎすぎすした怖い女になった。いつも、何かあたしに文句ありますか？　っていう風でさ」

「じゃ、あたしは？」

川島は窪んだ目をかっと開けて優子を見た。

「優子は変わらないよ。軽率で自己顕示欲が強くて、前と全然変わらない」

褒められたのか貶《けな》されたのかわからないままに、時計を見た。早く出て行ってほしかった。その仕種を見ていたのか、川島が言う。

「頼みがあるんだ。俺、これから仙台に帰って沙羅を捜しに行くけど、今のところ電車も走ってないし、ホテルもいっぱい、道路もずたずたらしいんだよ。それに東北は物資も何もないらしいんだ。だから、今日だけ、ここを拠点にさせて貰っていいかな。明日、買い物行って、装備を調えてから出て行くから。レンタカー借りて、行けるところまで行くつもりだ。迷惑はかけないよ」

まるで戦争だ、と思う。家族の無事は家族が確認するしかないのだった。川島が家にいるのはいやだったが、沙羅を捜しに行くと言われれば、無下に断れなかった。

「仕方ないね」と、不承不承頷く。

ほっとしたように川島が頰杖《ほおづえ》を突いた。

「何か食い物ない？」

入り込まれた、と優子は悔いたが、すでに遅かった。


翌朝、近くのコンビニに買い物に行った優子は棚が空になっているのに驚いた。菓子パンや弁当、ドリンク類がほとんど残っていなかった。僅かに残ったカップ麺を慌ててカゴに入れたが、滅多に食べないようなキムチラーメンだった。それでも、何でもいいから買おうと思う。他の客も同じと見えて殺気立っていた。我先にめぼしい食品をカゴに入れている。

「あっちのコンビニなんか空っぽだったよ」

「えー、やばい」

若い女の囁き声が聞こえてくる。念のために、懐中電灯やトイレットペーパーも買おうと思ったのだが、そのどちらも綺麗になくなっていた。心配になって生理用品をカゴに入れる。たった半日で、首都圏も異様な事態になっていた。

部屋に戻ると、バラカはミルク粥《がゆ》を半分食べ残して、コーギー犬の縫いぐるみで遊んでいた。その玩具は、ドバイの空港で優子がプレゼントしたのだった。

川島の姿が見えないと思ったら、玄関脇の優子の書斎で電話をしているらしく、声が洩れ聞こえてくる。

「わかった。どこまで運べるかが問題だな。今日、出来る限り集めろ。関西方面からも応援頼め」

電話を終えてリビングに戻って来た川島に言う。

「大変、コンビニでいろんな物がなくなっていた。お弁当もパンも何もなかったの。仕方ないから、カップ麺買って来た」

「悪いけど、それ貰っていい？」

「いいわよ」

優子の前に千円札が差し出された。

「何これ」

「カップ麺代だ」

「要らないよ」と言ったが、川島は皺《しわ》だらけの札を躊躇なくテーブルの上に置いた。金で片を付けるかのようで不快だった。

「あたし、お昼までに行くからもう出るけど、あなたは何時頃出掛けるの」

「わかんない。連絡待ち」

「何の連絡待ち？」

一人で沙羅を助けに行くのではなかったのか。怪訝に思って訊ねる。

「会社からだよ。これだけの人が死んでるんだ。いよいよ俺たちの出番になる。これから絶対に必要な仕事をするんだ。大量の棺桶《かんおけ》をどうやって運ぶか、打ち合わせている」

「沙羅のことは？」

「もちろん捜すよ。でも、限界はあるだろうな」

こんな男の妻となった沙羅が哀れだった。川島の子供を宿しているのに、捜す前から、「限界」などと言われたくはなかろう。

「人間が死ぬと最初に必要なのは棺桶なんだよ」

カップ麺を啜る川島の元に、数本の電話が入る。

「わかった、また連絡くれ」と、指示を出す川島。「いや、高知にも電話してくれ。頼む」

その顔は活き活きして見える。

「俺、夕方までここに居させてもらうかもしれない。光ちゃん、見ててやろうか」

一瞬、迷った。テレビ局にバラカを連れて行くのは無理そうではあった。予想通り、未曾有の被害が出ている。朝陽の下に晒されたのは、津波が去った後の、大量のガレキと遺体だった。おそらく、遊軍としてもきつい一日になりそうだった。しかし、離れたくはない。

「大丈夫、連れて行くわ」

息を詰めて優子を見ていたバラカがほっとした顔をした。この子は幼いのにわかっているのだろうか。不思議に思った時、携帯電話が鳴った。佐竹からだ。

「おはようございます。田島さん、大変です」

声が切迫しているので、何ごとかと身構える。奥の寝室に入って、ドアを閉めた。

「どうしたの」

「福島第一原発が爆発しました」佐竹が早口になった。「政府は発表していませんが、昨夜一号機が爆発。その影響で今朝、第二、第三、第四と次々に爆発しました。どうやら政府ははっきり言いませんが、チェルノブイリ級以上らしいんです。昨日の地震で外部電源を喪失したところに津波が来て、全部の電源が切れたらしいんです。もう手が付けられないんですよ」

「えっ？　よくわからない」

知識のない優子は混乱したまま、問い返した。

「はっきり言いますとね、今は放射能がばんばん出ていて、半径八十キロ圏内は全員避難です」

「ちょっと待って、東京は？」

「二百三十キロあります」佐竹は苛立ったように怒鳴った。「でも、風がこっちを向いてますから、放射能が降り注ぐと言われています。米軍も撤退するようです。うちの局もいずれ全員退避になるでしょう」

「じゃ、行かなくていいのね？」

「はい、あたしもこれから家に帰ってすぐに西に逃げます」

「西ってどこに行くの」

「わかりません」佐竹は泣き笑いのような声を出す。「主人と相談します」

「ああ、そんなSF映画みたいなことが起きるなんて」

優子はそう言ったきり、絶句した。

「ほんとですよね。ニュースには出るのは明日以降かと思います。それではお気を付けて」

もっと詳しく聞きたかったが、佐竹は焦っていて、これ以上は教えて貰えそうもなかった。だが、佐竹の情報は正しいし、きっと誰よりも早いだろう。落ち着け、落ち着け、と優子は久しぶりに爪を嚙みながら考えた。

西に逃げるとしたら、新潟の実家はダメだ。となれば、宮古島の湯浅のところはどうだろう。バラカを連れて逃げる。慌てて、優子は湯浅にメールする。

〈こんにちは。宮古島は揺れましたか？

東北地方の被害は甚大のようで心が痛みます。

今日、これから宮古島に行きたいのですが、大丈夫でしょうか？

またご連絡します。優子〉

メールなんかにしないで、電話を直接かければよかった。そう思った時、「マンイ」という叫び声が聞こえたような気がした。何だろう。周囲を見回す。またバラカが言葉を喋ったのだろうか。

寝室を出ると同時に、玄関のドアがバタンと閉まる音がした。川島が出て行ったのだろうか。玄関先にコーギーの縫いぐるみが落ちているのが見えた。しかも、川島の黒い靴が見えない。優子はバラカを捜したが、姿がなかった。

まさか、川島がバラカを連れて出て行ったのではあるまいか。優子は、慌てて走って外に出た。開放廊下にはもう誰もいない。下を見ると、川島がバラカを抱いて走って行くところだった。

「待って」

優子が上から声をかけると、川島が立ち止まって上を見上げた。にやりと笑っている。バラカが激しく泣いているが、頓着せずに走って行く。あいつは悪魔だ、悪魔。人の嫌がることをする男だ。

優子はバラカを取り戻そうとエレベーターホールに走ったが、一階でもたもたしているのかエレベーターは上がって来ない。急いで川島が走って行った方向を見下ろしたが、すでに姿はなかった。

何のためにバラカを奪うのだろう。

自分とバラカを悲しませるためだ、と気付いた優子は、「畜生」と叫んだ。どこまでも追ってやる。だが、西へ逃げなければならないことを思い出し、地団駄を踏んだ。

第二章　毒　獄

1

川島雄祐は右手にアタッシェケースを提げ、左手で子供を抱いたまま、ほとんど人影のない住宅街を大股でざくざく歩いた。商店はほとんどがシャッターを閉じていて、開いているのはコンビニだけ。が、コンビニも照明を半分落としているところが多く、街は死んだようだった。何度か携帯に着信があったが、田島優子からだとわかっているので、もちろん出ない。

子供は大声で泣き喚《わめ》くのはやめたものの、まだ時折しゃくり上げている。

「もう泣かないでくれないか。おじさんは、光ちゃんのパパだよ。ちょっと会わないうちに、忘れちゃったの？」

耳許で囁くと、子供はパパという語に反応してか、川島の顔を怖々と見つめる。一緒に暮らしていた時のことを思い出しているかのように、微かに首を傾げた。それでも緊張を緩めないのは、拒絶していることを全身で表しているのだろう。

二歳前といえば、まだ赤ん坊に近いのに、この子は少し違う。歳の割に理解力があるのは、持って生まれた特性か。それとも、思うようにならない運命を生きるうちに備わった能力か。

木下沙羅がこの子供を厭《いと》い始めたのは、その年齢を超えた聡《さと》さが原因だったと思い出す。いや、子供が来たせいで母親が死んだ、と信じ込んでもいた。

編集者という知的な職業に就いていたのに、そんなオカルトまがいの説をいとも簡単に信じるなんて、女は本当に馬鹿な生き物だと思う。しかも、自分が金で買ってわざわざ海外から連れて来たというのに。

川島は鼻先で嗤った後、大災害に巻き込まれたかもしれない妻をまったく案じていない自分に気付き、沙羅のことなど少しも好きではなかったのだと改めて思った。

それよりは、沙羅がドバイに行っている間に、無理に関係を持った母親の方がより現実的で、娘よりはるかに魅力があった。

優子の実家は地方で兄妹も多いから、もとより興味はなかった。その点、沙羅の家は世田谷の一等地にあって、敷地も百二十坪はある。しかも、母一人子一人で係累も少ない。

家の下見に行って、地価二億はくだらないと踏んだ後、上がり込むことに成功した。

「近くを通りかかったので挨拶したい」と嘘を吐き、優子と長く付き合っていたこと、沙羅とも最近会ったと話して、まず母親の信用を得た。

二度目の訪問の際は、離婚したばかりの妻と二人の娘を火事で失った打ち明け話をして同情を誘い、今の自分は母性的なものを欲している、と語るだけでよかった。

六十八歳の女と四十二歳の男。

沙羅の母親は、娘と同年の男と関係を持ったことに怖じていたから、沙羅とも寝たことがあると告げた途端にみるみる意気阻喪し、風船から空気が抜けるようにその生命力が萎《しぼ》んでいくのがわかった。さらに追い打ちをかけるがごとく、自分の目的は、お前たち母娘ではなく木下家の財産だ、お前たちには何の魅力も感じないし、醜悪なだけだ、と告げたら、その恥辱であっという間に弱り、死んでしまったのだ。

そんなことも知らずに妊娠した沙羅は自分と結婚した。そして、この震災だ。おそらく沙羅の命はないだろう。トントン拍子にことが運んでいる。残念なのは、沙羅がふしだらな母親のことを知らずに逝ったことだ。

途端に子供が何か叫んで、川島の腕から逃れたいとばかりに暴れだした。まるで川島の邪悪な心を読んだかのような反応だった。その勘の鋭さに逆に興味が湧いて、川島は子供の顔を覗き込む。

「お前はいったい何者なんだ」

白い頬がぷっくりと膨れて目が大きく、あどけない顔立ち。涙で濡《ぬ》れた真っ黒な瞳に、川島の痩せた顔が映っている。自分の悪相に我ながら苦笑した。

頭を撫でようとすると、子供はのけぞって川島の手から逃れた。川島に害意があることを知っているのだろう。

「なかなか賢いな、お前は」

川島は頭を撫でる代わりに、軽く引っぱたいた。子供は驚愕した後、諦めたかのような小さな溜息を吐いて横を向いた。そのおとなびた仕種が癪に障る。

赤ん坊だと侮ってはいけないのだ。子供や動物の勘が優れているのに驚いたことは、多々あったではないか。生物としての力が冴《さ》え渡るのは、余計な知恵など付いていない時期だ。そして、生死の境にある時。

川島は、一昨日《おととい》の通夜で見た姉妹の遺体を思い出した。五歳と二歳くらいの幼い姉妹は、しっかりと手を繋いで死んでいて、その手をなかなか解《ほど》くことができなかったと同僚から聞いた。どう考えても、手を握り合ったまま息絶えた、としか思えなかった。

マンションの一室で、親子四人が心中した事件だった。妻の難病のために、返せないほど多額の借金をしたのに、まったく回復が望めないとわかって悲観した夫は、心中を決意した。まず病床の妻を絞め殺し、それから子供部屋で寝ていた二人の娘を起こして盛装させ、妻の遺体を見せた。動揺する二人を次々に殺《あや》め、自分は首を吊《つ》った。

その葬儀への応援要請が来たのが十日で、仙台に到着したばかりの沙羅と別れて上京。通夜が終わった翌日の午後二時四十六分に宮城県沖を震源地とするマグニチュード9の大地震が起きた。それから、まっしぐらに優子のマンションを目指した。子供がいるとしたら、優子のところしか考えられなかったからだ。

そういや、死んだ子供の妹の方が、ちょうどこのくらいの体格だったな。

川島は、抱いている子供の体を数字に置き換える。身長は八十センチほどで、体重は十一キロあるかないか。棺《ひつぎ》の大きさは何号だろう。

「まあ、あなた、寒くないの？　お靴も、靴下も穿いてないのね」

考えに囚われてぼんやり歩いていると、擦れ違った中年女が腕の中の子供に話しかけてきた。非難するように川島の顔を睨む。

「裸足じゃ風邪引いちゃいますよ」

「あ、ほんとだ」と、頭を掻《か》いて見せる。

「パパ、気付かないで連れ出しちゃったのね」女が子供の剝《む》き出しの踵《かかと》に触れて、そっとこすった。「まだまだ寒いから、上にも何か着なくちゃね。パパ、ダメよね」

「昨日帰れなかったので」

川島が言い訳すると、女は不審な顔を向けて説教を始めた。

「こんな時にお子さん連れで大変でしたね。でも、昨夜《ゆうべ》からずっと裸足なら、肺炎になっちゃうわよ。子供はすぐ肺炎になりますよ」

「すみません、今後気を付けます。女房が仙台の方にいて、連絡が取れないんです」

葬儀の時に使う、慇懃な低い声音で礼を言う。お節介女には、付け入る隙を見せてはならないのだった。

「あら、そうでしたか。で、大丈夫だったんですか」

女が急にうろたえて顔を曇らせた。

「いや、わからないんです」と、心配そうに首を傾げてみせる。「ともかく取る物もとりあえず、行けるところまでと思って」

「そうですか、余計なことを言っちゃってごめんなさい」

「こちらこそ動転していて気付きませんでした。ご忠告ありがとうございます」

「いえ、すみません、すみません」

女が逃げるように謝って去って行く。人は、テレビやネットの中の他人の不幸には余裕を持って共感できても、実際に不幸な人間に出会えば、言葉を失って後退《あとずさ》るだけだ。

沙羅は子供を籍に入れたので、結婚した川島は義父に当たる。義理の関係の子供を連れているのだから誘拐ではないにしても、靴も履いていない普段着の幼児を連れ歩いては、確かに怪しまれるだけだろう。

川島は子供の服装を検分した。涎《よだれ》と食べこぼしの染みがあるピンクのフリースは見覚えがある。沙羅が買ってやったものだ。おむつで膨れた下半身は、灰色のニットパンツ。毛玉だらけで、どこぞのスーパーで売っているような貧しげな身形《みなり》だ。これでは、スーツ姿の川島が連れていると逆に目立つし、恥ずかしい。

「ママはケチだね。よし、パパが素敵な服を買ってあげるよ」

幹線道路に出て、ようやく来たタクシーを停める。マスクをした運転手が振り向き、暗い眼差しで子供を認めてから、川島の悪相を見て少し驚いた目をする。

「運転手さん、デパート開いているかな？」

「早めに閉めるみたいですけど、開いていると思いますよ」

「じゃ、新宿」

デパート名を告げて、携帯電話を取り出して確認する。優子から十本以上の不在着信があった。留守電も数本。その全部を消す。

会社からもメールが数通入っていた。今後、東北地方で葬儀の需要が増えるだろうとのことで、手の空いている者は現地に向かうことになっていた。だが、現地に行く術《すべ》がないので、今は情報収集と物資の調達中だとのこと。数日待機しろ、という命令だった。

沙羅はどうしただろう、もう死んだだろうな、お腹の中の子供も一緒に。と、灰色の空の向こうを見遣る。笑いが込み上げてくるのを必死に隠して、運転手に話しかける。

「運転手さん、仙台方面は行けないらしいね」

運転手が憂鬱そうに答えた。

「無理でしょうね。鉄道も道路も寸断されているそうですよ。飛行機飛ばしたって、空港がないんだからどうしようもない。どのくらいの被害が出ているか、想像もできないらしいですよ」

「そうだよな。まるで戦場みたいだったものな」

朝、優子の家のテレビで見た光景を思い出しながら言った。

川島の中には、巨大なカタストロフィを目撃しているという、狂気に似た昂奮があった。だが、もちろん、そんなことは誰にも言えない。川島の心の中は、言葉にしてはいけないことだらけだ。

「ええ、私、今年で六十歳になりますけどね。生きているうちに、こんな酷い災害が起きるとは思いませんでした」

「ほんとだよね」

適当に相槌《あいづち》を打ちながらも、そんなことはどうでもいいと思っている。膝上に乗った幼児の体温の高さが鬱陶しくてならない。足手まといの子供を早く始末したい。

子供は、どこでどう手を打ったのか、沙羅の実子として届けられていた。沙羅の死後、その遺産は子供も相続することになるのだから、自分が沙羅の遺産を全て得るためには、子供は沙羅が連れて行って、一緒に災難に遭ったことにするしかないのだった。

優子のもとから簡単に連れ出せたのは運がよかった。来るのが遅れてテレビ局に連れて行かれたりしたら、もう手出しはできなかっただろう。自分は悪事の天才だと思う。

デパートに着いたが、買い物客の賑《にぎ》わいはまったくなかった。客も店員も昨日の震災がショックなのか、悄然《しょうぜん》としている。

川島は真っ先に子供服売り場に行って、高級子供服のブティックで洒落《しゃれ》た小花模様のチュニック、春先に着るカーディガンとスパッツ、ショートブーツなどを買って、その場で子供に着せた。

見違えるほど可愛らしくなった子供を見て、店員たちが褒めそやしてくれた。

「家に帰れなかったから、助かりました」

そう言い訳するだけで、どの店員も気の毒がって優しくしてくれた。パンダの形をした飴《あめ》をくれる店員もいたが、子供は不思議そうに飴を眺めるだけで、特に嬉しそうな顔もしない。

まったく可愛げのない子供だ、と次第に黒い気持ちが高まっていくのを感じる。

幼児用のリュックサックを求めて、これまで着ていた服をすべて入れ、そのリュックを子供自身に背負わせた。慣れない重みで反っくり返りそうになる子供の体勢を立て直しながら、耳許で囁いた。

「これがお前の持ち物のすべてだ。大事にしろよ」

リュックを背負わせられた子供の手を引いて、上階のレストラン街に向かう。一番人《ひと》気《け》のない鰻屋《うなぎや》に入り、鰻重《うなじゅう》を注文する。わざわざ皿に取り分けてやったのに、子供は鰻が嫌いなのか、まったく食べようとしない。仕方がないから、肝吸いを飲ませてやったが、気持ち悪そうに肝だけ吐き出したのでむっとした。

「おい、肝は苦いだろう。俺は人間の肝も食ったことあるんだぞ」

たちまち怯えた顔をする子供の頭をぱちんと平手で打《ぶ》つ。弾みで、子供は顎をテーブルに打ちつけそうになった。それでも泣かない。

次第に我慢ができなくなって、邪険な扱いをしている自分に気付く。虐待と騒がれないだろうか。周囲の目が気になって、きょろきょろとあたりを眺め回したが、客は自分たち以外にいないし、店員たちも奥に引っ込んで見当たらない。

「嘘だよ、ごめんごめん」

前の妻との間に子供が生まれた時も、最初は面白かったが、最後は飽きてしまって顔も見なかったことを思い出す。あの子供たちが死んでしまったのは、別れた妻が不運な男と再婚したからだ、可哀相にな、と肩を竦める。

川島は休憩所のベンチに腰掛け、携帯電話の中に入っている住所録を眺めた。これから被災地に行くまで、しばらく子供が邪魔になる。どうしたものかと途方に暮れた。

ふと、岡元の存在を思い出した。岡元は、同じ葬祭会社の事務方の女だった。川島と関係したはいいが、川島が若い女と懇ろになる度に騒ぎを起こすので蔑《ないがし》ろにした途端に、嫌気が差したのか、会社を辞めてしまった。

千葉の自宅近くのスーパーの鮮魚売り場などに勤めたりしたらしいが、結局のところ、葬祭業が性に合っているると、またこの業界に戻って来て別の会社に就職した。

いつの間にか関係は消滅してしまったが、岡元はたがが緩んだのか、あるいは開き直ったのか、川島が関係するあちこちの女に忠告の電話をするようになってしまった。

岡元が沙羅に余計なことを吹き込んだせいで沙羅を蹴ってしまい、それが最後の別れになったのかと思うと、さすがに苦味が口の中に残る。この苦味を岡元にも味わわせなければ気が済まない。

川島は躊躇うことなく岡元の携帯電話にかけた。

「もしもし、川島です」

「あら、無事だったの？」

岡元は、一瞬残念そうな声を出した。

「俺が死んだと思ったんだろう」

「だったらいいけど、あなたみたいな悪人が簡単に死ぬわけはないわよね」

苦笑したようだ。押し殺した笑い声が聞こえる。

「そうかなあ。俺ほどの善人はいないのに」

「何言ってるの」と、声を張り上げた後、真面目な調子になる。「それにしても、悪運強いわね。ところで、今どこにいるの？」

今年で四十八歳になる岡元は、下ぶくれの顔をした愛嬌《あいきょう》のある女だ。

「東京だよ。一昨日応援でこっちに来てて助かったんだよ」

「奥さんも一緒？」

「女房はわからない。あいつだけ仙台に残ったんだ。昨日からまったく連絡が取れなくなったから心配してる」

「えっ、まさか」と岡元が慌てた。「あなたの自宅、あの辺なのよね。あの海岸線のところでしょう」

「そう、すごい被害らしいんだ。これから行くけど、どこまで行けるかわからないし、どうなっているのかも、ちっともわからない」

「そう。何でもないといいわね」声が沈む。

「よく言うよ。あんな電話しておいて」

「ごめんなさい。まさかこんなことが起きるなんて思わなかったから」

葬祭業で悲劇をいくらでも見ている岡元も、さすがに言葉が続かない。

「ところで、頼みがあるんだよ」

「うん、何でも言って」

「ちょっと子供を預かってくれないかな」

「だって、お嬢さんは二人とも」

岡元が言葉を切った。もちろん、二人の子供が火事で焼け死んだことは知っている。

「いや、沙羅の親戚の子なんだけどね」

この嘘が通じようと通じまいとどうでもよかった。ともかく、子供を預けてしまいたくてうずうずしている。

「悪いけど、お断りするわ」

意外な答えに驚いて頼み込んだ。

「どうして。頼むよ。これから女房を捜しに行かなきゃならないからさ。子供がいると困るんだよ」

「他の人に頼んでくれないかしら。あたしはこれから仕事だし、あなたの奥さん関連のお子さんなんて嫌よ。あなたは悪魔だから災いが移る気がする」

無下に断られて、さすがに腹立たしかった。

「おい、お前、沙羅に余計なこと言っただろう。だから、あいつは死んだんだぞ。お前のせいだ」

「逆よ。あなたと結婚したからよ。あなたと結婚した人はみんな災いに遭うのよ。いや、あなたと関係すれば何かしら災いに遭うんだわ。あたしだって親が事故死しちゃったし、兄のところは倒産したし、ろくなことはないの。ともかくあなたとは縁を切るからね」

岡元に頼めば、いつでも何とかなっていたのに、急に冷たくなったのは沙羅の受難のせいか。

「お前にも災いが降りかかるぞ」

最後まで呪詛《じゅそ》を言い終わらないうちに電話は切られた。ふと気が付くと、休憩所の側で遊んでいた子供の姿が見えない。このままいなくなってもいいかとあたりを窺っていると、まだ若い女が、自分の子供と二人、両手に引いて連れて来た。

「お父さんですか？」

「はい、そうです」

「エスカレーターのところで遊んでいました。危ないですよ」

「すみません、つい電話に夢中になって」

「お嬢ちゃん、おしめが濡れているみたいです。風邪を引くと可哀相なので、早く替えてあげてください」

「でも、今日は何も持ってなくて」

「そうですか。これ、よかったらお使いください」

女がママバッグから紙おむつを差し出したので、仕方なく受け取った。

「これはご親切に」

ぺこぺこと礼を述べながらも、世の中にはどれだけお節介な女がいるのだろうと腹立たしくてならない。紙おむつを乱暴にリュックサックの中に入れてやる。

「自分で替えろ」

はっとして振り向いた子供の目に、明らかな非難の色を見て川島はせせら笑った。

「お前に何ができる。まだ赤ん坊じゃないか」

それでも、子供は怖ろしいほど澄んだ目で川島を睨み付けている。

「おいで」

デパート内で泣かれたりすると困るので、無理やり手を引いて、とりあえず新宿の雑踏に出た。すでに陽は傾きかけて気温は下がっている。

いきなり電話が鳴った。会社からかと思わず出てしまうと、またしても優子からだった。

「もしもし、雄祐。酷いじゃないの。バラカちゃんを連れて行って。今、どこなの」

「俺の子だ。他人のお前に言われる筋合いはない」

「あなたが可愛がるとは思えないから、返してちょうだいよ」

優子は泣き喚く。辟易《へきえき》して怒鳴った。

「泣くな。電話切るぞ」

「お願いだから話を聞いて。切らないで」

優子が懇願した。いったい何が起きて、優子をこれほどまでに焦らせているのだろうと不思議になった。

「わかったよ。切らない。子供は知り合いに預けたんだ。俺は沙羅を捜しに行く」

「ね、東には行かないで」

優子が慌てて言うので問い返す。

「理由は？」

「あなたがバラカを返してくれたら、大事な情報を教えてあげる。まだ誰も知らないのよ。いずれ政府が発表すると思うけど、まだ誰も知らないの」

優子が秘密めいた長電話をしていたのはそのせいだったのか、と思い当たった。きっとテレビ局からの情報があったのだろう。

「何だ」

「バラカの居場所が先よ」

「わかった。子供は岡元って女の部屋にいる。千葉市内のマンションだ」

川島は、岡元のマンション名と場所を簡単に説明した。優子がメモを取っている気配があった。

「ありがとう。じゃ、そこにすぐ迎えに行くわ」

「で、何が起きた」

「福島第一原発が一号機から四号機まで爆発したそうよ。今、大量の放射能が東京にも降りかかっている。すぐに西へ逃げろと言われると思う。あたしはバラカを迎えに行って、それから新幹線で西に行くわ」

「俺たちには黙って、マスコミ関係だけチケット購入ってか」

優子はそれには答えなかった。

「ともかく教えてくれてありがとう。あたしは沙羅の子供を育てるからね。あなたはバラカに何の責任も感じる必要はないわ」

電話を切って、川島は考え込んだ。いずれ、優子からは岡元のマンションに行ったけど、子供はいなかった、騙《だま》したわね、という怒りの電話が来るだろう。そうしたら、また別の場所を教えてやろう。

そうだ、「聖霊の声」教会のヨシザキ牧師の下に優子を行かせるのはどうだろう。その思い付きに手を叩きたくなるほど昂奮した。

今、ヨシザキは群馬県のO市にいるはずだ。半信半疑ながら、優子は愚直に群馬まで出向き、時間を無駄に過ごすだろう。そのうち、事態が判明して、一千万の東京都民が西へと向かうパニック状態になる。優子はすでに出遅れて、群馬で立ち往生だ。

どうだ、本当に子供を育てる気概があるのか。俺に見せてみろ。川島は笑いながら、ヨシザキの携帯番号を探していた。いや、本当は記憶していたので、記憶が正しいかどうか確かめるためだけだった。

ヨシザキが俺を辱めたから、俺はヨシザキが怖れる悪魔になってやると誓ったのだ。そうではなかったか。

「もしもし、もしもし。ユウスケですか」

弾んだヨシザキの声がした。

「わお、久しぶりですね。私に連絡してくれたんですね、嬉しいです。いったいあなたがどうなったか、私はとても心配していました。もしもし、もしもし、どうして返事をしないのですか」

ヨシザキの声を聞きながら、川島は携帯電話を耳から離した。切らずに、だらりと腕を下げて、そのままにしている。

「もしもし、どうしました、ユウスケ。あなたは地震の時、どこにいましたか。大丈夫でしたか？ あなたのこと、時々思い出してましたよ」

時々かよ。川島はそのまま幼い子供の耳に携帯電話を押し付けた。

「もしもし、どうしました。ユウスケ。出てください。私に何か喋ってください。それとも何かあったのですか。あなたのことを祈っていました。ユウスケ、どこにいるのですか」

子供が受話器を耳に当てて、何かたどたどしく言った。

「ユウスケ、今のは誰ですか。もしもし、あなたのお子さん？　ユウスケ。せっかく電話をくれたのに、どうしたのですか。返事してください」

また子供が何か喋りそうになったので、川島は電話を取り上げて切ってから、子供の頭を平手で打った。今度は力が入ったので、子供の顔が痛みで歪んだ。

「ヨシザキ。俺は悪魔になったよ」

雑踏の中で呟いた。聞き取ったのは、じきに死ぬ運命にある子供だけだ。

「マンイ」

2

午後、川島雄祐は山手通《やまてどお》りの路肩に停車して、慣れないレンタカーのナビを操作していた。「群馬県　O市O町」と打ち込む。「聖霊の声教会」と続けて入れたが、場所は特定できなかった。どうせ狭い町だ。現地で訊けばわかるだろう。ヨシザキのところに行く、と決めた途端、身内にどす黒いものが湧き上がってくる。

「偽善者め」

ヨシザキを慕って群れ集う信者たちの前で、その正体を明かしてやりたいと願う。しかし、この切歯扼腕《せっしやくわん》するような思いには、まだ甘美さが残っていた。それが癪で、自分に腹が立つ。ヨシザキと会うのは、実に三年ぶりだ。

ふと顔を上げると、通りの向かい側にあるガソリンスタンドに、珍しく車列が出来ているのに気付いた。どれも乗用車で、運転しているのは全員主婦らしい。給油の順番を待つ顔には、焦りと不安が表れているように見受けられるが気のせいか。

もしかすると、原発事故の情報がすでに洩れ出ているのかもしれない。だとしたら、高速道路はすぐに混み始めるだろう。レンタカー屋も客が多かった、と思い出す。川島の後には、慌てた様子で飛び込んで来る客もいた。

田島優子のようなテレビ屋風情が知っているのだから、ツイッターやフェイスブックなどで、原発事故のことはじわじわと伝えられつつあるのかもしれない。急ぎスマホで検索したが、まだ噂は出ていなかった。口伝《くちづ》ての段階なのだろう。

川島は周囲を窺った。店のシャッターが閉まっているのはどの地域も同じだが、新宿付近だというのに、行き交う車も少ない。震災の衝撃か、道行く人も車を運転する人も、皆元気がないように見えた。

テレビは相変わらず、コマーシャルも入れずに被災地の映像を昼夜流し続けていた。濁流となって街を襲う津波。水に囲まれて孤立した病院。燃え続ける街。余震に怯える人々。液状化する街。未曽有の大災害に誰もがおののき、一夜明けても身震いが止まらない様子だ。

この上、福島第一原子力発電所の事故を知ったら、大パニックになるに決まっていた。

高速道路や幹線道路は昨日以上の大渋滞となって麻痺《まひ》するのは必至だし、列車もパンク状態になるだろう。首都圏に住む人間が一斉に避難するなんてことはできっこない。どう考えても、物理的に不可能だった。

しかし、大混乱は望むところだ。大嘘吐きのヨシザキが、この報せ《しら》にどう対処するかが見物《みもの》だ。信者など放って真っ先に逃げだしたいだろうが、果たしてどう出るか。川島はそれだけを見たいがために、ヨシザキの元に駆け付ける。

いや、本当にそうなのか。一瞬、タンニングオイルの甘い香りを嗅いだような気がして、軽く眩暈《めまい》がした。

その時、背後から小さな寝息が聞こえてきた。川島に一日引き回された子供は、後部座席でリュックサックを枕にし、俯せになって目を閉じていた。その疲れた様子にさすがに哀れを催して、川島は柄にもなく、黒いコートをばさりと上から掛けてやった。その重みに喘ぐかのように、子供は言葉にならない寝言を放つ。

出発しようと思ったが、まずは水や食料を手に入れておこう、と子供を車の中に寝かせたまま外に出た。

八百屋がコンビニの真似をしているような中途半端な店に入る。有名チェーン店ではないのに、ここもほとんどの棚は空っぽだった。仕方なく、紙パックに入ったジュースや売れ残った菓子パン、スナック菓子、皮が黒ずんだバナナや、不味《まず》そうなリンゴなどを、見境なくカゴに放り込んだ。思い付いて、紙おむつも入れる。

レジにいるのは、揃いの青い上っ張りを着た老夫婦だった。二人は、仕事そっちのけで、レジの後ろの棚にあるテレビに見入っている。もちろん、延々と流れる映像は大震災のものだ。

亭主の方が、はっとした顔で音量を上げた。釣られて見ると、NHKの臨時ニュースが始まっていた。青空を背景に、工場のような建屋が映し出された。上半分がなく、内部が剝き出しになっているようだが、かなりの遠景で撮られた映像らしく、ぼやけてよくわからない。そこに突然、切迫した様子のアナウンサーが登場した。

「午後四時になりました。ここで、臨時ニュースをお伝えします。本日午前九時二十三分、福島第一原子力発電所の一号機が爆発。四十分後に三号機、その二十分後に四号機が次々に爆発しました。午後一時過ぎには、二号機も爆発し、多数のけが人が出た模様です。津波で非常電源が水を被り、冷却装置が作動しなかったためと見られます。ただちに人体に影響はありませんが、半径八十キロ圏内に避難勧告が出ています。繰り返します。ただちに人体に影響はありませんが、半径八十キロ圏内に避難勧告が出ています。避難勧告地域にお住まいの皆さんは、急ぎ西へ避難してください。避難勧告地域にお住まいの皆さんは、急ぎ西へ避難してください」

次に、お馴染みになった東北地方の地図が大きく映し出された。だが、津波の被害を表しているのではなく、福島県の浜通りを中心とした同心円が描かれている。その円の中心に、福島第一原発があるらしい。

「ねえ、これ、どういうこと？」

ほつれ髪の目立つ妻が不安そうに亭主の顔を見た。亭主は腕組みをしたまま首を傾げている。

「八十キロったら、どのあたりだ。こんなにはっきり言ってるけど、東京は大丈夫なんだろうか」

「あたしたちも逃げた方がいいのかしら」

妻がおろおろ声で言った。数人いた買い物客も、テレビに目を据えたまま呆然と立ち竦んでいる。

「どこに逃げるんだよ」

とうとう発表しやがったか。事態はよほど切迫しているのだろう。しかし、これから帰宅して家族で相談するとしたら、行動を起こし始めるのは早くても明日の朝になる。ちょうど日曜だから、発表は土曜の夕方が好都合だと見たのだろう。

川島は五千円札をカウンターに置いた。

「釣りはいいよ」

「でも」と、驚いた顔の亭主が慌ててレジを打とうとするので、口早に告げた。

「急いでるからいい。東京もやばいらしいからさ、早く逃げた方がいい」

「逃げるってのは？」

「放射能だよ。テレビじゃ、今日の朝と言ってるが、昨日のうちに爆発したらしいよ。それも核爆発だってさ」

唖然とした亭主の顔を見て、川島は笑いながらレンタカーに戻った。ラジオを点けると、アナウンサーがテレビと同じ文言を繰り返し、絶叫していた。

いいぞ、とうとう地獄の門が開いた。大津波だけでは終わらない、本物の阿鼻叫喚《あびきようかん》がやってきたのだ。

今頃、原子炉の炉心は真っ赤に溶けて、格納容器を破らんとしているのだろう。やがて、格納容器などいとも簡単に破壊し、コンクリートの床を突き破って下へ下へと潜って行く。まるでエイリアンの吐き出す唾液のように、金属を溶かし、岩を溶かし、ありとあらゆるものを溶かして進んで行く。いったいどこまで行くのか。チャイナシンドロームか。

今も見えない毒が空を舞い、大地に降り注いでいるのだ。それも、未来永劫、人間を汚す毒だ。臨時ニュースでははっきり言わなかったが、この災害は広島・長崎の比ではあるまい。規模から言って、チェルノブイリも問題にならないほどのカタストロフィだ。

剝き出しになったチェルノブイリの発電所の火が、ごうごうと真っ赤に燃えていたという話を思い出し、川島は昂揚するものを覚えた。まさしく悪魔となった自分に相応《ふさわ》しい地獄の劫火だ。

元の妻と娘たち、沙羅や沙羅の母親。自分と関係した女たちは勝手に潰《つい》えていった。女などこの世に必要ないのだから、自分の周りに誰も残らなくても構わない。しかし、これほどまでの終末を味わえるとは想像だにしなかった。

全部、死に絶えろ。

死に絶えて凍れ。

川島は車を発進させて、新宿インターからいったん四号線に入った。そして、中央環状線の暗い地下道を抜けて一般道に出、関越道に向かう。関越はまだ空いていた。いや、西に向かっていないからかもしれない。今頃、東名は、西に向かう車が数珠繋ぎになっているのだろう。

「ワンワン」

突然、子供が喋ったので驚いて振り向いた。いつの間にか目覚めた子供が、リアウィンドウ越しに、後ろの車を眺めていた。その車の助手席に、大きな黒い犬が乗っていた。

「犬が好きなのか？」

川島はバックミラーで確認し、優しい作り声で話しかけた。だが、子供は答えずに、吸い付くようにして後ろの車を眺めている。

「そう言えば、お前も女だな。俺の周りは女ばかりだ」

「ワンワン」

子供が犬に向かって指を突き出した。

「あの犬も雌だな、きっと。女はもううんざりだ。みんな放射能でやられっちまえ。生き残るのは男だけでいい」

携帯電話が鳴った。追い越し車線を百二十キロで走行しながら、懐に手を入れて発信元を見る。案の定、優子だった。千葉の岡元のところに子供がいないので、怒ってかけてきたに違いない。

こいつは俺に関わる女の最後の生き残り。付き合っている時に、どうしてこんなにも優子に苛立たせられたのか、その理由がわかったのは、ヨシザキに出会ったからだった。

優子は女だから嫌いだ。頭が悪くて面倒臭いことばかり言って、迷惑きわまりない生物。お前ら、この世から一人残らず消えろ。俺の優性を示すために、子種だけはやるぞ。

神は、実に、そのひとり子をお与えになったほどに、世を愛された。
それは御子《みこ》を信じる者が、ひとりとして滅びることなく、
永遠のいのちを持つためである。
神が御子を世に遣わされたのは、世をさばくためではなく、

御子によって世が救われるためである。

不意に、「ヨハネの福音書第三章」が口を衝《つ》いて出た。この言葉は、ヨシザキが好んで口にしていた。ヨシザキは、川島と関係を持った後、さも汚らわしいものに触れてしまったかのように急いで十字を切ってから、一心に祈った。その祈りの言葉は何度も聞いているうちに、川島も覚えてしまった。

なぜ俺を否定する。なぜ、自分自身をも否定する。そんなに恥ずべきことか。

川島は、ヨシザキへの怒りに体が震えてきた。と、同時にヨシザキへの恋情で息が詰まりそうになる。女たちとの付き合いなど、ヨシザキと自分の濃密さに比すこともできないくらい、薄っぺらくつまらないものだった。

ヨシザキが熱狂的な「聖霊の声」教会の信者となり、牧師になったのも、キリストが男だからではあるまいか。聖なる「御子」は、男子でなければならない。

川島が、ヨシザキと知り合ったのは五年ほど前で、千葉県のN海岸でだった。そこは男たちがこっそり集まっては仲間を探す場所だ。

海岸は切り立った崖に囲まれていて、危険な道なき道を行かないと、浜に下りることはできなかった。故に、体力が備わった若い男たちだけのプライベートビーチになり、秘密は延々と守られてきた。やがて口コミで噂が広がり、全国から男たちが集まって来るようになった。

海岸に下りるのは容易ではない。山道で車を乗り捨てた後は、人が踏み固めただけの道なき道を、数百メートルも歩かねばならない。藪《やぶ》は危険で、毒蛇や毒虫が潜んでいる。藪の後はぬかるんだ湿地帯だ。渡した板の上を通り、ようやく手掘りの隧道《すいどう》に辿り着く。隧道の中は真っ暗、下は泥道だ。

隧道を抜けると、ようやく海岸が見渡せる崖の上に立つことができる。が、これからが最も危険な難所だった。崖に道などは付いていない。誰かが固定したロープを頼りに、五十メートル以上も断崖を下りるのだ。最後は三メートルもある段差を飛び降りねばならない。

しかし、苦労して辿り着いたビーチは素晴らしい。背後の白い崖は切り立ち、砂はあくまで細かく白く、海の水は澄んで波は穏やか。岩場もあって、景色は喩えようもなく美しかった。嬌声も聞こえなければ、子供の泣き声もない。男たちは誰にも邪魔されず、相手を選ぶことができるのだ。

川島はまったくそんな知識もなく、たまたま近くを通りかかった。なぜ、そんな辺鄙《へんぴ》な山中にいたのかと言うと、研修のための保養所を下見に行った帰りだった。まだ広告代理店に勤めていて、ある政党の政治塾の企画を担当していた。保養所はあまりに場所が不便なので、使えないという報告をしたばかりだった。

七月の週日のことで、海水浴でもして帰ろうか、と車を走らせている時だった。峠から、はるか下に浜辺が見えた。断崖絶壁に囲まれた小さな浜辺だが、真っ白な砂が眩《まぶ》しい。しかし、下りるのは難しそうだと諦めかけた時、浜辺に人がいるのが見えた。数人の若者が泳いでいる。奥には青いビニールシートも見える。

何とかそこに行ってみたいと、車の中で着替えて、Tシャツと短パン姿で外に出た。幸いなことに、先を行く男がいた。その背中を追って必死に歩いた。ようやくビーチに下りた川島は、驚いて立ち竦んだ。

数十人の先客がいたが、ほとんどが若い男たちだった。中には、全裸で闊歩《かっぽ》している者もいる。禁断の場所だったか、とようやく気付き、どうしようかと迷っていると声をかけられた。

「足から血が出ていますよ」

不思議な抑揚だった。振り返ると、川島と同年くらいの男が心配そうに眉を顰めていた。川島よりも背は低かったが、陽に灼けた体は逞しく、ビキニ型の黒い海水パンツが似合うのが異国めいていた。

驚いて足を見ると、藪を歩いた時に切ったらしい切り傷がたくさん出来て、血が数筋流れていた。ビーチサンダルで崖を下りて来たので、足裏にも切り傷がある。

「あなた、この格好でよくあの道をいらっしゃいましたね」

男は丁寧に言い、跪いて川島の足に手で触れた。思わずぞくりとして、足を引く。

「いや、初めてなので、こんなに険しいなんて知らなかったんです」

「どこで、この場所をお知りになったのです？」

男の言い方はあくまでも優しい。

「いや、崖の上からビーチが見えたので」

川島は言葉を切って、興味深そうに自分たちを注視している男たちを見回した。あからさまに色目を使う者もいれば、仲良く肩を組むカップルもいる。皆、タンニングオイルを満遍なく塗りたくっているせいか、体はてらてらと黒光りしていた。

「いらっしゃい。手当てしてあげますよ」

男のブルーシートに招かれて、傷を手当てして貰った。数カ所に絆創膏《ばんそうこう》を貼ると、男はアイスボックスからバドワイザーを取り出し、川島の手にその冷たい缶を握らせた。

「これはすみません」

「私はルイス・マモル・ヨシザキです。ブラジルから来ました」

ヨシザキは、胸に手を当てる仕種をしてお辞儀した。

「ああ、道理で」

「道理で何ですか？」

ヨシザキはまっすぐに川島の目を見つめる。

「丁寧な言い方をするから。日本人と違う」

「そうですか。私のお祖父《じい》さんは日本から来ました。お父さんと私はブラジルで育ちました。国籍はブラジルですが、血は日本です。あなたのお名前は何というのですか」

川島が名を教えると、ヨシザキは嬉しそうな顔をした。

「ユウスケと呼んでいいですか？」

そして、自分の缶ビールを出し、「乾杯」と言った後、勢いよくタブを引き上げた。

「あなたはとても運がいい。どうしてですか言いますと、まず私と出会えた。私はあなたをとても尊敬して、とても好きになるでしょう。会ったばかりなのにどうしてですか、あなたは思うかもしれません。でも、私にはわかります。あなたがこの海岸に下りて来られたのは、神のお導きです。神は私とあなたを出会わせてくださったのです。私はひと目見るなり、あなたは私の探していた相手だと気付きました。これは本当です。ユウスケ、あなたは私を拒みますか？」

川島は何と答えていいかわからずに黙っていた。ヨシザキはあまりにも率直で雄弁で、まったく太刀打ちできなかった。

「拒んでも構いませんとも。あなたが拒むのは、あなたがまだ私に慣れていないからだと思います。そして、私たちの楽園にも慣れていないからでしょう。ここは私たちの夏の楽園です。ご覧なさい」

ヨシザキの指す方向を見ると、岩陰で男たちが抱擁していた。これが楽園だというのか。戸惑いを隠せず、目を背ける。

「あなたは女の人が好きですか？　ユウスケ」

なぜか川島は首を横に振っていた。

「いや、あまり好きではない」

「そうでしょう。私にはあなたの気持ちが手に取るようにわかります。私たちは皆、女の人から生まれました。でも、それだけ。母は偉大な存在ですが、愛を交わす相手ではありません。そうでしょう。女の人よりも、男の方が強く賢く、そして美しいのは当たり前です。どうですか、ユウスケ。私は美しいと思いますか？」

ヨシザキは川島の目を覗き込んだまま、堂々と訊ねる。短髪は整えられ、陽に灼けた膚は肌理《きめ》が細かい。何よりも美しいのは鍛えられた胸筋だった。川島はゆっくり頷いた。

ヨシザキは満足そうに息を吐いた。

「私はサッカー選手でした。私は優秀なミッドフィルダーでした。私がゴールを決めた日は、私に抱かれたい少年が列を作りましたよ。あなたは私に抱かれたいですか？」

川島は首を振る。

「わからない、男と寝たことはないから」

「それは何と気の毒なことでしょうか。私たちは同胞で親友で恋人同士になれるのですよ。女の人は若ければとても綺麗。でも、それだけ。頭は空っぽで、自分のことしか考えられないし、心はとても狭い。嫉妬深くて、他の女と話すだけで怒る。そんなことはありませんか？　女を恋人にした途端、あれしろ、これしろ、男はみんな奴隷として扱われるのです。でも、私とあなたは対等です。あなたは私の奴隷ではなく、私もあなたの奴隷ではない。互いに尊敬し合う友人同士なのですよ」

気が付けば、ヨシザキの手が太腿を撫でさすっている。男に口説かれるとは思ってもいなかったが、ヨシザキの弁舌は爽やかで心地よかった。

「ユウスケ、この匂いを嗅いでごらんなさい」

茶色い小瓶を鼻先に近付けられた。

「これは何ですか」

「いいから、匂いを嗅いでごらんなさい。とても気持ちよくなれますよ。それもあっという間にね。これを嗅いだ後に、ゆっくりビール飲んでリラックスして」

言われるがままに、小瓶の蓋を開けて匂いを嗅いだ。ツンと刺激臭がしたが、トイレの芳香剤のような甘い香りが付いている。たちまち体がふわりとするような浮遊感が襲ってきた。これはドラッグだ、まずい、と思ったが、後の祭りだ。頭痛のような滞りがあって少し不快になったが、二度目に吸い込んだ時はそれも消えて、ビールの酔いとともに、心地よい気怠《けだる》さが全身に広がっていく。

「あの岩陰に行きませんか？　そこで裸になりましょう。私はあなたの裸が見たい」

川島はどうでもよくなり、ヨシザキに手を引かれたまま言いなりになった。岩の上から覗き込む、たくさんの男の視線を感じながら、川島は生まれて初めて同性に抱かれたのだった。ヨシザキは手慣れていて、川島を何度もエクスタシーに導いた。

日陰の砂は冷たくて気持ちがいい。そのまま横たわっていると、ヨシザキの声がした。

「また会いましょう、ユウスケ。来週の朝、ここに来れますか？」

もう去っていくのか。驚いたが、気怠くて動けない。そのまま俯せに横たわっていると、他の男の声がした。

「ねえ、そろそろ帰らないと陽が翳るよ。暗くなると危ないから、もう上に上がった方がいい」

顔を上げる。まだ高校生のような少年が心配そうに覗き込んでいた。

「ヨシザキさんは？」

「あの人なら、とっくに登って行った」

慌てて身支度して、周囲を見回した。断崖絶壁に囲まれた浜だけに早く陽が翳るとみえ、浜辺で遊んでいた男たちも、次々に撤収している。

「ここは三時前に帰った方がいいよ」

先ほどの少年に言われて、川島はまだドラッグとビールの酔いが残る頭で、必死に崖を登った。隧道を通り、藪を抜けて自分の車を見た時はほっとして膝が震えたほどだった。

車中で水を飲みながら、考えた。あれは夢だったのだろうか。しかし、体の痛みが、夢ではないことを物語っている。とうとう知らない道に迷い込んでしまったのだ。川島は頭を抱えたが、自分が来週もこの場所に来るような気がした。

来た道を走らせていると、峠の道端にヤマハのオートバイが停まっていた。ちょうどN海岸が見下ろせる岬の突端に、ヨシザキがいるではないか。

ヨシザキは、跪いて何かを祈っているような姿だ。近くに寄ると、一心に祈る声が聞こえた。

「神よ、私をお許しください。私は飲酒しました。私は煙草を吸いました。私は嘘を吐きました。私は情欲に負けました。神よ、愚かな私をお許しください。私は男と姦淫《かんいん》したのです」

ヨシザキは両手を組み、がっくりと項垂《うなだ》れたまま動かない。泣いているかのように肩を震わせている。

「ヨシザキさん」

川島が声をかけると、ヨシザキは振り向かずに怒鳴った。

「あっち へ行け。俺が神に許しを乞うているのがわからないのか」

「わかった。もう会わないよ」

川島は怒って踵《きびす》を返したのだった。


しかし、翌週になると、ヨシザキに会いたくて堪らなくなった。どうにも自分を抑えることができず、会社にも家族にも適当な嘘を吐き、明け方には家を出た。行く先は、もちろん千葉のN海岸である。

車を乗り捨てた場所に、ヨシザキのオートバイが停まっていないかと探したが見当らない。半ば諦めつつも、とりあえず行ってみようと今度は装備した姿で獣道を歩いた。ビニールシートも、飲み水を入れたクーラーボックスもすべて揃えて。浜に着いたのは、まだ午前九時前だった。

「遅かったですね。私は前の晩からユウスケを待っていました」

ヨシザキの声がした。崖の隅にテントが張ってある。満潮になれば、ほとんど海と化しそうな狭い浜で、ひと晩明かしたというのか。

「ヨシザキ」

「ルイスと呼んでくれ」

ヨシザキが川島の耳たぶを噛みながら囁いた。情欲に負けたと泣きながら祈っていた男が、歓喜に震えている。川島は激越なヨシザキに引き込まれたいと願いながら、朝の波を見た。ルイスが川島をきつく抱き締めて祈った。その祈りを聞きながら、川島は確信した。これは二人にとっての「わざわい」なのだ、と。

3

「聖霊の声」教会は、インターネットを活用するから、立派な教会など必要としない、とヨシザキに聞いたことがある。信者と牧師を結ぶのはネットだ。教会は、潰れたディスコやボウリング場など、使われなくなった街の建物を再利用して済ませる。費用の節約だけでなく、便利な場所にあって住民に馴染みのある建物を有効活用することにより、信頼を得るのだという。

O町の「聖霊の声」教会も、元は映画館だった古いビルの中にあった。メインストリートの真ん中にあるとはいえ、通りには車も人影もなく、早春の冷たい風が砂塵《さじん》を巻き上げて吹き荒れている。広大な関東平野の、典型的な田舎町だった。

夕飯時なのに、閑散としているのは原発事故のニュースのせいもあるのだろう。家の軒やマンションのベランダに取り付けられたパラボラアンテナは、まるで祖国を恋うるかのように、一斉に同じ方向を向いている。

川島は教会の前に車を停めて、後部座席の子供に命じた。

「中で待ってろ」

だが、子供は高速を下りて○町に入った時から、立ったり座ったりして落ち着かない様子だった。靴のままシートに上がり、小さな拳でガラス窓を打ち始めた。普段おとなしいのに、急に昂《たか》ぶったのはどうしてか。川島は首を傾げた。

「いいから、お前はここで待ってろよ。話が付いたら迎えに来る」

子供が何か叫んだ。「マンイー」と聞こえる。母親の意味なのか、わからない。また、わかろうとも思わない。

「外に出たいのか？」

その通りだ、と答えるかのように、子供は前の座席の背を平手で叩いた。その力強さに驚きながら、川島は渋々後部のドアを開けた。

車の中で騒がれたら、通行人に虐待だと通報されるおそれがある。幼児連れだと目立たないと思っていたら、意外と気にかける女が多いから要注意だった。自分はちっとも父親らしく見えないので怪しまれているのだろうと苦笑する。

「わかったよ。お前も来るがいい」

川島が幼児連れだと知ったら、ヨシザキはどういう反応をするだろうか。それを見届けたい気もして、川島は子供の手を引いて教会の中に入って行った。

元は映画館のロビーだったであろう場所に、小さなテーブルが置いてあり、上にパンフレットが積んであった。「失敗のサイクルを断て」と書いてある。

あなたの失敗のサイクルを断ちましょう。
失敗のサイクルは誰にでもあります。
ちっとも恥ずかしいことではありません。
あなたの失敗のサイクルが何かを見極め、
断つように努力いたしましょう。
あなたの失敗のサイクルは何ですか？
飲酒？　喫煙？　麻薬？
窃盗？　姦淫？
ギャンブル？　怠惰？　嘘？
過食？　浪費？
恥ずかしがらずに、私にあなたの秘密を打ち明けてください。
自分は弱い人間だ、と諦める前に、
私と一緒にその悪いサイクルを断ちましょう。
そして、心の中に潜む悪魔を追い払おうではありませんか。
憎むべきは悪魔であって、あなたではありません。

※この紙にあなたの失敗のサイクルを書いて、私に渡してください。
ルイス・マモル・ヨシザキ牧師

パンフレットには空欄があって、そこに自分の「失敗のサイクル」を書き込むようになっていた。川島はペンで、「ルイス・マモル・ヨシザキ」と、大きな字で書いた。

両開きのドアを開いて映画館のホールを利用した礼拝堂に入る。子供は急《せ》かされているせいか、時折、非難するような強い眼差しで川島を見上げる。

二百ほどの席は空っぽで、誰もいなかった。だが、舞台上の十字架の前に、男が一人立って観客席の方を見ていた。

元は映写室らしい小部屋から、男に向かってライトが当てられている。さながら一人芝居のように、全身にライトを浴びた男は喋り始めた。

「皆さん、今日はお集まり頂きましてありがとうございます。大変なことが起きました。神に召された、たくさんの尊い命のために祈りましょう。今、私たちができることはそう多くはありません。しかし、どこでも誰にでも、できることがたったひとつあります。祈りです。神様にこの声が届くよう、一心に祈りを捧《ささ》げようではありませんか」

がっちりした体軀《たいく》に張り付くような、プレスの効いたシャツ。それも、浅黒い顔が映える真っ白なシャツだ。そして、太腿の筋肉を浮き上がらせるための細身の黒いパンツ。

靴は軽快なスニーカーだ。横に置いてあるサッカーボールで、パフォーマンスを見せるのだろう。

ヨシザキは早口に祈りを捧げた後、今度は芝居がかった動作で虚空を睨んだ。

「今日、私たちはさらに怖ろしいニュースを耳にしました。福島の原子力発電所の事故です。大地震、大津波、そして原発事故。神は日本国に大きな試練を与えられました。事故が早く収束することを心から願い、犠牲になった方々のために、そして福島を離れざるを得なかった方たちのために、再び祈りを捧げましょう」

ヨシザキは低いがよく通る声で、川島もよく知っている「詩篇《しへん》第二十三　ダビデの賛歌」の有名な個所《かしよ》を呟いた。

「主《しゆ》は私の羊飼い。私は、乏しいことがありません。

主は私を緑の牧場に伏させ、いこいの水のほとりに伴われます。

主は私のたましいを生き返らせ、御名《みな》のために、私を義の道に導かれます」

どうやら礼拝の予行演習をしているらしい。川島は後方の端っこの席に腰を下ろして、横に子供を座らせた。子供は不安そうに舞台上のヨシザキを凝視している。

胸の前で十字を切ったヨシザキは、ライトの方を見つめて苦しげな表情をした。懊悩するキリストの芝居をしているようでもある。

つい、川島は見とれていた。ヨシザキは三年前よりも筋肉が付いて、精悍さが増したようだ。反対に、醜く悪相になった俺を見て、どう思うだろうか。こんな俺と愛し合った自分を恥じるか。

「先ほどの臨時ニュースをご覧になった方も多いと思います。私もたくさんのメールや電話を頂きました。日本政府は、原発から半径八十キロ圏内を避難勧告地域として、西に逃げるよう勧告しています。幸い、この〇町は原発から二百キロ以上も離れています。だから、すぐに避難する必要はないと思われます。でも、もし、皆さんの中で、ブラジルに帰りたいと思う方がいらっしゃいましたら、教会は手助けをいたします。いらっしゃいますか？　もし、いらっしゃったなら、お手をお挙げください」

ヨシザキは幻の聴衆をひとわたり見回した。

「いらっしゃいますね。『聖霊の声』教会は、信者の皆様の避難と帰国を積極的にお助けいたします。小さなお子さんのいる方、ご婦人方。どうぞ遠慮なさらずに、その大切な命を次世代に繋げるよう、賢明な選択をなさってください。私は故国にお帰りになる方を責任を持ってお送りした後、再び日本に戻るつもりでおります。そして、この放射能に毒されつつある父祖の大地に、肉を捧げ、血で雪《そそ》ぎ、骨を埋めます。第二の故郷である日本に降り注いだわざわいとともに生きるつもりであります。なぜ、そんなことができるのか。簡単です。神が私とともにおられるからです」

ヨシザキは少し間をおいてから顔を虚空に向けて、再び「詩篇第二十三」の続きを付け加えた。

「たとい、死の陰の谷を歩くことがあっても、
私はわざわいを恐れません。

あなたが私とともにおられますから。

あなたのむちとあなたの杖、
それが私の慰めです。

私はわざわいを恐れません」

説教の予行演習を終えたヨシザキは大きく嘆息し、しばし頭《こうべ》を垂れて祈るような仕種を続けていた。その額に汗が光る。

川島は立ち上がって、拍手した。

「最高だね、牧師様」

ヨシザキは驚いた様子で手をかざし、川島の方を見たが、逆光でよく見えないらしい。が、戸惑いはほんの一瞬で、すぐに柔らかな微笑みを浮かべた。

「大震災の追悼礼拝は午後七時からです」

「まだ入ってはいけなかったですか？」

「いいえ、ここは教会ですから、どなたでもお入りになって祈ることができます。よろしければ、こちらへどうぞ」

ヨシザキは、舞台横に川島を招こうとした。川島は動かず、ヨシザキに語りかける。

「俺だよ、ルイス。わかるかい？」

ヨシザキは説教台の陰にあったリモコンを取ってスイッチを押した。ヨシザキを照らしていたライトが消えて、天井の照明が一斉に点いた。

ヨシザキは、濃い眉を顰めて訊ねた。

「前にお目にかかったことがありますか？」

「俺だよ。川島雄祐」

「まさか、本当にユウスケですか？」

機敏な動作で舞台から飛び降りて、小走りにやって来る。しかし、川島に近付くに従い、歩みが遅くなった。

「ユウスケ？　あなた、あのユウスケですか？　顔が変わりましたね？　何かあった？　どうして前と顔が違うのです？　それに、どうしてそんなに痩せているんですか。ご病気なのですか？」

案の定、慌てる色があった。川島は肩を竦めて笑おうとしたが、ヨシザキが近付いて来ると、微電流が流されたかのように手が震えるのを止められなかった。

「ユウスケ、あなた、病気したのですね。気の毒に」

二重瞼の整形手術を受け、骸骨のように痩せさらばえた川島に驚いている。

ていた。

「いえ、そうは思いません」

ヨシザキはにこやかに首を振ったが、その表情には憐れみよりも、微かな恐怖が宿っ
「醜くなったか?」

「酷い目に遭ったんでね」

「どうしたんです?　事故?　病気?」

ヨシザキが悼むかのように胸の前で腕を組んで訊ねる。節の目立つ大きな手。あの手で俺の背中を撫でさすったのだ。

「俺を悪魔だと憎み蔑む人間に出会った」

ヨシザキは一瞬、冷ややかな目をしたが、すぐに両手をこめかみに当てて、大袈裟な身振りで嘆いてみせた。

「悪魔?　そんな酷いことを言う人間がいるのですね」

川島は、その仕種を黙って眺めている。お前は何度も同じことを言って、何度も同じ仕種をした。男と寝た自分自身に絶望し、その手で自身を殴り付けもした。そして、俺を憎み、「二度と近付くな、この悪魔」と怒鳴ったではないか。

「そんな怖ろしいことを平気で口にする人間がこの世にいるなんて信じられません。冗談でも言ってはいけない」ヨシザキは怒った口調で言い、やがて気の毒そうに首を振っ

た。

「それで、あなたはどうされたんです？　ユウスケ」

「だったら、本当に悪魔になってやろうと思ったんだよ」

ヨシザキは愕然としたように両手をだらりと下げた。

「あなたは私の記憶の中にあるユウスケとは違う人だ。顔も違うし、言うことも違う。おそらく別人になられたのでしょう」

ヨシザキは気味悪そうに後退った。しばらく躊躇った後に付け加える。

「でも、あなたはユウスケですね。カワシマユウスケ」

「そうだよ、俺は川島雄祐だ。そして、あんたは、自分の失敗のサイクルを断てないで苦しむ、ルイス・マモル・ヨシザキだ。そうだろう？」

「いいえ、私はサイクルを断つ努力をいたしました。牧師になる前の私は、最低の人間でした。飲酒が好きで、ところかまわず煙草をふかし、街に行っては喧嘩ばかりしていました。女の子と遊び、ドラッグをやり、盗みをし、ただの街の不良でした」

「女の子と遊んでいた？　嘘だろう」川島は嘲笑《あざわら》った。

「恥ずかしいことですが、本当ですよ」

「でも、もう全部やめたんだな」

「はい、そうです」

「本当に？　じゃ、試してみようか」

ヨシザキの顔に手で触れようとすると、ぴしゃりとはね除けられた。その力は拒絶と言ってもいいほど強かった。

「ルイス、まだ偽善をやってるのか」

ヨシザキが侮蔑したように言う。

「虚言や中傷も失敗のサイクルですよ。恥を知ったらどうですか」

川島はポケットから出した紙片を手渡した。

「では、牧師様、これを読んで私を助けてください」

ヨシザキは紙片にさっと目を走らせて、すぐさま突っ返した。

「私の名が書かれている。それはなぜだ」

「何をとぼけてるんだ。いい加減にしろよ。あんたの信者さんたちに、写真を添付してメーリスで送ってやろうか。俺のスマホには、まだあんたの写真が入っているぜ」

「とぼけている？　何を言ってるのかまったくわからないです。ユウスケ、よかったら、上の事務室にいらっしゃいませんか？　ここでは他の信者さんに迷惑だ」

ヨシザキは素早く周囲に目配りして囁いた。その時、白髪の老女がよろけるように入って来るのが見えた。杖を突いて弱々しく歩くので、ヨシザキは老女に駆け寄って手助けした。

「こんばんは。礼拝は午後七時からですよ」

老女は硬い表情で頷いた後、舞台上の十字架を仰いだ。その手を取って舞台の前まで導いた後、ヨシザキは川島に向き直る。

「さあ、どうぞ。二階に行きましょう」

川島は子供を抱き上げた。すると、ヨシザキはようやく子供の存在に気付いたのか、驚いた顔をした。

「この子はどうしたんです？　ユウスケ、あなたのお子さんたちは亡くなられたのではありませんか？」

「そうなんだ。悪魔の仕業でね」

ヨシザキの顔が嫌悪で歪むのを見て、川島は思い出している。そうだ、お前は情欲に負けた後は、いつもそういう蔑む顔をして俺を見たな。お前は何でも人のせいにする。お前の信仰は、人の心を踏みにじった上に成り立っているんだ。

「まさか。火事はあなたの仕業だと仰るのですか。違いますよね？　あなたは怖ろしいことを平気で仰る。嘘でも言葉にしてはなりません。日本には言霊《ことだま》という言葉があると聞きました。言葉にした途端、人間の心には小さな変化が起きる。その通りです」ヨシザキは慌てて何か呟きながら十字を切った。「今、お子さん方と奥さんと嘘吐きのあなたのためにお祈りをしました」

「では、牧師さん。今の妻のためにも祈ってくれないか？」

「今の奥さん？　ということは、あなたは再婚されたんですか？」

ヨシザキは、キリスト像の前で蹲って祈る老女を気にして声を潜めた。その目に嘲りがある。お前はまたも女なんかと結婚したのか、という蔑み。ヨシザキは、聖職者にして、女嫌いのセクシストだ。

「ああ、したよ。必要だったからな」

「ほう、そうですか。それはよかった。それで、今の奥さん、どうされたんです？」

ヨシザキは冷ややかな面持ちで訊ねる。

「多分、津波にやられたのだろう。まったく連絡が付かないし、現地に入る術もない。何とか無事でいることを祈るだけだ」

ヨシザキは素早く十字を切った。

「希望を捨ててはいけません」

「いや、わかるんだよ、ルイス。俺にはなぜかわかるんだ」

「何がです」

「女たちの死が」

「なぜ」

「悪魔になったから」川島はそう言って笑った。「不思議なことに俺の周りの女はみんな死んで行くんだ。俺たちの毒に中《あた》って死んで行くんだ。ルイスの偽りと、俺の憎しみの毒だよ。違うか」

「で、あなたは何のために私に会いに来られたんです？」

ヨシザキが訊ねた。

「別れを言いに来たんだよ」

ほっとしたようにヨシザキが誘った。

「そうですか。では、二階にどうぞ。少し話しましょう」

ヨシザキは落ち着いて先を歩いて行く。川島に抱かれた子供は何が怖いのか、胴震いが止まらない。

元は映写室らしいヨシザキの部屋は、小さめのデスクとシングルベッドなどの他は、調度らしい調度もない、質素な部屋だった。だが、机の上にあるノートパソコンは最新型のＭａｃだ。

ヨシザキは卓上に置いた小さなテレビを点けた。ニューススタジオで、ＮＨＫのアナウンサーが必死に繰り返していた。

「先ほどの臨時ニュースで、半径八十キロ圏内にお住まいの方には避難勧告が出ているとお伝えしました。首都圏はその中に含まれておりません。首都圏は福島第一原子力発電所から十分に離れています。首都圏にお住まいの皆さん、どうか慌てて行動することのないようご留意ください。繰り返します。先ほどの臨時ニュースでは……」

「予想外のパニックになるのを怖れて否定し始めたな」

「そうですね。実は米軍と関係する信者さんがいます。彼の話では、日本政府は米軍だけにSPEEDIという放射能の拡散予測データを渡したそうです。それによりますと、拡散予測は八十キロ圏内どころではなさそうです。東京も危ないらしく、各国大使館と米軍の家族は一時帰国すると聞いています」

「それであんたは？」

「信者のためにブラジルに帰ることになりそうです。今、本国の教会と連絡を取り合って、帰る方法を検討しています」

「日本を捨てるんだな」

川島がからかうと、ヨシザキは子供の顔を覗き込んだ。

「いやいや、戻って来ますよ。ところで、可愛いお子さんじゃないですか。この子のために、あなたも逃げないと」

「実の子じゃないから、別に構わないよ」

「構わないとは。あなたは本物の悪魔になったらしい。私もショックですよ。ねえ、ユウスケ、あなたが悪魔になったのを祝って乾杯でもしましょうか」

ヨシザキが呆れた風に言って、デスクの引き出しを開けた。半分ほど残った赤ワインの瓶とデュラレックスのグラスを二個出す。グラスになみなみと赤ワインを注《つ》いだ。二人でグラスをぶつけ合ってから飲み干す。

「ねえ、ユウスケ。偽悪的になるのはやめませんか？」

ヨシザキが表情を緩ませて言った。

「偽悪的だと思ってるんだな」川島はヨシザキの目を覗き込む。「俺は度胸試しに死体の心臓を食ってみた。まずかったよ」

途端に、ヨシザキが両耳に手を当てる仕種をした。

「聞きたくない。そんなおぞましい話は嫌ですよ」

「あんたはいつもそうやって逃げる」

「違う。心の中で闘っているんだ。安易に堕ちていくお前なんかと一緒にするな。汚らわしい」

ヨシザキが怒りに任せてグラスを床に投げ付けたが、デュラレックスのグラスはびくともせずに跳ね返って転がった。

「酒は失敗のサイクルじゃないのか？」

川島が笑うと、ヨシザキは転がったグラスを見つめたまま静かに答える。

「私の場合は、サイクルではありませんからいいのです」

「ものは言いようだ。俺のこともサイクルではなかったんだね」

「あなたの何がそんなに損なわれたんです？　あなたは弱々しく、何の魅力もない。私のサイクルにはなり得ない存在です」

わかっていたのに、ヨシザキの言葉を聞いて目が眩《くら》むような憎しみを覚えた。

「ところで、このお子さんが実の子ではない、というのは？」

ヨシザキが煙草に火を点けながら訊いた。子供は怯えて部屋の隅に蹲っていたが、ヨシザキが興味深そうに近寄ると自ら立ち上がった。

「今の女房が外国で買って来た子なんだ」

ヨシザキは急に興味を感じたらしく、身を乗り出して子供の顔を凝視した。

「人身売買は犯罪です。この子は女の子ですね。どこかで見たことがあるような気がするな。名前は何ていうんです」

「光ちゃんだよ」

「いや、日本語の名前ではなくて、元の名前は何ていうんですか」

「知らない、忘れた」

川島がとぼけると、子供自身がはっきりと口にした。

「ばらっか」もう一度念を押すように言う。「ばらか」

「ほう、賢いね。バラカちゃんか。私の信者のご主人で、行方不明になった子供を捜している人がいます。ドバイで売られたところまではわかっているのですが、まさかこの子じゃないですよね。私はこの子を見たことがあるような気がするんだけど、赤ん坊の頃だったから自信がない。だから、その人に売られた時の状況や名前を訊いてみます。偶然なら、ものすごいことだ」

川島は内心驚愕していた。沙羅と優子は、バラカをドバイのベビー・スークで買ったと言っていなかったか。だが、その事実をヨシザキに告げる気はない。

バラカは、沙羅と一緒に津波で死んだことにしないと遺産を独り占めできない。そのためには、今の混乱が最も望ましいのだった。泣き叫ばれようと、子供を車内に置いてくればよかったと後悔した。

「その人はどこにいるんだ」

「ちょうど日本に向かおうとしていたのですが、成田空港が閉鎖されたために、来日を見合わせているのです。今、どこにいるのかまだ連絡がないのでわかりません」

「来日?」

「はい、日系のブラジル人ですからね。万が一、バラカちゃんがそうだったら、私がサンパウロに連れて帰るようにします」

「パスポートは?」

「その人の子供なら何とかなります。場合によっては、大使館に頼んで出国できるかもしれないし」

「勝手に話を進めないでくれ。うちの子供だぞ」

ヨシザキがむっとしたように顔を上げ、平たい皿の上で煙草を潰した。

「あなたはこの子を愛していないでしょう。さっきは自分の子じゃないから構わないと言ったじゃありませんか。あなたは最低の人間ですね。ユウスケとはこれでお別れです。二度とお目にかかりません。先ほどの乾杯は別れの杯ですから」

「確かに二度と会えないな」

川島はワインの瓶を握った。後ろ向きになったヨシザキの後頭部を殴り付ける。驚いて振り向いたヨシザキの目を瓶で直撃した。何かが潰れた嫌な音がした。両目を押さえたヨシザキが叫びながら蹲ったのを見て、川島は満足感を覚えた。早く人が来ればいい。飲酒と喫煙。これを見た信者に軽蔑されるがいい。

子供はどうした。不意に思い出して振り返ると、重い映写室のドアを必死に開けて逃げようとしているところだった。後ろから抱き上げると、諦めたように項垂れた。なあに、二歳にもならない子供だ。すぐに忘れるだろう。

映写室の窓から下を見ると、信者は祈っている件の婆《ばあ》さんだけで、まだ誰もいない。川島は隣の洗面所でゆっくり手を洗った。

映写室を振り返ると、ヨシザキはまだ床に倒れていた。周囲に血溜まりが広がっている。あとは、子供を東北方面に向かうトラックの荷台にでも放り込めばいいだけだった。

その時、ヨシザキが呻くように言った。

「ユウスケを許します」

川島は呆然として立ち竦んだ後、叫んだ。

「許すな！」

4

星の見えない夜空から、ごうごうと冷たい風が吹き付けてくる。放射能の風。川島雄祐は口を大きく開けて、大気を呑み込もうとした。毒を含んだ空気を腹一杯に溜め込んだら、腸《はらわた》から腐ってくれるかもしれないから。

しばらく深呼吸を繰り返してみたが、ヨシザキに大怪我《おおけが》を負わせた昂奮は、なかなか鎮まらない。

川島は不自然に窪んだ二重瞼を見開いて夜空を睨み、同じ言葉を繰り返した。

「許すな、許すな、許すな」

ヨシザキに許されるくらいなら、死んだ方がましだ。

突然、手を繋いでいる子供がぶるっと震えたのが伝わってきた。おむつも替えて貰えず、コートも着せて貰えない可哀相な子供は、きっと風邪を引くに違いない。そして、高熱を発して死んでしまうだろう。川島は子供に問いかけた。

「寒いか？　寒いだろうよ。震えるがいい」

だが、子供は怖ろしげに川島を見上げた。寒さではなく、恐怖で震えたのだと悟って、川島は子供の手をしっかりと握り直した。

「俺が怖いんだな」

またしても、小さな子供が全身から放つ怖気《おぞけ》が伝わってきた。川島は身を屈《かが》めて、その耳に囁いた。

「逃がさないぞ」

子供は救いを求めるように周囲を窺った。街灯のない薄暗い歩道を、通行人が物も言わずに行き交っていた。さっきより人の数は増えたが、誰もが憂鬱そうに肩を落とし、一心に家路を急いでいる。中には、避難でもするのか、大きな旅行鞄《りよこうかばん》を持って足早に歩く家族も見かけた。

だだっ広い国道を、仕事帰りの人を満載したバスが通り過ぎて行く。バスの乗客が一斉に自分を見たような気がして、川島は固く目を瞑《つむ》った。が、そんなはずはない。すべて幻想なのだ。目を開けると、凍えるような風が眼球に沁《し》みた。埃《ほこり》が目に入る。

ヨシザキの破裂した両目。その目は、もう二度と自分を見詰めることはない。醜くなった自分は、あの日に射られずに済むのだ。ほっとして、また笑う。だが、瓶で思いっ切り殴った感触が掌に蘇《よみがえ》って、川島はその後味の悪さに頭を抱えたくなる。自分を鼓舞するために、「俺を許すな」と、もう一度低い声で呟く。

不意に、傍らにいた子供の姿がないことに気付いた。手を離した隙に、逃げて行ったのだろう。川島は慌てて辺りを見回す。すると、シャッターの閉まった軒先を、よちよちと走って行く子供の後ろ姿が見えた。ここで警察にでも保護されたら、ことだ。川島は全力疾走で追いかけた。後ろも見ずに必死に走っていた子供は、難なく川島に掬《すく》い上げられ、恐怖で泣きだした。

「その子、どうしたの。何でそんなに泣いてるの？」

またしても、お節介婆さんが声をかけてきた。乱れた白髪に、舞台化粧のようなアイラインとローズ色の口紅。日本語を喋り慣れていないようなぎくしゃくした抑揚は、日系ブラジル人だからか。

「何でもないんです。私の子ですから」

「あなたの子なら、この子は何でそんなに嫌そうなの？」

ババアの勘は侮れない。

「言うことを聞かないので叱ったんです」

「本当のことをおっしゃい」

「余計なお世話だよ」

川島は怒鳴り付けた。泣き叫び続ける子供を抱いて、「ほらほら、あんまりおまえが泣くから、怖いおばさんに叱られたよ」と、あやすふりをしながら、その場を去ろうとする。

婆さんは不審そうに川島を睨み続けている。ばかりか、通りかかった男に、何か告げて川島を指差した。

「ご覧、悪魔だよ」

そう聞こえた気がして、川島は身を竦めた。今度は幻聴。俺の頭も、とうとういかれてきたか、と薄笑いを浮かべる。

子供をレンタカーの後部座席に押し込み、ドアを力いっぱい閉めた。その時、教会から大きな悲鳴が聞こえたような気がした。信者が倒れているヨシザキを見付けたのかもしれない。いや、これも幻聴か。

川島は追われるように車を発進させた。とりあえず東京に戻るつもりだ。

東北自動車道に乗るために、佐野藤岡インターチェンジまでひた走った。すると、入り口が閉鎖されていた。ほんの数時間前までは通行可能だったのに、赤いロードコーンに手書きの貼り紙がしてある。

「ただいま余震が頻発しております関係で、道路を点検しています。

開通しましても、宇都宮以北は緊急車両及び救援物資輸送のため、一般車両の通行はできません」

もしかすると、脱出を図る住民のパニックを抑えるために、高速道路を閉鎖したのかもしれない。

川島は、やむを得ず一般道で東京に戻ったが、それでも上り車線はかなり混んでいた。

新宿の高層ホテルに部屋を取り、レンタカーを乗り捨てた。契約を延長しようと思ったが、予約が立て込んでいるからと断られたのだ。誰もが交通手段を手に入れようとしているのだろう。

ホテルも混んで取れないのではないかと心配したが、こちらは案に相違して空いている。

閑散としたロビーに、ガヤガヤと人のざわめきが聞こえてきた。スーツケースを転がす外国人の一団が、どこからか集まって来て、正面玄関に停まったバスに乗り込んで行く。成田も羽田も閉鎖中だと聞いているのに、どこに向かうのだろうか。

後ろ姿を見送っていると、ベルボーイが横に立ってそっと囁いた。

「各国の大使館があやって、あちこちのホテルから自国の人間を拾ってるんですよ。あれはフランス人です。日本から緊急避難せよ、との指示が出たようです」

「空港は閉鎖しているのにどこに行くんだろう」

「チャーター機が特別に成田から飛ぶようですよ。アメリカ軍人の家族も皆、横田基地から逃げるそうです」

「いいなあ、逃げる場所があって」

川島の冗談に、ベルボーイが同調した。

「ほんと、いいですよね」

「きみらは避難しないのか？」

川島は、澄まし顔のホテル従業員たちに目を遣った。

「逃げたいけど、首になりますよ」

にこやかに言うが、その目は笑っていない。思わず本音を洩らしたベルボーイを、川島は脅した。

「首になったって構わないだろう。核爆発らしいぜ。ガンになるよ」

彼は不安そうに目を伏せた後、川島に訊ねた。

「お客様はどうされるんですか？」

「俺は仙台に行かなきゃならないんだ。女房が名取に住んでいるからね。あっちは津波被害が凄いらしい」

「ご無事で？」

「連絡が取れない」

ベルボーイがはっとして息を呑んだ。

ベルボーイから話を聞いたらしいホテル側の配慮で、川島は特別にジュニアスイートに案内された。値段はシングル料金でいい、と言われ、ほくそ笑む。沙羅の受難の話をすれば、誰もが同情してくれる。

子供を風呂に入れて寝かし付けた。ぐずるかと思ったのに、ベッドに横になった途端、寝てしまった。テレビを点けて、映像に見入る。民放はコマーシャルも入れずに、ずっと被災地の様子を映していた。ひしゃげた車や、大型の船までが交じるガレキの山を、親や子供を捜して歩く人々を、川島はぼんやり眺め続けた。

被災地に入って地元の葬祭業者を手伝いながら待機せよ、という会社の命令を受けている。川島の場合は、沙羅の生死が不明だから、先に妻の捜索をせねば怪しまれるだろう。自分もガレキの山に分け入って、沙羅を捜さねばならないのかと思うと、酷く憂鬱になった。

携帯電話が鳴った。今日で何十回かかってきたかわからない、田島優子からだ。放っておくと、留守番電話にメッセージを吹き込み始める。

「もしもし」

遮って出る気になった理由は、自分でもわからなかった。優子と話すのも、これが最後だと思ったからだろう。

「ああ、やっと出てくれたのね」優子は物憂く言った。「もう怒る元気もないわよ。あなたには本当に呆れたわ。千葉の岡元さんも、怒ってたわよ。あなたは大嘘吐きの最低野郎だって。あたしも無駄に駆け回ったせいで、どのくらい被曝《ひばく》してるかわからないわ。あたしが白血病かガンになったら、あんたのせいだからね。慰謝料、請求するから、そのつもりでいなさいよ」

川島は失笑した。優子が聞き捨てならない、とばかりに声を荒らげる。

「何笑ってるのよ、気持ちが悪いわね。それで、バラカちゃんはどうしてるの」

「ぐっすり寝てるよ」

「声が聞きたかったのに残念だわ。あなたたちは今、どこにいるの」

優子の声音に諦めがあった。バラカを取り戻すのはすでに困難だと悟っているのだろう。それでも川島ははっきり言わない。

「都内だよ」

「都内のどこ」

「そんなのいいじゃないか」

川島は誤魔化《ごまか》した。

「もう諦めたから、別に言わなくてもいいわよ。ただ、訊いただけよ。あのね、お願いがあるの。バラカちゃんを被曝させないでね。ともかく、なるべく戸外に出さないでちょうだいね。車で移動する時は、外気導入しちゃダメよ。車のフィルターなんて粗いんだから。内部被曝が怖いから、水を飲ませるのも気を付けてね」

「母親気取りか」

「言いたい放題ね」優子が怒った。「あなただって父親気取りじゃないの。本当に性格が悪くなったわね。あなたのこと、あたし、大嫌いだわ。軽蔑しているし、二度と会いたくない。沙羅の代わりに、あなたが死ねばいいのよ」

「言ってくれるね」

「あたしが言わなきゃ誰が言うの」優子は深い溜息を吐いた。「沙羅のお母さんが亡くなったのも、きっとあなたのせいね。疫病神ってのぴったり」

川島は優子の言葉を無視して言う。

「俺、明日、仙台に行くよ」

「へえ、とうとう沙羅を捜しに行くんだ」

優子はからかうように返した。川島があまり心配していない、と怒っていたのだろう。

「まあね」

本当は仕事のためなのだが、敢えて言わない。案の定、優子の声が優しくなる。

「沙羅、無事だといいわね。被災地はどこも悲惨なことになっているようよ。それに、福島の事故があるから、列車も駄目だし、高速もずたずたに寸断されてるんだって。助けたくても近付くこともできないから、救援物資が届かないのよ。地震や津波を生きのびても、物資がなくて凍死する年寄りもいるし、薬がなくて死ぬ病人もいる。これが現代の話だって信じられないわ」

優子の演説にうんざりして遮った。

「どうやって行こうかと思ってるんだが」

「新幹線で新潟に行って、そこからレンタカーで行けば？　うちの放送局の記者連中がそうやって現地入りしたんだって」

「なるほど。やってみるよ」川島は、優子の実家が新潟だと思い出した。「優子は実家に帰るのか？」

「いいえ、中部も多分駄目でしょうから、あたしは離島にでも行くわ。宮古島に知り合いが住んでいるのよ。そこに転がり込むつもり。バラカちゃんを連れて行きたかったのに、残念だわ」

「確かに残念だな」

笑いながら言うと、優子が憤然とした。

「今、笑ったわね。あたし、あなたのこと一生恨むからね。あなたに会わなかったら、沙羅もこんな災難に遭わずに済んだし、バラカちゃんも幸せだったはずよ。ねえ、あなたってどうしてこんなに悪く変わったの？」

川島が返答しないでいると、優子は喋り続けた。

「まあ、もう、どうでもいいわ、あなたのことなんて。だって、日本は終わりかもしれないもの。福島の原発事故だって、世界的にパニックになるくらいの壊滅的な事故だし、東京もこれでおしまいよ。みんな取る物もとりあえずガンガン逃げてるよ。今夜中に、ずいぶんたくさんの人が東京を離れるみたいよ。西に行く新幹線なんか、子連れの母親でぎっしり満員だって。明日も明後日も満席でチケット取れないってさ。車も同じこと。西に向かう車列がぎっしりで、すでに渋滞が始まってるそうよ。でも、それを放送しちゃいけないことになってるの。だから、テレビじゃ被災地の様子しか映らないけどね。こんな風に、ある日突然終わりが来るのがわかっていたら、いろんなことしておけばよかったと思うわ。子供を産んでおけばよかったと今になって思うの。もっとも、あんたと付き合ってたから、そんなの無理だったけどね」

「うるさい。切るぞ」

待って、と聞こえたような気がしたが、川島は躊躇わずに切った。身構えて少し待っていたが、優子からは二度とかかってこなかった。

翌朝、子供の手を引いてフロントに行くと、昨日話したベルボーイが飛んで来た。

「お客様、被災地にはどうお入りになるんですか？」

優子に教えて貰ったルートを告げると、「ちょっとこちらへ」と、コンシェルジュのところへ引っ張って行く。

「ＪＡＬの特別便が山形空港に飛ぶそうです。それに乗って行かれて、山形からバスで仙台に入られるのが一番いいかと思います」と、コンシェルジュ。

「じゃ、それでチケットを取ってくれないか」

「何とかなるでしょう」

川島が山形経由で仙台市に辿り着いたのは、十三日の夕方だった。山形でレンタカーを借りて、仙台に入った。途中で給油できないのではないかと心配したが、渋滞もなく、四時間程度で着くことができた。そのまま名取市に向かう。子供は大変なところに行くと悟ったのか、急におとなしくなった。時折、車の窓から外を眺めては、大きな溜息を吐いている。

津波に襲われなかったところは一見して何ともないのに、名取市に近付くに従って、不吉なヘドロ臭が強くなった。

「この先は道がありませんので、車をここで降りて歩いてください」

自衛隊員に言われて、川島は車を降りた。子供を抱いて歩きだす。やがて、眼前に広がる惨状に思わず声を上げた。

どうやったら、これほどまでに破壊できるのか。バラバラになった家の破片が積み重なり、散らばり、足の踏み場もない。柱、梁《はり》、窓枠、ガラス、家具、布きれ、雑貨。ありとあらゆる種類の、人間の暮らしの残骸が細切れにされ、まるで巨人がばらまいたかのように無秩序に広がっている。

そこに無惨にも黒く焼け焦げた乗用車が転がり、漁船が上にのしかかっている。電柱が傾き、電線が垂れ下がり、テント状の布が引っかかっていた。どこから運ばれたのか、コンテナが引っくり返っている。巨大な黄色い鉄骨は、港にあるキリンと呼ばれるクレーンの一部のようだ。こんな物が流されて来たら、人間などひとたまりもない。そのキリンの真下で、犬が腹を見せて死んでいた。

「ああー」

子供が声にならない叫びを上げて、見たくないかのように川島に顔を押し付けた。引っくり返ってぐちゃぐちゃに潰れた車の中に、女の遺体が残っていた。

ひしゃげた車から容易に取り出すことができなくて後回しになっているのだろう。誰かが毛布を掛けているが、白くなった指先が虚空を摑もうとしているかのように曲がっている。このガレキの下に、大勢の死者が眠っているのかと思うと、死者を見慣れた川島でさえも怖じるものがあった。

ガレキを片付けている男たちに訊くと、何カ所かの避難所の場所を教えてくれた。各避難所に名簿があるので、それで調べればいいという。

ガレキの山のあちこちに、幾つもの赤い布を結んだ棒が立っている。それが死体の目印と聞いて、川島は沙羅がこのガレキの下にいるのかと想像した。

　この状況では、沙羅が死んでいても仕方がないと思ったが、かような無惨な死は、さすがの川島の想像の中にもない。柄にもなく、二十歳《はたち》の頃に優子の友達として会い、優子に内緒でラブホテルに行った時の沙羅の顔などを思い出した。次第に、憎悪がすり切れる音がする。川島から負の力が失せていく。


　子連れで各避難所を回ったが、沙羅の名はなかった。

「言いにくいけど、遺体安置所に行ってみたらどうですか」

　避難所の世話人をしているという市役所勤めの男に勧められて、川島は臨時の遺体安置所になっている中学の体育館に寄った。

　日暮れて、急に寒さが厳しくなった。だが、体育館の中は遺体があるので暖房を点けずに冷え込んでいる。葬儀屋は皆、この冷たさに慣れているのだが、被災地の体育館の寒さは半端なものではなかった。

　スーツに黒いコート、短靴姿の川島は寒さに震えながら、遺体を検分することにした。

「お子さんはここで預かりますよ」

　外の焚《た》き火で炊き出しをしている主婦たちが、子供を預かってくれる。

「奥さん、年格好は？」

ボランティアで受付をしているという中年男に問われ、川島は「四十二歳です」と答えた。答えた後、学生時代の沙羅の姿を思い浮かべ、果たして四十二歳だったか、と首を傾げる。心筋梗塞で死んだ沙羅の母親は六十八歳。学生時代の沙羅は二十歳。今の沙羅と若い頃の沙羅とその母親と。三つの顔が浮かんでは消える。

「女の人は一応、あっち側に安置してあるけど、もう、たくさん運ばれて来るものだから、きちんと並べてあるかどうか」

ボランティアが疲れた様子で、ブルーシートにくるまれた遺体の列を振り返る。遺体は、捜しに来た人が確認できるように、顔を出して並べてあった。

最初に見たのは、八十歳くらいの老女だった。苦しげに口を開け、胸を掻きむしるような仕種をしている。そのまま息絶えて硬直したのだろう。

次も老女。こちらは七十代。穏やかに目を閉じているが、片腕が千切れているという。

その次も老女。入れ歯が外れたのか、歯が一本もない。

それから中年女性。顔が潰れているということで、この遺体だけは白布代わりのタオルが掛けられてあった。小学生くらいの子供。妙に短いと思ったら、下半身がないという。赤ん坊。赤ん坊の遺体の周りには、親族らしい人たちが集まって泣いていた。

「そこはもう、年寄りばっかりだから。この人、三十代かそこらだと思うけどね」

ボランティアに声をかけられて、次の列に移る。三十代だという女の遺体は、確かに年格好は似ていたが、派手な金髪で、沙羅ではなかった。生きていれば、元気な主婦だったろうに、今は口の中にも鼻の穴にもぎっしりと砂を詰めて動かない。

川島はいつの間にか呟いていた。

「たとい、死の陰の谷を歩くことがあっても、私はわざわいを恐れません。あなたが私とともにおられますから。あなたのむちとあなたの杖、それが私の慰めです」

「何ですって？」

ボランティアの男に聞こえたのか、首を傾げられた。川島は手を振って立ち上がり、体育館の壁に手を突いた。

見ろよ、ヨシザキ。

これが本当の地獄ではないのか。

おまえの言う地獄など、これほどのものではあるまい。

何が失敗のサイクルだ。何が悪魔だ。これこそが悪魔の所業ではあるまいか。

気が付くと、川島は胸の前で十字を切っていた。十字を切ったことなど一度もないのに、うまくできて我ながら驚く。ヨシザキなど牧師に相応しくない。この地獄を見ている自分こそが、牧師になれるのではないか。

「奥さん、いらっしゃらなかったですか？」

首都圏から来たという女性のボランティアが、川島の腕にそっと触って訊ねた。川島は首を振った。

「じゃ、きっとどこかの避難所にいらっしゃいますよ。お元気で」

一礼して表に出ると、子供が老女の膝の上に座っていた。

「あんた、お父さん？」と、老女が歯の抜けた顔で訊ねる。

「そうですが」

「可愛い子だねえ」と、頬ずりした。子供はなされるがままで、天使のように微笑んでいる。

「今度はあたしに抱かせて」

初老の女が背後から子供を抱き締めて、静かに涙を流した。

泊まるところもないので、川島と子供は車の中で毛布を被って寝た。夕食は、子供を抱き締めた女たちが、貴重なカップ麺と握り飯を分けてくれた。

寒さと昂奮で眠れないかと思ったが、川島は子供と同様、あっという間に眠りに落ちた。よほど疲れていたのだろう。

不意に、夜中に物音がして目が覚めた。潮騒《しおさい》のようなざわめきが次第に近付いて来る。

お喋りするような囁きと、大勢の人が歩いているような足音。

月明かりに照らされたガレキの山を見ると、海の方から大勢の人間が歩いて来るのが見えた。こんな夜中にどこに行って来たのだろう。川島は眠い頭でぼんやり考えた。皆、歩きにくいガレキの上を滑るように歩いて来る。いったい何人いるのかわからないほどの人数だった。

老人も若者も老女も若い女も子供も、時折会話を交わしながら近付いて来る。突然、川島は恐怖を感じた。あの体育館に横たわっていた老女の顔を見たような気がしたのだ。だとすれば、この人たちは、すでに死んだ人たちかもしれない。そう言えば、列の中ほどで笑い合う女の子たちは、震災の前日に通夜を執り行った、一家心中で亡くなった姉妹ではあるまいか。

死人の心臓まで食べて、何も怖いものなどないはずの川島だったが、恐怖で動けなかった。運転席でハンドルを握って震えている。

「マンイー」

突然、後部座席のドアが開いて、子供が飛び出した。

「待て」

声をかけたが、子供は転がるようにガレキの山に向かって走って行く。死者の列の中にいた、ふくよかな顔をした若い女が嬉しそうに手を差し出した。

「行くな」

車から出て声をかけたが、子供はその女と手を繋いで、どんどん歩いて行く。まだ死んでいないのに、おまえはどこに行くのだ。

川島は何度も胸の前で十字を切った。あんなに邪魔で、どこかに置き去りにしようと思っていた子供がいなくなったのが寂しくてならない。

〔下巻に続く〕

本書はフィクションであり、実在の人物・団体・事件とは無関係であることをお断りいたします。

本文中の聖書引用については『聖書 新改訳 第三版』（日本聖書刊行会）によりました。

本書は、二〇一六年二月、集英社より刊行された『バラカ』を
文庫化にあたり、上下二巻として再編集しました。

初出　「小説すばる」二〇一一年八月号〜二〇一五年五月号

桐野夏生の本

リアルワールド

母親を殺してしまった少年と、彼の逃亡を手助けすることになる4人の女子高生。遊び半分のゲーム感覚で始まった事件が、リアルな悲劇に集約してゆく。心の闇を抉り出す問題作。

集英社文庫

桐野夏生の本

I'm sorry, mama.

児童保育施設の保育士だった女性が、25歳年下の夫と焼死した。その裏に、ある女の影が浮かぶ。盗み、殺人、逃亡を繰り返して生きて来た女の行き着く先は……。悪の本質を問う長編。

桐野夏生の本

IN

恋愛関係にあった男と形の上では別れたが、愛憎の感情はいつまでも心の奥でざわめく。作家のタマキは恋愛における抹殺を小説のテーマとし、取材を進めるが、最後に見たものとは。

集英社文庫

集英社文庫　目録（日本文学）

北方謙三　楊令伝　九　遥光の章
北方謙三　楊令伝　十　坡陀の章
北方謙三　楊令伝　十一　傾暉の章
北方謙三　楊令伝　十二　九天の章
北方謙三　楊令伝　十三　青冥の章
北方謙三　楊令伝　十四　星歳の章
北方謙三　楊令伝　十五　天穹の章
北方謙三・編著　吹毛剣　楊令伝読本
北方謙三　岳飛伝　一　三霊の章
北方謙三　岳飛伝　二　飛流の章
北方謙三　岳飛伝　三　嘶鳴の章
北方謙三　岳飛伝　四　日暈の章
北方謙三　岳飛伝　五　紅星の章
北方謙三　岳飛伝　六　転遠の章
北方謙三　岳飛伝　七　懸軍の章
北方謙三　岳飛伝　八　龍蟠の章

北方謙三　岳飛伝　九　曉角の章
北方謙三　岳飛伝　十　天雷の章
北方謙三　岳飛伝　十一　烽燧の章
北方謙三　コースアゲイン
北方謙三　岳飛伝　十二　飄風の章
北方謙三　岳飛伝　十三　蒼波の章
北方謙三　岳飛伝　十四　撃撞の章
北方謙三　岳飛伝　十五　照影の章
北方謙三　岳飛伝　十六　戎旌の章
北方謙三　岳飛伝　十七　星斗の章
北方謙三・編著　盡忠報国　岳飛伝・大水滸読本
北上次郎　勝手に！文庫解説
北川歩実　金のゆりかご
北川歩実　もう一人の私
北川歩実　硝子のドレス
北村　薫　元気でいてよ、R2-D2。

北森　鴻　メイン・ディッシュ
北森　鴻　孔雀狂想曲
城戸真亜子　ほんわか介護
木村元彦　誇り　ドラガン・ストイコビッチの軌跡
木村元彦　悪者見参
木村元彦　オシムの言葉
木村元彦　蹴る群れ
木村元彦　新版　悪者見参　ユーゴスラビアサッカー戦記
木村元彦　争うは本意ならねど　日本サッカーを救った我那覇和樹と彼を支えた人々の美らゴール
京極夏彦　どすこい。
京極夏彦　南極。
京極夏彦　文庫版　虚言少年
京極夏彦　文庫版　書楼《しょろう》弔《とむらい》堂《どう》　破《は》曉《ぎょう》
清川　妙　人生のお福分け
桐野夏生　リアルワールド
桐野夏生　I'm sorry, mama.

集英社文庫　目録（日本文学）

桐野夏生　I N
桐野夏生　バラカ(上)(下)
久坂部羊　嗤う名医
櫛木理宇　赤と白
久住昌之　野武士、西へ　二年間の散歩
工藤直子　象のブランコ　──とうちゃんと
工藤律子　マラス　暴力に支配される少年たち
久保寺健彦　ハロワ！
熊谷達也　ウエンカムイの爪
熊谷達也　漂泊の牙
熊谷達也　まほろばの疾風《かぜ》
熊谷達也　山背郷
熊谷達也　相剋の森
熊谷達也　荒《あら》蝦夷《えみし》
熊谷達也　モビィ・ドール
熊谷達也　氷結の森

熊谷達也　銀狼王
雲田康夫　豆腐バカ　世界に挑み続けた20年
倉本由布　ゆめ結び　むすめ髪結い夢暦
倉本由布　迷い子の櫛　むすめ髪結い夢暦
倉本由布　夢に会えたら　むすめ髪結い夢暦
栗田有起　ハミザベス
栗田有起　お縫い子テルミー
栗田有起　オテルモル
栗田有起　マルコの夢
黒岩重吾　黒岩重吾のどかんたれ人生塾
黒川祥子　誕生日を知らない女の子　虐待──その後の子どもたち
黒木瞳　母の言い訳
桑田真澄　挑む力　桑田真澄の生き方
桑原水菜　箱根たんでむ　駕籠かきゼンワビ疾駆帖
源氏鶏太　英語屋さん
見城徹　編集者という病い

小池真理子　恋人と逢わない夜に
小池真理子　いとしき男《アダム》たちよ
小池真理子　あなたから逃れられない
小池真理子　悪女と呼ばれた女たち
小池真理子　双面の天使
小池真理子　無伴奏
小池真理子　妻の女友達
小池真理子　ナルキッソスの鏡
小池真理子　倒錯の庭
小池真理子　危険な食卓
小池真理子　怪しい隣人
小池真理子　律子慕情
小池真理子　会いたかった人　短篇セレクション　サイコ・サスペンス篇I
小池真理子　ひぐらし荘の女主人　短篇セレクション　官能篇
小池真理子　泣かない女　短篇セレクション　ミステリー篇
小池真理子　夢のかたみ　短篇セレクション　ノスタルジー篇

集英社文庫

バラカ 上《じょう》

2019年2月25日　第1刷　　定価はカバーに表示してあります。

著者　桐野夏生《きりのなつお》

発行者　徳永　真

発行所　株式会社 集英社
東京都千代田区一ツ橋2-5-10　〒101-8050
電話【編集部】03-3230-6095
【読者係】03-3230-6080
【販売部】03-3230-6393（書店専用）

印刷　凸版印刷株式会社

製本　凸版印刷株式会社

フォーマットデザイン　アリヤマデザインストア　　マークデザイン　居山浩二

ISBN978-4-08-745838-1 C0193